KB248506

마흔아홉 통의 편지

마흔아홉 통의 편지

초판 1쇄 발행일·2005년 7월 4일
초판 2쇄 발행일·2006년 1월 24일

지은이·손석춘
펴낸이·이정원

펴낸곳·도서출판 들녘
등록일자·1987년 12월 12일 / 등록번호·10-156
주소·경기도 파주시 교하읍 문발리 파주출판정보단지 513-9
전화·영업(031)955-7374 편집(031)955-7381 팩시밀리(031)955-7393

ⓒ 손석춘, 2005

ISBN 89 - 7527 - 489 - 6 (03810)

손석춘의 소설

마흔아홉 통의 편지

들녘

1

당신은 아시나요? 당신이 누구인가를.

첫 편지를 예의에 어긋나게 띄워 미안해요. 하지만 무람없이 여쭤볼게요. 죽음으로 걸어가는 운명의 깊은 바닥을 들여다보신 경험이 있나요? 가슴을 덮치며 몰려오는 절망의 해일을 마주하기란 얼마나 먹먹하던가요.

눈 내리는 겨울 강으로 잿빛 뼛가루를 보낼 때였어요. 문득 깨달았지요. 죽음을 맞아서야 사람은 자신의 운명을 알 수 있음을. 더불어 의문이 들었어요. 대체 우리의 삶은 죽음 뒤에 무엇이 되는 걸까. 그래서이지요. 자신이 누구인가, 당신은 온전히 아는지 궁금한 까닭은.

지금 제 손때묻은 나무 책상에는 수정으로 만든 연꽃 촛대가 두 개 놓여 있어요. 두 촛불이 어둠을 밝히고 있지요. 책상과 이어진 흰 벽에는 열여덟 살 여성의 초상화가 걸려 있어요. 그 앞에는 묘향산에 갔을 때 구입한 작은 향로가 놓여 있지요. 향을 피우고 편지지를 꺼냈어요. 향연이 마치 혼처럼 피어오르며 코끝을 휘돌아 제 영혼을 깨끗하게 씻어주고 있어요.

벌써 며칠째인지 몰라요. 아니, 그보다 더 오래되었을까요. 제 몸 안에 몰아치는 소용돌이의 끝이 앙가슴의 명치끝을 찌르는 통증에 사로잡혀 있어요. 아무튼 저 자신이 누구인지, 그리고 앞으로 운명을 어떻게 개척해가야 하는지, 도통 갈피를 잡을 수 없었어요. 그래서이지요. 당신에게 편지를 찬찬히 쓰면서 하나하나 아퀴짓고 싶어요.

세상으로부터 버림받았다고 느낄 때마다 건밤새우며 일기를 썼지요. 낮은 코에 위로 올라간 눈초리, 게다가 작은 가슴, 생김새부터 저는 버림받았단 사실을 아주 일찌감치 깨달을 수 있었어요. 높은 콧날에 쌍꺼풀 눈, 풍만한 가슴을 지닌 날씬한 몸을 볼 때마다 비참해지는 심경, 당신 이해하실 수 있겠어요? 그 친구들이 일찌감치 성을 '인생의 축복'이라며 즐길 때, 저는 경멸하면서도 부러웠어요. 아니, 부러웠기에 경멸했을까요.

해가 거듭되면서, 아니 달마다, 어쩜 날마다였는지 몰라요. 저의 좌절은 눈덩이처럼 커져갔어요. 그때마다 애면글면 이겨나갈 수 있었던 힘이 바로 일기였지요. 아무리 슬픈 상념도, 버림받은 삶을 스스로 마감하고 싶은 충동도, 일기장에 글로 옮겨가다 보면 시나브로 사라져갔어요. 생각이 헝클어질 대로 헝클어져 바로 앞 한 걸음을 어디로 옮겨야 할지 먹먹할 때도, 글을 써가노라면 얽힌 실타래를 풀 듯 실마리를 찾을 수 있었지요.

그러나 지금 저는 다가설 용기가 나지 않는, 블랙홀처럼 강력한 소용돌이와 마주하고 있어요. 대체 어디서부터 이야기를 풀어가야 할지 엄두조차 나지 않아요. 다만 침묵하고 있는 것이 감당하기 더 어려워요. 더 가둬둔다면 제 가슴은, 머리는, 언제 터져버릴지 모를 정도로 세차게 소용돌이치고 있어요.

붓 가는 대로 쓰는 글, 그것을 수필이라 했던가요. 그렇다면 이 글은 편지가 아니라 수필일지 모르겠어요. 다만 '붓 가는 대로'가 아니라 '머리에 떠오르는 대로'라고 하는 게 더 적확하겠지요. '머리에 떠오르는 대로'라고 했지만, 솔직히 두려워요. 제 머릿속에, 우리 머릿속에, 과연 무엇이 있는 걸까요.

뇌. 사람의 정신, 자아가 깃들어 있다는 뇌가 자리한 곳이 바로 머리 아닌가요. 더 정확하게 말하면 신경계의 중추라고 할까요. 고독으로 절망의 나날을 살던 시절이었지요. 두 손으로 머리를 감싸며 두개골 속에 똬리 틀고 있는 저의 뇌와 대화를 나누고 싶었어요. 고독과 절망에 사로잡힌 자아, 그 뇌와 대화하고 싶어하는 뇌, 두 뇌가 한 뇌라는 데서 오는 또 다른 고독과 절망. 끊임없이 순환하는 소용돌이를 응시하노라면, 어느 순간 미쳐버리는 게 아닐까, 다시 불안과 슬픔이 해일처럼 엄습했지요. 이윽고 이어지는 자기 경멸감이란.

그래요. 대체 너는 어디서 왔니? 스스로 묻노라면, 그 너인 나, 저의 정신이 분열되는 혼란과 두통으로 귀결되었어요. 한때는 뇌에 종양이 생겨 결국 일찍 죽을 것이라는 확신과 공포감에 시달리기도 했지요. 단단한 두개골에 싸여 있는 저의 뇌를 들여다보고 싶은 꿈, 그 뇌를 두 손 위에 올려놓고 찬찬히 뜯어보고 싶은 몽상에 젖어들기도 했지요. 제가 어디서 누구로부터 왔는지, 그리고 과연 "나는 생각한다. 그러므로 나는 존재한다"라는 근대철학의 명제가 옳을까라는 원초적 물음과 함께 말이지요.

사람의 머릿속에 자리하고 있는 뇌, 당신은 그 신비의 물질을 직접 보셨나요? 저는 보았어요. 그 순간이 떠오르면 지금도 저의 가슴 한복판으로 매운 칼바람이 뚫고 지나가는 느낌이지요. 눈앞에 살풍경이 생생하게 떠올라요.

지금 떠올리기 무섭지만 제가 목격한 사실을 들려드릴게요. 침상에 눕혀 있는 그분께 거칠게 다가가는 칼 든 손을 보았지요. 날카롭게 벼린 칼날은 서슬이 시퍼랬어요. 칼을 꼭 거머쥔 오른손은 얇은 고무장갑을 끼고 있었지요. 왼손으로 우악스레 머리칼을 헤쳐가더군요. 저에겐 비디오 테이프를 느리게 돌릴 때처럼 떠오르지만, 모든 것이 순간이었어요. 정수리 맨살이 드러났겠지요. 순간, 칼날을 곧추세웠어요. 곧장 머리칼 사이를 힘주어 들이밀었어요.

수꿀하며 제 머리칼이 곤두섰어요. 저도 모르게 두 손으로 눈을 가렸지요. 하지만 곧 손가락을 폈어요. 왼쪽 귀에서 오른쪽 귀까지 칼자국이 깊이 새겨졌지요. 검붉은 피가 솔래솔래 흘러나왔어요. 저는 어느새 두 손을 코까지 내리고 냉철한 시선으로 바라보았지요. 당신은 어떤지 모르겠지만, 저 본디 차가운 사람이어요. 적어도 그때까지는.

칼날을 옆으로 눕히더니 머릿살을 후볐어요. 제 머릿살이 팽팽해졌지요. 이어 정수리에서 눈썹까지 살갗을 거침없이 벗겨 내렸어요.

"주욱."

헝겊이 찢어지는 소리보다 조금 더 둔탁하게, 마치 가면처럼 사람의 얼굴이 벗겨지더군요. 벗긴 살가죽 아래로 하얀 해골이 드러났어요. 순간, 칼날을 침착하게 내려놓은 그가 이번에는 톱을 들었어요. 예리한 톱날을 세웠지요.

"트르륵, 트르륵."

해골을 켰어요. 톱니와 해골이 부닥치는 소리에 소름이 돋았어요.

마침내 박을 타듯 두개골이 열렸지요. 이윽고 보들보들한 뇌가 드러났어요.

조금의 떨림도 없이 두개골 속으로 피묻은 손장갑을 들이밀었어요. 두 손바닥으로 뇌를 거머쥐더니 사부자기 들어올렸지요. 그 순간 들려진 뇌의 주인공이 마치 제가 되는 양 현기증이 났어요. 뇌는 더없이 작았어요. 자그마한 뇌의 어딘가에 저의 기억이, 아니 기억의 제가 담겨 있었으리라는 생각은 차라리 사치였어요. 순두부처럼 물렁거리는 뇌가 도마 위에 올려졌기 때문이지요.

인간이 생각하는 존재라면 바로 저 뇌가 사람의 본질일까요? 아까보다 조금 더 큰 식칼 크기의 칼날을 들었어요. 삼박삼박 두부를 자르듯 나누었어요. 이어 사정없이 토막토막냈어요.

"탕! 탕! 탕!"

잘게 썰어진 뇌 어디에도 영혼이 머물던 흔적은 보이지 않았어요. 옹근 75년 동안 당신의 뇌를 감돌던 고뇌도 칼날과 톱날에 사라진 걸까요. 마지막 보았을 때 웅숭깊게 저를 바라보던 거뭇거뭇한 눈빛은 지금 꺼풀처럼 벗겨져 흘러내린 이마의 살갗 아래 가려져 있어요. 아, 그 이마는 는개 긴 산마루를 바라볼 때 얼마나 위엄이 서렸던가요. 너덜지대 옆으로 소용돌이치며 쏟아지는 계곡 물을 응시할 때였지요. 고통에 젖어들던 눈빛의 시신경은 자잘자잘 잘린 뇌 조각 어딘가에 묻어 있었을 터이지요.

그러나 지금은 단백질에 지나지 않는, 그리고 누구로부터도 예우를 받지 못하고 있는, 뇌 조각 하나하나로 깊숙이 들어가야 할까요. 칼로 아무렇게나 잘린 조각조각마다 얼마나 깊은 삶의 우주가 자리하고 있었을까요.

그래요. 두부처럼 잘려진 뇌는 저에게 증언해주었어요. 그 깊은 삶의 우주는, 영혼은, 이미 뇌를 떠났음을. 그렇다면 어디로 갔을까요, 뇌의 자아는, 넋은. 다만 그때까지만 하더라도 저는 그 뇌가 지녔던 영혼에 얼마나 큰 슬픔과 고뇌가 담겨 있었는지를, 전혀 상상조차 할 수 없었지요.

2

당신은 아주 소중한 무엇인가를 지니고 계신가요? 본디 소유란 사람을 타락시키기 십상이지만, 더러는 삶이 고단할 때마다 그것이 있어 행복한 존재이기도 하지요. 저에겐 그런 소유, 아니 존재가 있어요.

나침반이어요.

낡았을 뿐만 아니라 자침까지 멎었어요. 제가 그 나침반을 발견했을 때 이미 화살표는 떨지 않고 있었지요.

방향을 가리키는 게 존재의 근거인데도 떨림이 멎은 나침반이 제게 가장 소중한 까닭은 물론 있어요. 저와 이 세상을 애오라지 이어준 존재이기 때문이지요. 그래서이지요. 나침반을 저의 '수호천사'로 삼은 것은.

당신, 수호천사, 마니또 놀이를 해보셨겠지요? 어린 시절, 제게 마니또 이야기를 들려준 착한 친구가 있었어요. 언제나 반응이 느렸던 제 탓으로 헤어진 친구이지요. 그 친구가 어느 날 이름을 감추며—

하지만 단숨에 누구인지 알 수 있었어요—마니또를 자처하는 글을 보내왔어요. 그때 받은 글을 아직 간직하고 있는데, 당신께 읽어드리지요.

마니또는 사람의 시간을 다루는 신입니다. 유난히 사람을 사랑했습니다. 언제나 사람이 살아가는 세상을 보며, 울기도 하고 때론 웃는 게 마니또의 하루였습니다. 어느 날 세상을 바라보고 있는데, 작은 소녀와 앞을 보지 못하는 아버지가 무서운 속도로 달려오는 마차에 깔릴 위기를 발견했습니다. 마니또는 자신도 모르게 시간을 멈췄습니다. 누가 도와주었는지, 무슨 일이 일어났는지 모르지만 소녀와 아버지는 목숨을 구할 수 있었습니다. 그 사건을 계기로 마니또는 생각했습니다. '순간순간 위기의 상황마다 시간을 멈추면 사람들이 좀더 웃는 일이 많아지지 않을까'라고…….

사람들은 마니또의 마음을 잊지 못해 서로 지켜주는 친구를 '마니또'라 불렀습니다. 누군가 한 사람에게 '사랑의 수호천사'가 되는 것입니다. 이 글을 읽는 순간 바로 옆에서 마니또가 활짝 웃고 있을 것입니다. 자신의 이야기를 하고 있다며. 아니, 사랑의 천사가 될 수 있도록 도와달라며.

참으로 고마웠지요. 그 시절 이미 저는 철저히 외톨이였으니까요. 하지만 미숙했던 탓이지요. 저의 마니또에게 솔직한 감정을 온새미로 표현하지 못했어요. '몰래 자신을 지켜주는 수호천사'에 어떻게 답해야 할지도 몰랐지요.

결국 오해한 친구가 저를 떠난 뒤, 외로움은 무장 깊어갔어요. '마니또'라는 말을 인디언 신화에서 발견했을 때 조금은 '위안'이 되었던 까닭이지요. 아메리카 인디언들의 신, 마니또(manito)는 초자연적 영성을 의미해요. 저와 같은 '황인종'의 신이라는 사실이 새롭게 다가왔어요. 나이에 걸맞지 않게 세상이 온통 잿빛으로 보이던 시절에 만난 마니또, 바로 나침반이었어요.

서울의 국립과학수사연구소 지하실에서 그분의 온 몸이 갈기갈기 찢어지는 해부를 처음부터 끝까지 지켜보았던 날로 돌아가지요. 부검실을 나와 계단을 오를 때였어요. 갑자기 무릎 안쪽이 꺾이는 순간, 계단 한쪽에 쓰러지며 주저앉았지요. 앞서도 말했듯이, 노상 모든 일에 반응이 더딘 저에게는 부검의 충격이 그제야 오는가 싶었어요. 어깨에 메고 있던 가방이 미끄러져 아래 계단으로 툭 떨어졌어요. 동시에 가방 속에 있던 나침반이 철제 계단 아래로 통통 굴러갔어요. 아마도 그래서였겠지요. 제가 어지럽던 정신을 바짝 차린 것은.

"뎅그르르."

저의 수호신, 마니또가 망가지지 않을까 싶어 가슴이 철렁 내려앉았어요. 나침반은 조금 전 해부로 아직 핏물이 고여 있는 곳까지 굴러갔지요. 핏물이 고였지만 불결하다는 느낌은 전혀 없었어요. 제가 조금은 알던, 그리고 저에게 따뜻한 사랑의 눈길을 건넨 분의 피였기 때문이었을까요. 황급히 주웠지요. 가방에서 휴지를 꺼내 닦았어요. 그의 핏물이 어린 유리를 닦았을 때였어요.

아, 대체 무슨 일이 벌어진 걸까요. 하얀 휴지에 빨간 핏물이 번져가는 바로 그 순간, 저는 보았지요. 금이 간 유리 안에서 빨간 화살표 자침이 떨고 있는 것을. 동시에 제 가슴의 심장도 떨었어요.

3

　피새 영감. 제가 처음 본 뇌의 '주인'이지요. 성격이 괴팍하고 성을 잘 내어 그런 별명을 얻었어요. 사람이 나이가 들면 대체로 너그러워진다고 하지요. 하지만 되레 왜쭉비쭉 성내기 일쑤인 노인도 있거든요.

　별명만 생게망게하지 않았어요. 이름은 최천민. 어떠세요? 별명 못지않게 특별한 이름 아닌가요? 실제로 한자 이름도 '賤民'이었어요. 그 이름을 처음 들었을 때, 대체 어떤 부모가 아들에게 '천민'이라는 이름을 지어줄 수 있을까 싶었지요. 이름을 지으며 저주의 뜻을 담지 않는 한 어떻게 그럴 수 있을까요. 더구나 성이 '최'이기에 더 그래요.

　천민이라는 이름을 소개받았을 때부터, 그분의 운명이 예사롭지 않았으리라는 생각이 들었어요. 이름을 속으로 되뇌고 있었지만, 짐작해서였을 테지요. 그분을 만나러 함께 가던 사람이 덧붙였어요.

　"이름이 조금 특이하지 않소?"

　"저도 그 생각을 하고 있었어요. '조금'이 아니라 많이 특이하지요."

　"뛰어난 투사였다고 들었소."

　투사. 게다가 '뛰어난 투사'의 이름이라면, 조금은 이해할 수도 있겠다 싶었어요. 어쩌면 그에게 '천민'이라는 이름을 지어준 아버지야말로 진정 뛰어난 투사였을지 모른다는 생각도 들었지요.

　자동차로 다섯 시간이 걸려 찾아간 깊은 산 마을에서 그분을 처음 보았을 때, 당혹스러웠어요. '투사'라는 말을 들을 때만 하더라도 체 게바라의 멋진 표정이나 레닌의 준엄한 얼굴을 떠올렸겠지요. 그런데 아니었어요, 최천민은.

작은 키에 깡말라 있어서만은 아니어요. 제가 살아온 환경에서는 최천민에 비금비금한 얼굴조차 전혀 찾을 수 없었지요. 상상해보시 겠어요? 날카롭게 올라간 눈매가 불그레한 주먹코 아래의 두툼한 입술과 뭔가 서로 어긋나 있다는 느낌을 주었지요. 턱밑으로 염소수염처럼 뾰족하게 자라난 흰 수염도 손질한 흔적은 전혀 보이지 않았어요. 게다가 체 게바라의 구레나룻과 어쩌면 그렇게 대조적인지요. 더구나 회색의 수염조차도 얼굴 곳곳에 피어난 검버섯이나 까매진 눈 아래의 그늘과 대조를 이루어 기괴한 형상을 빚어내고 있었지요. 왜 마을 사람들이 그분을 '피새 영감'이라 부르는지 충분히 짐작하고도 남았어요.

무엇보다 신경질적으로 쏘아보는 듯한 눈길과 마주하기가 거북스러웠어요. 마주하는 사람의 가슴을 얼어붙게 만들 만큼 차갑고 섬뜩한 시선이었지요. 문득 메두사가 떠올랐어요. 메두사. 본디 아름다운 얼굴이었지요. 하지만 아테나 여신의 저주—아니, 질투가 맞을까요—를 받아 자신과 눈이 마주치는 모든 사람을 돌로 변하게 할 만큼 무서운 형상을 한 존재로 변했어요. 스스로 가상해보세요. 당신과 눈이 마주친 모든 사람이 돌로 변한다는 것을. 인간으로 그보다 더 깊은 고독이 있을까요. 거기에 견주면 머리카락이 모두 뱀이 되어 혀를 날름거리는 것은 차라리 괜찮을지도 모르지요.

실제로 그랬어요. 최천민의 껍더리된 얼굴을 마주하고 앉았을 때였어요. 살천스레 보이던 눈동자 속 어딘가에서 세상으로부터 버림받은 사람의 슬픔이 묻어나는 사실을 곧 깨달을 수 있었지요. 고독한 사람만이, 버림받아본 자만이, 자신이 버림받은 존재임을 인식한 자만이 그 슬픔을 단숨에 인식할 수 있어요. 그래서였을까요. 아니, 어쩌면 풍기는 인상과 정반대로 더없이 부드러운 목소리 탓일지도 모르겠어요. 대화를 시작한 지 채 반 시간도 지나지 않아 제 마음은 솜처럼 편해졌지요.

피새 영감 최천민(1930~2005)의 75년 생애에서 제가 얼굴을 본 것은 꼭 두 번이었어요. 한 번은 긴 대화였고, 한 번은 체온이 이미 사라진 얼굴이었지요. 두 번의 만남으로 삶과 죽음을 모두 목격한 인연은 남다른 게 분명해요.

떠나던 날, 아침식사를 단 둘이 했었지요. 부끄럽게도 늦잠 잔 저를 위해 손수 밥상을 마련할 만큼 건강하고 자상한 분이셨어요. 민망스러워하는 저를 참으로 편하게 대해주셨지요. 갑작스러운 죽음이란 무엇보다 당사자에게 얼마나 애통한 일인가요.

지금도 떠올라요. 날카롭게 쏘아보던 메마른 눈동자에 촉촉하게 번져 가던 물빛이. 장대비 쏟아지는 산중에서 대화할 때, 그리고 씻은 듯이 갠 다음날에 작별의 손사래를 흔들 때였지요. 저 따뜻한 눈 어디에서, 처음 바라보는 사람이라면 누구나 마음을 얼어붙게 했을 눈빛이 번득였을까. 차라리 그게 궁금해졌어요. 피새 영감은 대체 누구의 저주를 받은 메두사였을까요. 그의 '아테나'는 누구였을까요.

4

　　　　신화를 즐겨 읽었어요, 저는. 학창 시절, 사회과학에는 전혀 관심이 없었지요. 신에 반란을 꿈꾸던 시절도 있었어요. 아버지와 어머니도 책읽기를 무척 좋아하셨어요. 책상 위에 촛불을 켜놓고 책을 읽는 저의 습관은 아버지로부터 물려받은 습관이지요. 연꽃의 수정 촛대를 선물해주신 분도 아버지였어요.

어머니는 문헌학자이세요. 유럽의 신화 연구가 전공이지요. 제가 처음 선물받은 책도 북유럽 신화였지요. 화사한 그림책이었어요. 하지만 그 책은 저에게 아득한 좌절감을 심어주었지요. 저는 신화 그림책에 나오는 사람들과 달리 제 머리가 금발이 아니라는 사실에, 그리고 눈빛이 푸르거나 초록빛이 아니라는 사실에 곧 상처를 받게 되었지요. 당신은 우습다고 여기실지 모르지만 나중에 더 자세히 들려드리지요.

오늘 제가 하고 싶은 말은 한국의 신화이어요. 당신, 한국 신화를 얼마나 알고 계신가요. 저는 참으로 뜻밖에도 저만이 아니라 대다수 한국 사람이 자신의 신화를 모른다는 사실에 쉽게 가라앉지 않는 분노를 느꼈어요.

한국인은 '신화'하면 그리스·로마 신화만 떠올리고 그것이 베스트셀러 목록에도 오르고 있지만, 사실 그것은 인류에 대한 모독이지요. 신화는 온 세계에 걸쳐 풍부하게 창조되어 있어요. 당장 북유럽 신화만 보더라도 웅장하기가 그리스·로마 신화보다 더하면 더했지 그 반대는 결코 아니어요.

유럽 신화의 그 어떤 것보다 제 가슴을 울린 것은 기실 한국의 신화였어요. 그 신화를 제게 들려준 분이 바로 피새 영감이어요. 주인공은 공주이지요. 하지만 그 신화의 공주는 다른 신화에 나오는 화사하고 아름다운 공주와 전혀 달라요.

공주의 이름은 바리데기. 줄여서 바리 공주라고 하지요. 아마도 당신이 모를 가능성이 많고, 설령 들었다고 하더라도 잘 모를 터이니 간추려 드리지요.

옛날 아주 옛날이어요. 올해 혼인식을 올리면 일곱 공주를 낳으니 내년으로 미루라는 예언을 무시하고 결혼한 왕이 있었지요. 운명을 믿지 않는 사람에게 기어이 보복하는 신화의 유형이 여기서도 나타나요. 왕은 왕비를 맞아들인 뒤 계속해서 여섯 공주를 낳았어요. 실망한 왕과 왕비는 꼭 아들을 보려고 신령님께 온갖 치성을 다 드렸지요. 하지만 일곱째 아이도 딸이었어요.

왕은 격노했지요. 아기를 버리라고 명령했어요. 왕비는 눈물을 쏟으며 애원했지만 왕은 막무가내였어요. 왕비는 아기 이름을 '바리데기'라고 지었어요. 바리데기, 버리데기, '버려진 아이'라는 뜻이지요. 바리데기 공주를 함에 담아 강물에 띄웠어요. 버려진 아기는 서쪽으로 흘러가다가 마을 할아버지 할머니에게 발견되어 거둬졌지요.

그로부터 15년이 흘렀어요. 왕이 병들었어요. 어떤 약을 써도 듣지 않았어요. 왕의 꿈에 푸른 옷을 입은 소년이 나타났어요. 하늘이 정한 운명을 거역하고 아기를 버린 죄라고 말했지요. 그리고 살기 위해서는 저승에서 구할 수 있는 불사약을 먹어야 한다고 가르쳐 주었어요. 왕비가 궁리 끝에 여섯 공주를 불러 누가 아비를 위해 약을 구해오겠느냐고 묻지요. 그러나 왕과 왕비의 사랑으로 호의호식한 여섯 딸들은 모두 이런저런 핑계를 댈 뿐 나서지 않았어요. 시름에 잠긴 왕비에게 떠오른 딸이 바로 바리데기였어요. 왕비는 곧장 수소문에 나섰고, 결국 아기를 찾았어요.

바리데기는 어머니의 말을 듣자 아무런 망설임 없이 저승길로 떠났지요. 아버지를 살리려는 뜻이었지요. 저승세계에 들어가 불사약을 받는 조건으로 저승을 지키는 신과 결혼했어요. 나무하기 3년, 물긷기 3년, 불때기 3년 모두 9년 동안 노동을 했어요. 아들도 일곱을 낳았지요. 가까스로 약을 구해 돌아와 보니 이미 왕은 죽어 있었어요. 하지만 바리데기가 지니고 온 불사약과 꽃으로 다시 살아났지요. 바리데기는 그 인연으로 죽은 사람을 저승으로 인도하는 신이 되었어요. 지금도 죽은 사람들을 저승으로 인도하고 있지요.

당신은 왜 제가 바리데기 공주 이야기에 감동을 받았는지 짐작하시나요? 저 자신이 바로 바리데기였기 때문이지요.

5

그래요. 감추고 싶은 일이지만, 아니, 대놓고 분노해야 마땅한 일인지 모르지만 저는 조국으로부터 버림받은 아기였어요. 바리데기 신화와 우연히 숫자가 맞아떨어져요. 제가 열다섯 살 생일이 되던 날이었지요. 부모님이 친지들을 모두 불러 생일 기념 잔치를 열어주셨어요. 잔치를 마치고 모두 돌아간 뒤 부모님과 마주 앉았지요. 쌍꺼풀과 높은 콧마루 두루두루 근심이 짙게 깔린 얼굴로 어머니가 물었어요.

"왜 그러니? 혹 무슨 걱정이라도 있는 거야?"

"아니어요. 걱정은요."

이마가 훤칠한 아버지가 거들었어요.

"아니다. 우리가 보기에 생일 파티 내내 네 표정이 우울하더구나.

말해보렴.”

“말씀을 드려도 아무 소용이 없는 문제라서요.”

침울한 제 대답에 두 분은 한결 더 궁금했던지 재촉했어요. 어쩔 수 없었지요. 아버지에게 눈을 고정시켜 웃으며 말했어요.

“어머니하고만 말하고 싶어요.”

부모님은 서로 얼굴을 마주 보셨지요. 아버지가 무슨 일인지 짐작한다는 듯이 저에게 한쪽 눈을 찡긋거리며 일어나 침실로 가셨어요. 침실 문이 닫히는 걸 보며, 어머니가 물었어요.

“몸에서 피가 나오는 게로구나?”

저는 끄덕였어요. 사실이었으니까요. 하지만 그 때문만은 아니었어요. 학교 친구들이 이미 오래 전부터 시작했고 저는 늦었기에 백과사전을 찾아보며 지식을 축적할 수 있었지요. 전혀 놀랄 일은 아니었어요. 오히려 저에게도 찾아왔다는 게 얼마나 반가웠는데요. 하지만 미처 저도 전혀 예상하지 못했던 의문이 강렬하게 고개를 들었지요. 저를 누가 낳아주셨을까라는 가장 원초적 물음이었어요.

“그건 걱정할 일이 아니란다. 축하할 일이지.”

“알아요.”

“그런데 왜?”

“솔직하게 여쭤보아도 되나요?”

“그럼.”

어머니가 자신만만하게 어깨를 슬쩍 들썩이며 답했어요. 그 순간 다시 망설였지요. 저분을 괴롭히는 게 아닐까 싶었어요. 어머니가 눈웃음을 보내며 재촉하셨지요.

“말해보렴. 엄마는 모르는 게 없는 문헌학자란다.”

“좋아요. 저…….”

“응? 너답지 않게 왜 그러니?”

“…….”

“남자친구와 심각한 문제라도 생긴 게니?”

고개를 절레절레 흔들었어요.

“제게 그럴 만한 남자친구가 어디 있나요?”

“그럼, 우리 딸에게 뭐가 문제일까?”

“말할 테니, 저를 나무라지 않겠다고 약속하세요.”

저는 손을 내밀었어요. 어머니는 선뜻 손을 잡아주셨어요.

“저……, 친어머니 친아버지를 알고 싶어요.”

아, 가엾게도 어머니는 큰 충격을 받으셨어요. 제 눈을 들여다보던 어머니의 푸른 눈이 동그랗게 커져갔어요. 한숨을 몰아쉬며 애써 미소를 지었어요. 하지만 미소 끝은 떨리고 있었지요.

“그래? 그건 내 문헌학적 지식으로 다가갈 수 없는 문제로구나.”

“죄송해요.”

침묵이 흘렀어요. 부드러운 금발 아래 긴 속눈썹이 푸른 눈을 감추었어요. 이윽고 눈을 뜬 어머니가 말했지요. 애써 여유를 보였어요.

“문헌이 있긴 한데 그 안에 정보는 전혀 없단다. 잠깐 기다려라.”

조용히 일어서서 침실로 걸어갔어요. 조금 휘청거리는 듯했던가요. 제가 그분에게 상처를 준 게 아닐까 걱정되었지요. 침실 안에서 아버지와 어머니가 으밀아밀 두런거리는 소리가 들렸어요. 한참 지난 뒤 두 분이 함께 나오셨지요. 어머니는 상냥한 미소를 짓고 있었지만 눈 둘레는 이미 빨갛게 물들었어요. 눈물을 훔치고 나온 흔적이 분명했지요. 두 손에 소중히 받쳐든 비단 가방을 제게 건넸어요.

“자, 이게 황새가 널 물어올 때 우리가 받은 전부란다.”

유럽에서는 황새가 아기를 데려다준다고 흔히 말해요. 실제로 아주 큰 ‘황새’인 비행기가 저를 물어온 셈이지요. 비단 가방 안에는 입양 서류, 그리고 나침반이 있었어요. 입양서류는 단순했어요. 처음 보는 글자도 있었지요. 나침반은 제가 지금까지 보아온 ‘실바 나침반’과 모양부터 달랐어요. 밑판도 없었고, 자유롭게 움직이는 틀도 없었지요. 스웨덴에서 만든 세련된 실바 나침반과 달리 투박했어요. 나침반의 둥근 테두리 군데군데 푸른 녹은 속 깊은 사연을 담고 있는 듯했어요. 물론, 그것이 제게 남겨진 유일한 유물이었기에 감정이입된 것인지는 모르겠지만요.

아버지는 애써 침착한 어조로 ‘등산용 나침반’이 아니라 군용이라고 덧붙였어요. 뜻밖이었지요. 왜 나침반이 있을까. 혹 아버지가 군인이었을까. 생각이 꼬리를 물고 이어졌지만, 아무런 가닥도 잡을 수 없었어요. 아무튼 나침반은, 더 정확하게 말하면 나침반의 옛주인은, 그 순간부터 저의 마니또가 되었지요.

아버지는 서류를 들고 처음 보는 글자를 가리키며 말했어요.

“여기에 네 진짜 이름이 적혀 있단다.”

쇠망치로 머리를 얻어맞은 듯한 충격이었지요.

‘진짜 이름? 진짜 이름이라니요?’

묻지는 못했어요. 말이 나오지 않았어요. 그저 멍하니 아버지를 바라보았지요.

‘그럼 실비아는 가짜란 말인가!’

제 가슴에 일고 있는 폭풍을 아버지는 전혀 모르는 것 같았어요. 하지만 아직 어려서였는지 곧 호기심으로 돌아섰어요.

무엇일까, 내 '진짜 이름'은.

양아버지는 자신도 글자를 읽지 못하지만 입양해올 때 "연꽃"으로 들었다고 말해주었어요.

연꽃.

연꽃?

연꽃!

연꽃.

싫지 않더군요. 누가 이름을 지어주었을까, 그 생각이 일자마자 그만 서러움이 복받쳐 올라왔지요. 침을 꾹 삼키며 눈을 부릅뜨고 제 '이름'이라는 글자를 뚫어져라 바라보았어요. 낯선 글자를 배우고 싶다는 강렬한 충동이 일었지요. 배우겠다는 결심을 곧장 세웠고요. 나중에 알았지만 입양서류의 그 글자는 연꽃이 아니라 연화였어요. 뜻으로 보면 연꽃이지요. 성은 홍. 홍련화, 그것이 저의 '진짜 이름'이지요.

6

어머니는 저와 함께 한글을 배우러 다녔어요. 스웨덴 정부가 지원해준 '한글 토요학교'에 등록했지요. 토요일마다 '한글학교'에 함께 가주셨던 어머니를 지금도 진심으로 존경하고 있어요.

살손 붙여 한글을 배웠기에 쉽게 깨칠 수 있었지요. 타고난 한국인이어서만은 아닐 터이어요. 문헌학자인 어머니도 익히기 쉽다고 감탄하셨지요. 이미 다섯 언어를 자유자재로 구사하시던 어머니는 입버릇처럼 말씀하셨어요.

"우리 딸 덕택에 내가 한국 문헌까지 섭렵할 수 있게 되었구나."

어머니, 아니 지금부터는 양어머니라고 쓸게요. 그분의 자상한 배려와 함께 언뜻언뜻 보이는 흔들림과 초조함은 저로 하여금 한국에 대한 끓어오르는 열정을 자제하게 했어요. 제가 한글을 배우고 한국에 관심을 기울이는 것은 어쩌면 양어머니가 길러주신 은혜에 대한 배신일지 모른다고 저 자신에게 꼭꼭 우격으로 다짐했지요. 한글을 더불어 배우던 양어머니의 뜻도 어쩌면 저를 잃기 싫어서였는지도 몰라요. 하지만 그것은 통제가 아니라 사랑의 밧줄임을 지금도 의심하지 않아요. 다만 그 밧줄은 영원할 수 없었고, 실제로 오래가지 않았어요.

제가 대학을 졸업하고 어릴 때 꿈처럼 선생님으로 취업했을 때였어요. 굳이 학창 시절까지 회고하고 싶지는 않아요. 다만, 금발의 푸른 눈들 속에서 정도의 차이만 있을 뿐 언제나 따돌림을 받은 제가 할 수 있는 것은 공부였어요. 우수한 학업 성적이나 품행으로 보나 저는 교사로서의 자격에 전혀 손색이 없다고 자부하고 있었어요.

학교로 출근한 첫날, 꿈에 부풀어 가슴에 작은 방망이질이 일어났지요. 생활이 늘 검소하신 양부모님은 만만치 않은 돈을 들여 정장까지 맞춰주셨어요. 두 분을 위해서라도 훌륭한 선생님이 되겠다며 출근할 때만 하더라도, 제 앞에 기다리고 있는 운명을 전혀 상상할 수 없었어요.

입학날이어서 거의 모든 아이들이 어머니나 아버지와 함께 왔지요. 제가 학급에 들어가는 순간, 저에게 강렬한 눈길들이 쏟아지고 있다는 느낌을 단숨에 받았어요. 지금 생각하면 그때 어떤 불길함이 분명 제 가슴에 스쳐갔어요. 하지만, 그 시점에서 저는 그것을 선생님에 대한 호기심으로 막연하게 여겼던 것 같아요. 아무런 경계의식이 없었지요.

칠판에 제 이름을 쓰고 '담임 선생님'이라며 말을 시작할 때였어요. 학부모들 사이에서 수군수군 대화가 오갔어요. 이어 대다수 아이들의 눈도 커지거나 찌푸려졌어요. 학부모가 모인 쪽에서 마침내 날카로운 목소리가 들려왔어요. 마치 저에게 들으라는 듯이.

"아니, 어떻게 어린아이들을 외국인, 그것도 동양 사람이 가르친단 말인가요?"

숨이 턱 막혔어요. 무릎이 푹 꺾이는 걸 겨우 참았지요. 하지만 후들후들 떨렸어요. 그 사실을 감추려고 했지만 그럴수록 다리는 물론이고, 온 몸이 떨려왔지요.

'외국인이라니요. 저는 외국인이 아니라 당당한 스웨덴 사람이어요.'

말하고 싶었고, 무엇보다 사실 그대로 말해야 한다고 생각했어요. 그런데 목소리가 나오지 않았어요. 아니, 그것은 육체적 현상 때문이 결코 아니었어요. 저의 영혼이, 저의 정체성이 산산조각 난 순간이었지요.

결과는 어떻게 되었을까요. 가까스로 이성을 되찾아 마음을 도슬렀어요. 하지만 사태는 더 커져갔지요. 이미 몇몇 학부모는 아이들을 데리고 교실 밖으로 나갔어요. 나머지 학부모들도 무리 지어 교장실로 가더군요. 저도 교장실로 들어갈 수밖에요. 학부모들은 집단으로 거칠게 항의했어요. 교장도 당황하더군요. 애써 미소지으며 더듬더듬 말했지요.

"여러분, 우리 모두…… 스웨덴 시민으로서 품위를 찾읍시다. 여기 실비아 선생님은 한 살도 되기 전에 스웨덴으로 와서 자라난…… 스웨덴 사람입니다. 실비아를 키운 부모는 진짜 스웨덴 분이세요."

그랬어요. 교장 선생님은 저를 도우려고 한 발언임에 틀림없어요. 하지만 "실비아의 부모는 진짜 스웨덴 분"이라는 말에 저는 헤어나기 어려운 큰 충격을 받았지요. 그렇지 않겠어요, 당신이라면? 곧바로 의문이 들지 않겠어요? '그렇다면 나는?'이라고. 여지없이 '가짜'란 말인가.

두 발을 딛고 선 곳이 허방으로 무너지는 듯했어요. 끝없이 추락하는 현기증이 일었지요. 저는 그만 사람들 앞에서 울음을 터뜨리고 말았어요. 예전의 양아버지가 저의 이름을 가리키며 "진짜 이름"이라고 짚었을 때가 새삼스레 떠올라 더욱 서러웠지요. 주저앉아 소리내어 흐느끼는 저에게 누군가의 목소리가 비수처럼 꽂혀왔어요

"저거 보세요. 선생이라는 사람이 저렇게 감정 조절을 못하는데, 어린아이들을 어떻게 맡길 수 있겠어요."

참으로 잔인한 사람들……, 정신 차려야 한다고 입을 꼭 물었어요. 하지만 제 의지와 무관하게, 아니 정반대로 저의 흐느끼는 소리는 무장 높아갔어요. 저의 행동이 뱅충맞다는 자각이 일자 되레 서러움이 증폭되었지요. 이름도, 얼굴도 모르는 친어머니, 친아버지가 더없이 원망스러웠어요.

서양의 백인 남성이 지배하는 문명에 왜 저를 버리셨나요? 묻고 싶었지요. 그 순간 저의 울음소리는 한 단계 더 높은 음자리로 옮겨갔지요. 결국 그런 거였지요. 다만 저 혼자 몰랐던 게지요. 저는 진짜 스웨덴 사람이 아니라 가짜 스웨덴 사람이었음을. 가짜. 네~, 가짜!

7

　　　　　돌아보면, '가짜'라는 인식이 오랫동안 저의 내면에 차곡차곡 쌓여온 게 아닌가 싶어요. 켜켜이 응축된 그것이 사회에 첫발을 내딛는 순간에 외적 사건으로 말미암아 표면으로 드러난 셈이지요. 하지만 당신이 지금 이 순간에 혹시 저를 동정한다면, 전 차갑게 말할 수 있어요.

"착각하지 마세요."

나중에 알았지만 제가 스톡홀름에서 겪은 일들은 정도의 차이만 있을 뿐, 서울에서 자란 사람들도 마찬가지였어요.

서울을 처음 찾아갔을 때지요. 한국의 대다수 사람들이, 남자와 여자, 나이든 사람과 젊은 사람, 심지어 어린아이 가릴 것 없이 외모에 관심을 쏟는 사실에 저는 어리둥절했어요. 분명히 스웨덴보다 가난한 나라인데도 옷차림은 비교할 수 없을 만큼 사치스럽더군요.

더구나 외모를 판별하는 미적 기준이 서양이라는 사실을 알고 무장 놀랐지요. 백인 여성과 백인 남성의 얼굴 생김새를 기준으로 잘생기고 못생김을 가르는 모습을 보며 무슨 생각이 들었는지 말씀드려도 될까요? 배신감을 느꼈어요. 지적으로 뛰어난 대학생들의 사고도 마찬가지였어요. 특히 여성을 바라보는 눈은 어쩌면 그렇게 한결같던가요.

물론, 모든 사람들이 그렇다는 말은 아니어요. 하지만 단순화해서 말해볼까요. 금발에 쌍꺼풀, 푸른 눈, 뾰족한 코, 커다란 가슴, 긴 다리를 동경하는 풍경은 영락없는 식민지 원주민의 꼴이었어요. 더구나 그들이 흑인에 대해 지니는 우월감이란 눈허리가 신 모습이지요.

당신, 제가 배신감을 느낀 까닭을 가늠하시겠어요? 배냇냄새 폴폴 날 때 스웨덴에 와서 대학을 졸업할 때까지 저는 금발의 푸른 눈이 보통 사람인 사회에서 살았어요. 심지어 저의 부모도 푸른 눈의 금발이었지요. 두 오빠도, 할아버지와 할머니도, 제가 읽은 동화와 그림책 모두 마찬가지였어요. 처음 학교에 갔을 때 아이들은 저를 보며 키득키득 웃었어요. 어떤 아이는 놀란 표정으로 절 뚫어져라 바라보더군요.

저는 그 아이들을 이해할 수 있어요. 저 또한 제 모습을 거울로 보았을 때 뚫어져라 쳐다보았거든요. 왜 내 머리카락은 아빠, 엄마와 달리 금발이 아닐까. 왜 내 눈은 검은색일까. 왜 나는 쌍꺼풀에 긴 속눈썹이 없을까. 왜 내 코는 다른 아이들처럼 뾰족하지 않을까.

제 얼굴을 신기한 듯 바라보던 같은 반 남자아이가 소락소락 입을 열더군요. "너, 참 흥미진진하게 생겼다." 이어 낄낄낄 웃던 일은 지금도 상처로 남아 있어요. 대놓고 "네 나라인 중국으로 가라"고 험상궂게 다그치는 말을 듣기도 했지요.

처음 서울에 왔을 때, 저와 비슷하게 생긴 사람들 사이에서 살아간다는 사실만으로도 얼마나 기뻤는데요. 검은 머리, 검은 눈의 서울 여자들이 얼마나 예뻤는데요. 둥글둥글하고 두툼한 얼굴을 지닌 서울 남자들이 얼마나 미더웠는데요. 저는 비로소 제 코가 낮지도 높지도 않고 아담하다는 사실을 깨달을 수 있었어요. 저의 눈초리가 찢어진 게 아니라 슬기롭게 보인다는 사실도 발견할 수 있었지요.

하지만 서울 사람들의 내면 풍경을 읽은 뒤 저는 진저리를 쳤어요. 왜 바보처럼 스스로 지닌 아름다움에 자부심을 느끼지 못할까요. 저는 딱히 "검은 것이 아름답다"는 말이 옳다고 생각하지는 않아요. 다만 제가 붉은색이 아름답다고 생각하듯이, 검은색을 아름다운 색으로 좋아할 수 있다고 생각해요. 실제로 나이가 들어가면서 검은 살갗을 지닌 사람들에서 독특한 생명력과 매력이 풍겨오는 걸 느낄 수 있었어요. 인류가 백색만이 아니라 검은색과 살구색을 지니고 있다는 그 사실만으로도 풍요로움이지요. 더구나 황인종이나 흑인종 그리고 백인종 두루 거슬러 올라가면, 한 어머니에서 비롯되지 않았나요.

두 번째 서울에 왔을 때였지요. 성형수술이 대유행이라는 이야기를 듣고 오래 전부터 슬금슬금 피어나던 생각에 마침내 확신을 얻었어요. 결코 저만이 '바리데기'가 아님을, 한국인 대다수가 바리데기인 사실을.

당신도 톺아보세요. 오늘을 살아가는 한국인들은 고유의 전통 음악을 감상할 줄 모르거나 서예를 모르쇠하지 않은가요. 삶의 원초적 기반인 식·의·주에서 서양식이 주류가 되었지요. 고유의 전통은 한식·한복·한옥으로 되레 특수화해 있어요. 금발로 머리를 물들이거나, 푸른 렌즈를 눈에 끼는 젊은이들은 또 어떤가요.

더 기막힌 모습은 욜랑욜랑 서양 '따라가기' 또는 '흉내내기'를 개성이라고 강변하는 꼴이었지요. 개성을 없애면서 개성을 주장하는 모습은 말 그대로 얼마나 '꼴불견'인가요.

저는 서울에 처음 오기 전에 옹근 10년 동안 '한글 토요학교'를 다녔지요. 한글을 학습하며 한글의 우수성을 확신했어요. 어머니의 이름을 적은 글자에서 처음 받았던 강렬한 인상 때문일지도 모르겠지만, 한글은 아주 쉽게 깨칠 수 있었어요. 제가 한글 공부에 몰두하는 모습을 본 양아버지, 양어머니는 성년을 맞은 저의 생일에 맞춰 서울에 있는 출판사로 한국문학전집과 세계문학전집을 주문했지요. 그 선물을 받았을 때, 저는 새삼 두 분의 정성에 가슴이 알싸한 감동을 받았어요. 헝겁지겁 읽어갔지요.

미처 그곳에 살면서 몰랐지만, 서울에서 1년 반을 살고 난 뒤 또 하나 깨달은 게 있어요. 저에게 모진 상처를 주기도 했지만 스웨덴 사람들의 심성이 대체로 착하다는 사실이어요. 당신에게 모욕처럼 들릴지 모르겠어요. 서울에서 본 사람들에게서 정도의 차이가 있을 뿐 영악하다는 느낌을 받았거든요.

이기적이고 남 도울 줄 전혀 모르는 부라퀴들도 많았지요. 하지만 그 원인이 민족성에 있다고는 결코 생각하지 않아요. 스웨덴은 한국과 달리 인간으로서 기본적 품위를 지킬 생존권이 사회적으로 보장되어 있어요. 그런 넉넉함이 아마도 오랜 세월—한 인간에게 30년은 긴 세월이지요—에 걸쳐 사람들의 마음자리를 여유로 충만하게 만들지 않았나 싶어요. 민족성에 원인이 있지 않다는 또 다른 '증거'는 우리 민족이 세운 다른 국가에서 볼 수 있어요. 조선민주주의인민공화국이 그렇지요. 그 이야기는 나중에 기회가 닿는 대로 들려드리지요.

아무튼 한국의 전통 문화를 싸목싸목 공부하면서 저는 역사적으로 본디 한국인의 생활과 심성에 여유가 가득했음을 깨닫고 충격을 받았어요. 서양의 근대 문명과 만난 뒤 식민지와 분단을 거치면서 모든 게 변한 셈이지요.

스스로 정체성이 변했다는 사실조차 느끼지 못할 만큼 철저히 서양 문화에 세뇌된 사람들, 그들을 뭐라고 불러야 할까요.

그렇지요, 버림받은 사람들이지요. 자기 나라에 살면서 스스로 버림받은 바리데기 아닌가요. 자신의 땅에서 '해외 입양'된 사람들이지요.

혹 당신은 제가 과장을 한다고 생각하세요? 천만의 말씀이어요. 한국에서 노동하고 있는 네팔이나 방글라데시 그리고 타이 사람들에게 무슨 일을 저질렀는지 돌이켜보세요. 제가 한국인이라는 사실이 부끄러워요. 당신은 그렇지 않은가요?

백인에겐 뿌리깊은 열등감을, 흑인이나 다른 유색인에겐 뿌리 없는 우월감을 지닌 유색인에게 제가 무엇을 느끼겠어요. 당신 앞에 정직해야겠지요. 경멸이었어요.

8

금발의 푸른 눈을 지닌 양부모도 이윽고 깨달았어요. 두 분은 저를 당신의 자식이라고 생각했어요. 마땅히 두 분처럼 스웨덴 사회에서 품격 있는 직업으로 살아가길 바랐지요. 하지만 두 분이 미처 몰랐던 게 있어요. 제가 아무리 노력해도 이룰 수 없는 일이 있다는 걸 저의 백인 부모는 이해할 수 없었지요.

가령 두 분이 학교를 찾아가 적극 '방어'했는데도, 결국 저는 학교 선생님의 꿈을 접어야 했어요. 저는 그날 양부모께 울부짖으며 서털구털 떠들었어요.

"버림받은 저를 길러주신 은혜 잊지 않을게요. 하지만 하나만 알려드릴게요. 이곳으로 입양하신 것은 저의 운명을 송두리째 바꾼 일이지요. 그런데 그때 저에게 물어보셨나요? 저에게 어떤 선택권도 주지 않았잖아요."

“선택권?”

양어머니가 눈물을 글썽이며 힘없는 목소리로 묻더군요.

“네! 저의 선택권! 제가 금발과 푸른 눈이 아닌, 제 민족 사이에서 삶을 누릴 권리이지요. 왜 제가 가난하지만 자부심을 느끼며 꿋꿋하게 살아갈 수 있는 길보다 이 길을 더 좋아하리라고 지레짐작하세요?”

양아버지가 나섰어요.

“우리 냉철해지자. 너는 우리가 아니어도 어차피 누군가에게 입양되었을 운명이었단다.”

“좋아요, 말 잘하셨어요. 우리 냉철해져요. 제가 어차피 그럴 운명이었다고요? 천만에요. 그런 제도가 없어도 그랬을까요? 공연히 시혜를 베푼다고 하는 사람들이 없었다면 아마 이렇게 낯선 사람들 속에서 방황하는 이방인은 아니었을 거예요. 국내로 입양되었을 수도 있겠지요.”

두 분이 서로 얼굴을 마주 보며 괴로운 표정을 지었지요.

“그럼 우리가 네게 어떻게 했으면 좋겠니?”

“사과하세요!”

“뭐?”

“못 들으셨어요? 제게 사과하라고요. 못 하시겠지요? 왜 그런지 아세요? 바로 저에게 시혜의식이 남아 있어서지요. 하지만 그런 시혜의식이 사라질 때 우리는 진정 한가족이 될 수 있을 거예요”

그날 곁거니틀거니 양어머니와 격정적 갈등이 불거진 뒤, 양부모와 저 사이는 서먹해졌어요. 깊은 앙금으로 침전되었겠지요. 하지만 저는 결코 길러주신 은혜를 잊지 않겠다고 마음속으로 다짐했어요. 솔직히 걱정도 되었지요. 만일 내가 이곳에 입양되지 않았다면 나는 지금쯤 어디서 어떻게 살고 있을까. 나는 어떤 존재가 되어 있을까.

'새옹지마'塞翁之馬란 말이 있지요? 한 노인(塞翁)이 기르던 말(馬)을 잃어버려 슬펐지요. 하지만 그 말이 한 필의 준마를 데리고 나타나자 기뻤어요. 하지만 노인의 아들이 준마를 타다가 떨어져 절름발이가 되는 슬픔을 겪었지요. 그런데 전쟁이 일어났고 아들은 전장으로 끌려가지 않아 목숨을 구했다는 이야기이어요. 동양의 현인이 전하는 삶의 교훈이지요.

저에게 스웨덴 학교에서 어린아이들을 가르치는 교사의 길이 막힌 것은 분명 슬픔이지요. 하지만 저는 그 슬픔으로 스스로 삶을 바라보는 데 전환점을 맞았어요. 제가 대체 누구인가를 찾아가는, 버림받은 자신을 되찾는, 새로운 길을 연 셈이지요. 때마침 스웨덴 대학에도 한국어학과가 개설되었어요. 제가 그곳에 가는 걸 양부모는 적극 뒷바라지해주었지요. 스웨덴에서 공부하기는 쉬워요. 대학 학비가 무료거든요. 노동자의 한 달 월급을 넘어서는 서울과는 꽤 대조적이지요.

양부모의 권유에 따라 사회민주당 가입도 했어요. 저의 삶이 미지의 신 앞에 '단독자'單獨者로서 존재하는 게 아니라는 사실, 삶의 현실에는 개개인의 자유로운 발전을 저해하는 구조—꼭 그것이 차별과 억압의 질서가 아니더라도—가 있다는 사실에 비로소 눈뜨게 되었지요. 그 연장선에서 저는 한국과 만나야겠다는 결심을 굳혀갔어요.

마침내 1987년 1월 1일. '가족'과 더불어 새해를 맞이한 뒤, 스톡홀름을 떠났어요. '미지의 한국'을 그리워하는 저의 열정을 더는 모르쇠하기 어렵다는 사실을, 그럴 경우 제가 무슨 일을 저지를지 모른다는 사실을 두 분도 깨달았지요. 두 분은 제가 1년 반 동안 서울의 한 대학에서 학습할 수 있도록 허락해주시고 경제적 지원도 아끼지 않으셨어요.

떠나던 날, 양아버지와 양어머니는 공항까지 나오셨지요. 두 분의 붉게 충혈된 눈이 마음에 걸렸어요. 뭔가 하실 말씀이 있는데도 차마 하지 못하는 게 보였어요. 제가 먼저 양어머니를 포옹하며 말씀드렸지요.

"걱정 마세요. 여기가 제 집이잖아요. 꼭 돌아올게요."

결코 빈말이 아니었어요. 숱한 밤을 사로자며 내린 저의 다짐이었지요. 저의 진심을 알아서일까요. 그 순간 양어머니가 참았던 울음을 터뜨렸어요. 양아버지도 손수건을 꺼내 안경을 닦는 척 눈물을 훔쳤지요.

하지만 참으로 선거운 일이었어요. 비행기가 뜨자마자 두 분에 대한 걱정은 스스로 놀랄 만큼 눈 녹듯이 사라졌어요. 오직 한국으로 간다는 설렘만 가득했지요. 나를 낳아주신 친어머니와 친아버지를 찾을 수 있다는. 하여, 내가 누구로부터 왔는가 비로소 확인할 수 있다는…….

암스테르담에서 비행기를 바꿔 탔어요. 비행기 내부에 걸린 안내지도의 빨간 선이 서울로 다가갈수록 제 마음속 파도는 높아갔지요.

서울 외곽의 김포공항에 비행기가 내렸을 때, 공연히 코끝이 알알하며 눈물이 났어요. 27년 전, 내가 태어난 곳, 그리고 갓난아기로 이곳을 떠난 뒤 다시 돌아온 곳. 나를 낳아주신 친어머니와 친아버지가 살고 있는 곳.

결코 억누를 수 없는 의문이 강렬하게 다시 솟아났지요. 친부모님은 왜 나를 버렸을까. 스웨덴 학교의 금발과 푸른 눈들 사이에서 언제나 최우등생에 글 잘 쓰기로 소문날 만큼 슬기로운 딸을 왜 버렸을까, 두 분은.

또 부모가 설령 버렸다고 하더라도 어떻게 남의 나라에 자국의 아기를 팔아 넘길 수 있을까. 상품을 수출하듯이. 나중에 알았지만, 그리고 더 분노했지만 대다수 한국인들은 아기를 수출하는 야만에 뜻밖에도 둔감하더군요.

사람들이 모두 빠져나가고 텅 빈 비행기 안에 홀로 앉아 창 밖을 바라보는 제게 기내 승무원이 다가왔을 때, 비로소 자리에서 일어났어요.

한국의 첫인상은 삭막했어요. 그래요. 어쩌면 그것은 선입견 때문인지 몰라요. 스무 살 때 저는 스웨덴 텔레비전에서 광주를 보았어요. 저와 똑같이 생긴 사람들이 화면에 나오는 게 반가운 것은 말 그대로 순간이었지요.

피묻은 곤봉으로 시민의 머리를 내리치는 군인의 모습은 섬뜩했어요. 저 야만의 나라에서 제가 태어났다는 사실이 부끄러워 숨고 싶었지요. 스무 살 예민한 나이였거든요. 군인들이 지배하는 공화국, 시민을 살육하는 군대, 저로서는 모든 게 전혀 실감나지 않는 동화 속의 나라처럼 다가왔지요. 바로 그렇기에 아기를 '수출'하는 야만을 아무런 거리낌없이 저지를 수 있지 않을까 싶었어요. 소설에나 나옴직한 '이상한 나라'라는 생각이 강하게 들었던 이유이기도 하지요.

양부모가 저의 한국 유학을 승낙하면서 몸조심을 각별히 당부한 까닭도 거기에 있었어요. 가끔씩 국제 소식을 전하는 스웨덴 텔레비전에 한국의 '로마 병정'처럼 무장한 전투경찰과 최루탄에 흩어지는 시위학생들의 모습이 반복되어 나타났어요.

하지만 첫인상이 삭막했던 까닭은 선입견 때문만은 아니었어요. 아무런 특색 없이 단조로운 콘크리트 건물들이 곰비임비 이어졌기 때문이지요. 서울 도심으로 들어갈수록 더 그랬어요. 책으로 만났을 때는 분명 500년 넘도록 '왕도'王都로 존재해 왔는데, 한국의 전통이 배어 있는 건축물을 찾기 힘들었어요. 나중에 알았지만 상황은 더 심각하더군요. 서울의 전통 건축은 서구의 건축에 모두 밀려나 옛 궁궐의 유적으로 박제되고 말았지요. 동양 문화의 오랜 전통을 지닌 '500년 고도古都'를 기대했던 저로서는 너무나 큰 실망이었어요.

예정대로 서울 서쪽에 자리한 연세대학교를 찾아갔어요. 한국어학당에 등록했지요. 스톡홀름에서 원서를 접수할 때 신청해놓은 기숙사도 배정받았어요. 1987년에서 이듬해 7월까지 한 해 반 동안 서울에서 살아가며, 한국 사회의 많은 것을 익혔어요. 앞서 소개드린 경멸과 정반대로 경의를 느끼기도 했지요.

조국에 대한 저의 경의는 최루탄 가스와 함께 꿈틀거렸어요. 군사정권의 전투경찰이 쏘아대는 최루탄에 맞서 돌과 화염병을 던지며 싸우는 대학생들의 투혼에 깊이 감동했지요. 태어나서 처음으로 최루탄을 마셨어요. 최루탄의 맹독성 가스는 민주주의의 봄을 알리는 향기로 퍼져갔어요.

1980년 오월, 텔레비전에서 보았던 동화의 세계를 현실로 호흡한다는 긴장감이 저의 머릿살을 팽팽하게 잡아당겼어요. 수줄했지만 제가 지금 역사의 현장에 있다는 생각이 가슴을 설레게 했어요.

아, 그러나 최루탄은 기어이 젊은 대학생의 목숨을 앗아갔어요. 이한열. 그가 최루탄에 맞아 쓰러질 때 저도 현장에 있었지요. 이한열의 희생은 침묵하던 학생과 시민들을 항쟁에 나서게 한 도화선이었어요.

　그래요, 그해 6월의 연세대 교정을 저는 평생 잊을 수 없을 거예요. 서울 한복판인 광화문과 시청 앞 광장을 가득 메운 채 거세게 민주주의를 요구하던 한국인의 열정을 보며, 제가 한국인이라는 사실에 자부심을 느꼈지요. 놀라운 일은 거기서 멈추지 않았어요. 노동자들이 7월과 8월을 뜨겁게 달구며 노동운동에 나섰기 때문이지요.

　새로운 민주주의를 일궈내려는 큰 소용돌이 속에서 저는 어머니와 아버지를 간절히 찾고 있었어요.

9

　친어머니를 찾을 무렵에 만난 사람을 당신께 소개해드릴 때가 되었네요. 그의 이름은 한민주. 1987년 봄에 저를 찾아온 신문기자이지요. 아니, 이제 더는 기자가 아닌가요. 아무튼 언제나 엷은 미소를 띠고 있었어요. 따뜻한 미소와는 정반대로 어딘가 침울해 보였던 사람이어요.

　처음 만난 것은 연세대 한국어학당에 등록해 한국어를 본격적으로 배울 무렵이었어요. 해외 입양인들에 대한 기사를 쓰겠다며 그가 찾아왔지요.

　그 시절 한민주는 아직 30대였어요. 언뜻 나이보다 더 젊은 얼굴이었지만 어쩌다가 마주치는 눈빛에선 일흔 살 노인의 지친 피로감이 묻어났어요. 어쩌면 그래서인지도 몰라요. 인터뷰를 하면서 노상 저에게 던지는 동정어린 눈길이 몹시 불쾌했어요. 그런데 그의 눈에 물기가 고여오는 것을 보고 진정에서 우러나오는 정감임을 알았지요. 오히려 마음이 편해지더군요. 한국인 입양아들이 정체성을 찾기 어려워 적잖게 마약중독에 걸리거나 자살한다고 제가 증언했을 때, 그는 끝내 손수건을 꺼내 눈물을 훔쳤어요. 저에게 죄송하다고 말하더군요. 뭐가요? 물었지요. 자신이 언론인으로서 살고 있으면서 그런 문제를 진작 사회적 의제로 쟁점화하지 못했다는 거예요.

당신은 어떠세요? 저는 참 신기했어요. 마흔을 눈앞에 둔 사람이 그런 일에, 그것도 기자가 취재를 하다가 눈물을 흘린다는 게 도통 이해할 수 없었지요. 그를 조금은 더 알게 되면서, 어떻게 한국처럼 험한 사회에서 그가 온전히 기자생활을 할 수 있는지 궁금해졌어요. 물어보았지요.

대답은 뜻밖이었지요. 마치 준비된 듯 간단했어요.

"수습기자로 뛸 때 선배가 내게 악담을 했어요. '당신은 기자직업이 성격에 맞지 않아.' 내가 뭐라고 응수했을 것 같아요? 그때만 하더라도 패기가 넘치던 시절이었지요. '걱정 마세요. 앞으로는 제 성격이 가장 기자직업에 어울리게 될 것입니다.' 그렇게 답했어요"

그러면서 미소를 짓더니 되레 질문했어요.

"어때요? 이만하면 기자질을 충분히 할 만큼 언죽번죽하지 않아요?"

웃었지요. 저보다 열 살이나 많은 그 사람의 이름을 그냥 쓰기가 다소 민망스럽지만 어쩌겠어요. '한민주 선생'이나 '한민주 씨'라고 하기에는 뭔가 어색하고, 그렇다고 '한민주 기자'라고 하기에는 더 이질적인걸요.

아, 그러고 보니 처음에 그가 점심을 사겠다면서 김치찌개가 식을 때까지 집요하게 취재할 때가 생각나네요. 호칭 문제로 고민하는 제게 "민주 형"이라고 부르면 가장 자연스럽다고 말했지요. 한글학교에서 '모범 학생'으로 한글을 배웠던 저는 대뜸 따졌겠지요.

"형이라는 호칭은 남자와 남자 사이에 부르는 게 아닌가요?"

"그럼 뭐라고 해야 할까요?"

"오빠라고 배웠어요."

"그런데 내가 오빠 같아요?"

"……."

"그러니 그냥 '형'이라고 불러요. 서로 이성으로 대하지 말자는 뜻도 담겨 있지요."

처음엔 그 말을 이해할 수 없었어요. 이성으로 대하지 않는다? 또 같은 대학생이면 서로 이름을 부르면 되지 않는가. 나중에 알았지요. 한국 사회는 남녀관계가 이중적임을. 좋으면 좋다 하고 싫으면 싫다 하면 될 터인데 너무 이것저것 견주더군요. 게다가 한국어는 존칭 사용이 엄격해 좀 불편해요. 존칭어가 있는 것은 장단점이 있겠지요. 하지만 저로서는 장점보다 단점이 더 많아 보여요. 그 뒤 입말로는 "민주 형"으로 부르게 되었지만, 아무래도 당신께 드리는 이 편지에서는 그냥 한민주라고 써야겠어요.

어쨌든 그날 얼큰한 김치찌개를 앞에 두고 맑은 소주도 곁들이게 되었어요. 한민주의 착한 인상과 술기운에 저는 결국 청탁까지 하게 되었지요.

"부탁이 있는데 들어주실래요?"

"물론! 내가 들어줄 수 있다면 뭐든지 해주겠어요."

"뿌리를…… 저의 뿌리를 찾고 싶어요."

저의 뿌리, 한국인으로서 저의 정체성이지요. 무엇보다 먼저 친부모가 왜 저를 버렸는지 꼭 알아내고 싶었어요. 한민주에게 스웨덴으로 입양 올 때 함께 따라온 가방에서 찾은 대한양연회의 자료를 거론했지요. 어머니 이름을 아는지 묻더군요. 잠깐 망설였지요. 오랜 세월 제 가슴속에만 간직했던 소중한 어머니 이름이었거든요.

"금·련·화입니다."

"그래요? 홍련화 씨와 성만 다르군."

"네!"

"아버님 성함은?"

"적혀 있지 않았어요."

"그래요?"

한민주는 입양 가방에 단서가 될 만한 다른 것은 없었느냐고 묻더군요. 저는 손가방에서 나침반을 꺼냈어요.

녹슨 나침반에 기자의 호기심이 발동한 걸까요. 예리하게 눈빛을 번득이며 그가 물었어요.

"내가 좀 살펴보아도 될까요?"

함부로 남의 손에 건네지 않은 수호천사였지만, 왜 그랬는지 한민주에겐 선뜻 주었지요.

그는 꼼꼼하게 뜯어보더니 말했어요.

"휴전선 가까이서 군 복무도 했고 취재기자 시절에 국방부에도 출입해서 잘 아는데……, 이 나침반은 남쪽에서 쓰던 게 아니오."

저는 그 순간 그 말이 무슨 뜻인지 온전히 이해하지 못했어요. 한민주는 대한양연회의 입양자료를 자신에게 보여주면 조금 더 자세한 정보를 알 수 있을 것 같다고 말했지요. 저로서는 기다리던 말이었지요.

곧바로 식당을 나와서 제가 묵고 있는 곳으로 함께 갔어요. 한민주는 제 서류를 살펴보며 수첩을 꺼내 뭔가를 적바림해두었지요.

그로부터 며칠 뒤였어요. 한민주로부터 전화가 왔어요. 어머니인 금련화에 대해 중요한 정보를 얻었다며 선뜻 제안하더군요.

"저녁식사 함께 할까요?"

저는 순간 망설였어요. 남녀가 단 둘이 저녁에 만나 식사를 하는 게 부담스러웠지요. 하지만 말 그대로 순간의 주춤거림이었어요. 어머니와 관련한 정보라는 말에 그런 격식을 가릴 겨를이 전혀 없었지요.

실제로 그날 만나 저는 한민주와 술을 과하게 했어요. 그럴 수밖에 없었지요. 그날 저의 삶은, 저의 정체성은, 또 한 번 바뀌는 전환점을 맞았으니까요. 그가 제게 술 한잔을 억지로 따라줄 때부터 조금 불길했지요.

"홍련화 씨, 어떻게 말씀드려야 할까요?"

정중한 말투에 되레 가슴이 덜컥 내려앉았어요. 한민주는 착잡하지만 힘을 준 눈길로 찬찬히 말했어요. 말하기 어렵지만 꼭 말해야 할 것을 털어버리겠다고 작심한 듯이.

"어머님은 연화 씨를 낳자마자 돌아가셨어요."

무슨 일인가요? 단 한 번도 본 적이 없는 어머니인데도, 그리고 숱한 나날 저를 버린 사실에 원망만 했던 어머니였는데도, 그분이 오래전에, 나를 낳은 뒤 곧바로 돌아가셨다는 말에 억장이 무너지는 현기증에 휩싸였어요. 눈앞이 하얗게 변하며 가물가물한 벌레들이 춤추는 듯싶더니 곧 깜깜해졌어요. 한민주가 황급히 자리에서 일어나 의자에 앉은 채 옆으로 쓰러지던 저를 부축해주었지요. 이어 다급하게 시원한 냉수를 가져오라고 소리쳤어요. 물잔을 제 입술에 대어주기에 무의식중에 저도 마셨지요. 진정 효과가 있더군요.

"미안해요. 내가 너무 말을 쉽게 한 것 같군요."

"아, 아닙니다."

힘없이 손사래를 쳤어요. 제 손이 제가 보아도 창백하더군요. 가까스로 물어보았어요.

"왜? 왜…… 그렇게 되셨죠?"

"첨부된 진단서에는 '산모 쇠약, 영양 실조, 출혈과다'로 적혀 있더군요."

"그렇다면…….."

말을 꺼내다가 다시 담았지요.

'그렇다면 제가 어머니를 죽인 거나 마찬가지네요?'

내뱉으려다가 입을 다물었어요. 무서웠어요. 다른 물음을 겨우 던졌지요.

"그렇다면, 아무런 유언도…… 없이 그렇게 되셨겠네요?"

"숨을 거두기 직전에 가까스로 아기 이름을 홍련화로 해달라는 한마디를 남겼다는 기록이 있어요. 더는 아무런 연고를 찾을 수 없어 결국 대한양연회로 오게 되었다는군요. 대한양연회는 지금 대한사회복지회로 이름이 바뀌었어요."

"어머니는 어디에 묻혔어요?"

"알 수 없어요."

"네?"

"그것까지 나와 있지는 않아요."

"그럼…… 제…… 아버지는요?"

"그것도…… 모르겠어요. 어머니는 혼자 사신 걸로 되어 있어서."

"그럼, 아버지는 그 전에 돌아가신 걸까요?"

절망감이 더 깊어 지푸라기라도 잡고 싶은 표정으로 물었지요.

"힘내요. 다른 사연이 있을 수도 있으니까요."

"다른 사연?"

한민주가 제 술잔에 천천히 잔을 부딪치며 말했어요.

"우선 한잔 합시다."

목이 타는 듯해 말끔히 비웠어요. 술이 물처럼 밋밋하더군요. 한민주가 빈 잔에 다시 술을 따라주며 조심스레 물었어요.

"이제 좀 진정돼요?"

"네. 아까 미안했습니다."

"미안은 무슨……. 충분히 이해하고도 남아요."

'이해? 기자 아저씨가 어떻게 지금 내 심경을 이해할 수 있단 말이야?'

쏘아주고 싶었지만 묵묵히 있었지요.

"어머니가 어떤 분이셨기를 바랐습니까?"

"제가…… 바랄 게 뭐 있겠어요. 이 세상 어딘가에 살아 계신다고, 그래서 언젠가는 만날 수 있겠다고, 그런 생각만 했었지요."

그 말을 할 때 다시 설움이 복받쳐 오르기 시작했어요. 한민주가 눈치채고 창 밖으로 시선을 돌리더군요. 눈물을 훔치고 숨을 고르는 제 모습이 안쓰러웠을까요.

"큰 슬픔이 닥쳤을 때는 누군가와 자꾸 말을 나눠야 응어리가 풀리는 법이에요."

"죄송합니다."

"미안하다가 이젠 죄송까지?"

싱그레 웃더군요.

"……"

"그러지 않아도 돼요. 어머니 이야기를 더해볼까요? 그래도 오랜 세월 상상한 어머니 모습이 있잖아요?"

"그냥…… 그런 거 없어요. 혹…… 제 어머니 사진을 구하셨다면, 그것만이라도…… 보고 싶어요."

저는 혹시 사진이라도 있을까 해서 알고 있는 정보를 털어놓으라고 눈으로 다급하게 재촉했지요.

"사진도 없었어요."

"……"

"하지만 중요한 진실을 알게 되었습니다."

저는 한민주의 눈길을 침묵으로 받았어요. 빨리 말하라는 엄중한 독촉이었지요.

"홍련화 씨. 스웨덴에서…… 사회민주당, 당원이라고 했지요?"

저의 궁금증과 무관한 뜬금 없는 질문에 슬며시 화가 났지만 꾹 누르며 고개를 끄덕였어요.

"참, 우리 삶에 인연이란 게 있는가 봐요. 홍련화 씨 어머니는……"

잠시 한민주가 말을 멈추더니 나를 그윽이 바라보았어요. 제 입술이 타들어 갔지요.

"빨치산이었어요!"

"빨…… 치…… 산?"

"아, 파르티잔. 그러니까 게릴라였다는 뜻이에요."

"……"

"걱정하지 마세요. 어머니가 활동하셨을 때 빨치산, 게릴라들의 사상은 공산주의자에서 사회민주주의자, 심지어 민족주의자까지 다양했거든요. 어쩌면 스웨덴 사회민주당의 이상과 같은 꿈을 꾸신 분들도 많았을 겁니다."

"그래서……, 어떻게……, 된 건가요?"

"자료에 따르면 어머니는 빨치산들이 마지막까지 싸웠던 지리산에서 체포되었어요. 징역 5년형을 선고받고 만기 복역했더군요. 그리고 2년 뒤 당신을 낳자마자 곧 돌아가셨어요."

한민주의 말을 들었을 때, 저는 가슴이 서늘해졌어요. 총을 든 체게바라의 모습은 사진으로 많이 보았지만 정작 제 어머니가 총을 든 혁명가였다는 사실에 명치끝이 저려왔지요. 게다가 영양실조와 쇠약으로 숨졌다? 어머니가 나를 낳자마자 작별해야 했을 때, 당신이 얼마나 절망했을까 생각하자 눈물이 샘처럼 솟아났어요.

한민주가 조용히 포도주 잔을 건네더군요. 그날 술을 조금 했어요. 더구나 한민주의 고백이 무장 슬프게 했지요.

"홍련화 씨. 울지 말라고 하지는 않을게요."

저는 눈물을 닦으며 바라보았어요. 눈시울이 어느새 붉어진 한민주가 말을 이었어요.

"사실은…… 나도 비슷한 운명이오."

아무 말 없이 지켜보았어요. 한민주가 물기를 촉촉이 머금은 채 말을 이었어요.

"내 아버지 역시 빨치산이었어요. 어머니와 결혼한 지 사흘 만에 경찰에 쫓겨 산으로 가셨다더군요. 그리고 돌아가셨지. 어머니는 나만 바라보며 평생 홀로 사셨고, 고생만 하시다가 돌아가셨습니다."

한민주가 술병을 들어 자기 잔에 따랐어요. 자작하며 잔을 비우는 모습이 몹시 쓸쓸해 보였어요. 저도 빈 잔에 술을 부으려 술병을 잡았을 때, 한민주의 손끝과 부딪쳤어요. 참 따뜻한 손이다, 싶었지요. 한민주가 술병을 들어 제 빈 잔에 따라주며 말하더군요.

"마음놓고 드세요. 내가 오늘은 홍련화 씨를 안전하게 모셔다 드릴 작정하고 왔소. 그래도 난 어머니와 살았지만 연화 씨는……."

그리고 말을 아꼈지요. 조금 기다리다가 제가 답했어요.

"꼭 슬픈 것만은 아니어요. 저 어쩌면 기쁨의 눈물일지도 몰라요."

한민주가 알 듯 말 듯하다는 표정으로 바라보았어요.

"지금까지 절 낳아주신 어머니가 저를 버렸다고 생각했는데 그건 아니라는 사실을 발견했으니까요. 그 사실이 제게 얼마나 중요한지 아마 짐작조차 못하실걸요."

"음……, 그렇겠군."

참으로 그렇지요. 저는 시간이 흘러갈수록 슬픔보다 기쁨이 몰려왔어요. 사람의 본성이란 본디 이기적인 걸까요.

한민주가 기숙사 앞까지 바래다주며 아버지 이야기를 불쑥 꺼냈어요. 다정한 말씨였지요.

"연화 씨 아버님은 홍씨였겠지요? 아버님에 대해 제가 조금 더 취재해볼게요."

잠을 이루지 못했지요. 어머니의 죽음이 제게 큰 슬픔을 주었어요. 단 한 번도 얼굴을 보지 못했지만, 어쩌면 나를 낳아주신 어머니가 이 세상 어딘가에 살아 계신다는 희망이 제 삶의 가장 밑절미에 깔려 있었던 게 아니었을까 싶어요.

다음날 오후에 저는 궁금증을 못 이기고 신문사로 다시 전화를 했어요. 한민주는 지금 마감시간이라며 나중에 전화하겠다고 끊었어요.

무안했지요. 하지만 한 시간 정도 지나 다시 전화가 왔어요. 저는 더 많은 정보를 알 수 있는 희망이 있는지 물어보았지요.

"물론, 자료에는 더 이상 발견할 게 없어요. 하지만 과거에 빨치산 운동을 하신 분들을 찾아 여쭤보면 금련화라는 분을 아시는 분들이 계실 겁니다."

"어제는 제 아버지에 대한 취재에 자신을 보이셨잖아요."

"아, 그렇게 보였던가. 사실 자신은 없는 데……. 음, 내가 선뜻 취재하겠다고 나선 까닭을 먼저 말해야겠군요. 한번 홍련화 씨도 생각해보세요. 어머니가 돌아가시면서 연화 씨 이름을 홍련화라 해달라고 한 까닭은 무엇일까요."

"어제 먼저 말씀하셨잖아요. 아버지 성이 홍씨일 거라며……."

"그랬지요. 하지만 아버지 성이 홍씨라는 사실은 누구나 짐작할 일 아닐까요? 문제는 그 다음이오. 어머니가 숨을 거두는 국면에서 혼신의 힘을 다해 아기 이름을 홍련화라 해달라고 부탁한 이유는 그럼 뭘까요?"

"……."

"내 생각엔 그 아기가 나중에라도 아버지를 만날 가능성 때문이 아니었을까 싶어요. 성만 다르고 이름은 같잖아요. 바로 그 점에서 난 아버지가 살아 있다고 판단했어요. 결국 남은 것은 홍씨 성을 지닌 빨치산 출신을 찾아보는 일이오."

과연 기자라 달랐어요. 한민주의 추리는 설득력이 있었지요. 어쩌면 아버지를 만날 수 있을지 모른다는 꿈에 부풀었어요.

하지만 제가 한국어학당 연수를 마칠 때까지 아버지에 관한 정보에는 단 한 치의 진전도 없었어요. 다만 어머니에 대한 정보는 조금씩 구체적으로 드러났어요. 한민주가 며칠 동안 취재한 결과에 따르면, 저의 어머니 금련화를 아는 사람들은 많았다고 해요. 평양의 혁명유가족 출신으로 뛰어난 전사였다고 하더군요.

그리고 금련화를 아는 빨치산마다 그의 딸이 살아 있다는 말에 모두 놀랐다고 하네요. 하지만 금련화를 아는 모든 사람들이 지리산에서 헤어진 뒤 그를 두 번 다시 보지 못했고, 금련화가 딸을 낳은 게 그로부터 7년 뒤라면 딸의 아버지가 누구인지 그분들로서도 더더욱 알 수 없는 일이라고 입을 모았다더군요.

풀이 죽어가는 저를 한민주는 살갑게 달래주었어요. 제가 미처 생각하지 못했던 문제까지 지나가는 말처럼 은근히 전해주었지요.

"어머니가 평양의 혁명유가족 출신이라는 말은 그냥 지나칠 문제가 아니에요. 난 평양에 취재하러 들어갈 수 없지만 홍련화 씨는 얼마든지 갈 수 있잖아요?"

10

1987년 12월. 대통령을 직접 국민의 선거로 뽑는 초보적 민주주의가 한국에서 실현되었어요. 그런데 생뚱맞은 일이지요. 6월항쟁과 7·8월 노동자대투쟁을 거친 한국인들이 엉뚱하게 군사독재정권의 후보를 대통령으로 뽑았어요.

민주화운동에 나선 사람들의 분열은 그렇다손 치더라도, 왜 절대다수의 민중이 자신의 이익을 대변할 진보정당에 눈길을 돌리지 않는지 참으로 납득할 수 없었어요. 아마도 제가 살아온 스웨덴에서는 어린 시절부터 줄곧 사회민주당이 집권했기에 더 그럴 수밖에 없겠지요. 결국 대한민국은 스웨덴의 민주주의와는 비교할 수 없을 만큼 후진적이라고 생각할 수밖에 없었어요. 저는 민주주의 후진국에서 선진국으로 황새를 타고 온 '행운아'격이지요.

1988년 7월. '황새'의 길을 따라 스톡홀름으로 돌아올 때 나무로 조각한 작은 불상을 지니고 왔어요. 민주화운동 과정에서 사자후를 토하며 힘차게 싸워나가는 지선(知詵) 스님을 보며 불교에 관심을 갖게 되었지요. 한국어학당의 벗들과 사월 초파일에 조계사를 찾아가 한국인들이 경건하게 기도하는 광경을 목격하기도 했어요. 이어 조계사 옆 인사동에 들렀고, 그 길목에서 불상들을 진열해놓은 노점을 발견했어요. 절이, 그리고 불상이 저에게 편안함을 주는 까닭이 무엇일까 궁금했지요.

한국어학당에서 배운 1년 반 정규과정은 저에게 한국어를 온전히 능통하게 해주었어요. 그 시기에 한국 문화를 본격적으로 공부하고 싶은 열정의 씨앗이 제 앙가슴 깊숙이 뿌려진 게 아닐까 싶어요.

하지만 동시에 한국의 후진적 정치구조와 식민지적 상황에 경멸이 몰려왔지요. 우연의 일치였을까요. 암스테르담 공항에 내려 스톡홀름행 비행기로 갈아탔을 때였어요. 기내의 자리에서 통로 옆줄 바로 앞에 앉은 아기를 발견한 순간, 저는 얼굴이 확 달아올랐어요. 금발에 푸른 눈을 지닌 중년의 부부가 어르고 있는 아기는 검은 머리에 검은 눈, 바로 대한민국 아기였어요. 아기도 낯선 까닭인지 계속 울더군요. 키가 크고 골격도 건장한 북유럽 백인 아빠 품에 안긴 작은 아기의 운명에 저는 그만 질끈 눈을 감았어요. 스톡홀름에 내릴 때까지 우는 아기를 달래느라 두 부부의 얼굴에는 진땀까지 흐르더군요. 그럼에도 행복에 겨운 부부의 표정을 엿보며 미묘한 감동이 스쳐갔어요.

그랬어요. 새삼 대한민국에 분노와 경멸이, 정반대로 스웨덴에 감사와 긍지를 느꼈어요. 양부모도 흡족하게 저를 맞았지요. 저는 다시 자신감을 갖춰갔어요. 실제로 노동자교육협회라는 좋은 직장에서 일하게도 되었지요. 퇴근 뒤에는 '취미'로 한글로 된 책을 읽어갔어요. 마음 한켠에 자리한 아버지에 대한 강렬한 그리움을 달래면서요.

여기서 한 가지 더, 서울에서 일어난 일을 말씀드려야겠군요. 제가 한국을 떠나기 한 달 전이었어요. 연세대 한국어학당에 저처럼 입학한 스톡홀름의 입양 친구를 만났지요.

성품이 보들보들 여려 보이던 그 친구도 친부모를 찾고 싶은 열망으로 가득했지요. 술을 많이 마셨고 취하면 울음을 터뜨리는 친구를 보면서 가슴이 아팠어요. 과부 사정 홀아비가 안다는 속담이 꼭 들어맞겠지요. "바보 같다"며 나무라고 싶지만, 그러기엔 그의 슬픔이 이미 제 마음에도 응어리져 있었어요.

한 달 남짓 서울에서 저와 많은 이야기를 나누었기 때문일까요. 제가 스톡홀름에 돌아왔을 때 그는 자주 편지를 보내왔어요. 저의 관심사가 무엇인지 알고 난 뒤에는 틈틈이 한국 책을 보내주었어요.

그는 저보다 훨씬 더 유복한 집안에 입양되었기에 책을 선물받는 데 큰 부담은 없었어요. 다만 그와 남다르게 사귀는 길로 들어섰다는 데에 어떤 불안감은 있었지요. 아무튼 자연스레 편지가 오갔고 우리는 '모국 생활'은 물론, 어린 시절의 아픈 추억을 두루 나누며 시나브로 공감대를 넓혀갔어요.

1년 뒤 그 친구―굳이 이름을 밝히고 싶지 않네요. 이해해주시리라 믿어요—가 연수를 마치고 스톡홀름에 돌아왔을 때, 얼마나 반가 웠는지요.

몹시 우울해 보이는 표정이 마음에 걸렸지만, 한편으로 그것이 저의 작은 가슴을 움직였던 게 아닌가 싶어요. 제가 거절하면 그의 운명이 어떻게 될지 모른다는 판단으로 다섯 살 아래인 그의 청혼을 받아들였어요. 여기서 시시콜콜 그이에 관한 일들을 전하고 싶지는 않아요. 하지만 그래도 중요한 대목은 말씀드려야 할 것 같네요.

친구와 제가 서로 부모님을 모시고 식사하는 자리가 있었지요. 그 자리에서 우리가 만났을 때, 우리 둘은 누가 먼저랄 것 없이 쓴웃음과 슬픈 눈길을 주고받았어요. 당신도 상상해보세요. 제가 보더라도 그이가 우리 부모님이라고 소개하는 양친을 보면, "우리 부모님"이라는 말이 도대체 이해할 수 없는 거예요. 금발에 푸른 눈을 지닌 두 백인을 검은 머리에 검은 눈을 지닌 황색인이 "부모"라고 밝히는 풍경. 얼마나 낯선 그림이겠어요. 아마 저의 '부모님 소개'도 그이에겐 마찬가지였겠지요.

스스로 자연스럽게 생각했던 부모였지만, 그날 우리는 새삼 확연히 깨달았지요. 우리가 얼마나 이방인인가를. 섬처럼 존재하는 인간인가를. 물론, 그때는 아직 몰랐지요. 친부모와 살아가더라도 대다수 사람들이 지상에서 이방인으로 존재하고 있음을, 촘촘한 관계의 그물을 미처 인식하지 못할 때 사람은 모두 섬처럼 서 있을 수밖에 없음을. 다만 전 바리데기라 그 사실을 남보다 조금은 더 빨리 인식할 수 있었음을.

아무튼 그래서였을 거예요. 우리는 바로 그날 밤에 서로의 몸을 한없이 탐닉했어요. 열정적 사랑이 끝난 뒤에는 더없는 슬픔이 몰려왔지요. 아직 저보다는 나이가 어려서일까요. 그이는 끝내 참지 못하고 흐느껴 울더군요. 마구 흔들리던 그이의 벌거숭이 어깨가 지금도 떠올라요. 지나치게 문문한 사람이었어요. 제 품에 꼭 안아주었지만 솔직히 불안감이 엄습해왔어요. 남편의 침울한 표정 뒤에는 제가 짐작했던 것보다 더 깊은 상처가 숨겨져 있는 사실을 깨달았기 때문이지요.

결혼한 뒤에야 저는 그가 거의 날마다 술에 취해 잠든다는 사실을 알았어요. 결혼 전에는 낭만적으로 보이던 그의 술 마시는 얼굴이 시나브로 수꿀해졌지요. 제가 싫은 표정을 지을 때마다 그의 음주는 더 늘어났고, 그이가 마약까지 복용한다는 사실을 알게 되었어요.

아이가 생기면 남자는 달라지게 마련이라는 양부모의 충고에 따라 서둘러 임신했어요. 실제로 그이는 임신 사실을 안 뒤에 언제 그런 일이 있었냐는 듯이 달라졌지요. 술도 자제하고 마약을 끊기로 약속했어요. 아홉 달이 지나고 마침내 새 사람이 우리를 찾아왔지요.

눈에 넣어도 아프지 않다는 말이 있지요. 참으로 그랬어요. 실제로 제 몸에 있었는걸요. 맑고 어여쁜 아기였어요. 저를 꼭 닮은 딸이라고 그이는 춤을 덩실덩실 춰 병원 입원실이 웃음바다가 되었지요.

하지만 오래 가지 못했어요, 그 행복은. 그이는 딸아이에 사랑을 쏟을 때마다, 자신이 친부모로부터 버림받았다는 사실을 새삼 더 깊이 아프게 인식하는 듯했어요. 그이의 입양서류에는 스톡홀름으로 오기 전에 머문 마지막 땅이 인천으로 기록되어 있어요. 하지만 서울에서 어학연수를 받을 때, 작심을 하고 인천으로 수소문해 가며 찾아간 사회복지원에서 입양번호가 잘못 기재되어 있어 관련자료를 전혀 찾을 수 없다는 사실만 알려주었다더군요.

그가 털어놓은 고백을 들으며 얼마나 뼛속 깊이 은결들었을지 이해할 수 있었어요. 지상의 삶에 유일한 증거, 단 하나의 '탯줄'인 입양 번호가 숫자 착오로 아무런 자료조차 찾을 수 없게 되었다는 사실에 인간으로서 더없는 모멸감과 절망을 느꼈겠지요.

그래요. 어쩌면 제가 삶을 이나마 이겨낼 수 있었던 것은 어머니가 저를 버린 게 아니라는 사실을 확인했기 때문인지도 몰라요. 어머니는 저를 낳자마자 돌아가셨으니까요. 게다가 제게 마지막 숨을 모아가며 이름까지 지어주지 않으셨던가요. 그런 생각이 들 때마다 그이가 가여웠어요. 정반대로 그이는 그럴 때마다 더 자괴감에 젖어드는 모습이었어요. 만취해서는 자신이 동정받고 있다는 불쾌감을 드러내기도 했지요.

글쎄요. 시시콜콜 모든 이야기를 들려드릴 필요가 있을지 모르지만, 말이 나온 참에 매듭은 지어야지요. 저는 남자들이 참으로 약한 존재라는 생각이 들어요. 특히 한국에 갔을 때, 일상생활의 모든 것을 여성에게 의존하려는 남자들을 보면서 분노가 치밀기도 했지요. 정도의 차이가 있을 뿐, 스웨덴 남자들에게서도 그런 뿌리깊은 의존심은 발견할 수 있어요. 쓸데없이 외로워하지요, 남자들이란. 마치 자신만 삶이 고독하다는 듯이.

남자들 대다수는 철이 없는 사람들 같아요. 그들은 자신의 유아기적 성격을 성찰할지 모르고 투정만 부리다가 심지어는 폭력을 행사하지요. 그 폭력은 마침내 자기 자신을 겨누게 되고 삶을 파멸로 이끌어가기도 해요.

딸아이가 아홉 살 생일을 맞던 날이어요. 식탁에 생일 잔치를 모두 준비해 놓았는데 그이가 늦더군요. 이 사람이 딸의 생일에도 술을 마신다며, 내심 용서하지 않으려고 작심하고 있었지요. 밤이 깊어가며 겨울 칼바람이 마치 창문을 깨버릴 듯이 덜컹거리며 불었어요. 그 순간 경찰이 문을 두들겼지요.

그이가 차를 몰고 벼랑 아래 바다로 질주해 갔다더군요. 몹쓸 사람이지요. 아버지 없이 컸으면서 자신의 딸에게 그런 운명을 물려준 셈이니까요. 스스로 버림받은 고독에 사무쳤으면서 같은 운명의 바리데기와 10여 년을 함께 산 뒤 아무런 인사조차 없이 훌쩍 떠났어요. 바리데기를 다시 버린 사람, 나쁜 사람 아닌가요?

하지만 원망하지 않았어요. 저, 의외로 냉정한 데가 있지요. 그이의 불행에 연민이 해일처럼 몰려왔지만 어쩌겠어요. 그이는 저를 버리고 영원히 떠났지만, 저에겐 지상에서 유일한 피붙이, 딸아이가 있거든요. 자살하고 싶은 욕망이 강렬할 때마다 결코 내 딸까지 바리데기로 만들 수 없다는 결기를 세웠지요. 게다가 더는 말하고 싶지 않지만 그와 함께한 결혼생활은 결코 행복하지 않았어요. 행복은 서울과 스톡홀름에서 편지를 주고받던 시기, 그리고 그가 스톡홀름에 돌아와 술 한잔을 놓고 사랑을 속삭이던 시간들에 그쳤어요. 결혼과 더불어 저에겐 슬픔과 고통으로 가슴속이 무장 타들어갔지요. 다행히 그이가 서울에서 귀국할 때 큰 여행가방 가득 담아온 소설들이 있었어요. 그걸 읽는 게, 유일한 위안이었지요. 그이의 사랑을 확인하는 추억이었거든요.

장례식에서 의문이 들었어요. 제가 참으로 그를 사랑했던 걸까. 아니면 그가 제게 늘 비난했듯이 동정이었을까. 모르겠어요, 저는. 실제로 사랑과 연민의 차이가 얼마 만큼인지. 그리고 사람에게 사랑의 깊이란 과연 어디까지 가능한지도. 입술을 꼭 깨물며 새 출발을 하겠다고 다짐했지요.

어쩌면 제가 스웨덴에 살고 있기에 남편의 죽음 앞에서 조금은 편할 수 있었는지 모르겠어요. 남편이 죽으면 앞으로 살아갈 생계 자체가 막막해지는 한국의 여성과 달리, 이곳 스웨덴에선 그런 불안은 전혀 없어요. 어떤 상황에서든 생존권이 위협받는 사람은 없으니까요.

그 점에서 본다면 가난을 더 참기 어려워 자신이 낳은 어린 아들과 딸 셋을 모두 초고층 아파트 창문에서 밀어버리고 투신 자살한 한국 여성의 이야기는 너무나 끔찍해요. 게다가 한 아이는 창문으로 넘길 때 끝까지 "살고 싶다"며 울부짖었다지요. 저는 그 사실을 인터넷신문으로 읽으면서 한국의 아이들 운명에 몸서리를 쳤어요.

생각해보세요. 스웨덴에 입양되어 결국 자살로 삶을 마감한 제 남편이나 아니면 어머니 손에 밀려 초고층에서 떨어져 죽은 아이나 모두 초대받지 못한 삶에 불려와 결국 버림받은 존재들 아닌가요. 인간이 인간에게 저지를 수 있는 야만은 어디까지일까요. 어찌 한국뿐일까요. 당신이 이 글을 읽는 바로 이 순간도 지구에 살고 있는 수많은 나라의 어린이들이 부닥친 삶의 비애이지요.

문제는 대다수 유럽의 백인들은 그런 비극이 어디서 연유하는지 진지한 성찰이 부족하다는 데 있어요. 제가 만일 입양된 '스웨덴인'이 아니었다면, 저 또한 삶의 비극적 현실을 몰랐을 가능성이 크죠. 스톡홀름에서 숨을 거둔 르네 데카르트처럼 "나는 생각한다. 그러므로 존재한다"를 되뇌고 있었을까요. 아니면, 비극에 눈을 떴다고 하더라도 실존주의 철학에 매몰되어 북유럽의 우수에 잠긴 채 키에르케고르의 단독자만 읊어대고 있었겠지요.

미국이나 유럽에서 백인으로 태어난다는 사실, 그것은 지상에서 인

간의 조건과 진실을 온새미로 파악할 수 없는 운명을 뜻하지요. 더 큰
문제는 백인도 아닌 더 많은 나라의 지식인들이 삶의 현실을 백인처
럼 인식하는 데 있어요. 더러는 현실과 동떨어진 그 인식을 민중에게
가르치려는 망상에 젖어 있지요. 참으로 어처구니없는 일이지요.

11

　　　　　　　　　　새로운 천년을 맞는다고 유럽 대륙 전
체가 축제의 분위기로 들떠 있을 때였어요. 남편의 장례를 치른 저는
허우룩한 삶의 현실과 홀로 마주쳐야 했어요. 버려진 삶, 백인 남성이
만든 체제에서 영원한 이방인으로 살아가는 삶, 그 원천적 고독을 이
겨가려면 하릴없이 차가울 수밖에 없어요. 싸구려 감상에 젖어들기
시작하다간 알코올이나 마약 중독자가 되기 십상이지요. 궁극은 자살
이어요. 죽음에 이르는 병. 그 병은 유럽의 세계에 들어온 입양인이라
면, 유색인이라면 필연적으로 지니게 될 불안감이어요.
　하지만 바로 그렇기에 삶의 모순을 꿰뚫는 각성이 백인보다 더 쉬
운지도 모르겠어요. 마흔 살에 남편을 보내고 애오라지 어린 딸과 더
불어 한 사회에서 '영원한 이방인'으로 살아가는 길, 그것이 제 앞에
놓인 인생이었어요.
　남편이 남긴 충격에서 가까스로 벗어나던 어느 날 아침이었어요.
이를 닦으며 문득 거울을 보았을 때 가슴이 철커덩 내려앉았지요. 거
울에 비친 저를 멍청하게 쳐다보았어요. 푸석푸석한 얼굴. 이마에 어

느새 주름 한 줄이 깊이 파여 있었어요. 거울 앞으로 다가섰지요. 눈 옆과 입술 둘레 곳곳에 잔주름이 가선지어 있더군요.

서너 차례 한숨으로 마음을 가다듬으며 겨우 세수를 마쳤지요. 그러나 머리를 빗었을 때, 다시 흠칫했어요. 빗에 머리카락이 한 움큼이나 얽혀 있지 않겠어요? 그렇더군요. 어느새 듬성듬성 검은 머릿결 사이로 흰 머리칼까지 보였어요.

일상에 치여 모르고 있던 저 자신의 모습을 보며 절감했지요. 아, 벌써 내가 마흔이구나. 그 순간 오래 전에 읽은 '사십여년수몽중'四十餘年睡夢中이란 시구가 문득 떠올랐어요. 40여 년을 꿈속에서 보냈다는 저 옛 사람의 한탄, 그 짧지만 여운이 긴 구절은 저의 심경과 어쩌면 그렇게 똑같은지요.

하릴없이 일터의 '실비아'와 퇴근 뒤 '연화'라는 이중적 삶을 살아가게 되었어요. 삶의 초꼬슴부터 잃어버린 저의 뿌리를 되찾고 싶었지요. 남편이 선물로 남긴 한국의 문학작품을 파고들기 시작했어요. 한국어사전을 찾으며 순우리말을 배우는 즐거움도 제법 쏠쏠했어요. 딸에게도 한국어를 가르쳤지요. 제가 다니던 '한글학교'는 스웨덴 정부의 지원이 줄어들면서 오히려 무심했던 한국인들의 관심을 촉발하게 했어요. '스웨덴 한인학교'로 자리잡은 그곳으로 딸아이를 데리고 주말마다 찾았어요.

제가 한민주와 편지를 나누기 시작한 것도 그 무렵이었어요. 처음에는 헛일 삼아 신문사로 편지를 보냈지요. "저를 기억하시는지 모르겠다"며 10여 년 만에 편지를 띄웠어요. 누군가에게라도 저의 내면을 털어놓고 싶었던 걸까요. 한민주는 멀리 있어 마음을 열어도 아무런 부담이 없는 존재라고 생각한 걸까요. 끝자락에 한국을 깊이 알 수 있는 책들을 소개해달라고 했어요.

솔직히 큰 기대는 하지 않았지요. 하지만 두툼한 독서 목록과 책이 담긴 소포가 왔어요. 무엇보다 한민주가 저를 기억하고 있다는 사실이 반가웠어요. 아니, 고마웠지요. 그는 이미 일선 기자를 떠나 논설위원으로 일하고 있었어요. 보내온 책은 자신이 쓴 칼럼집이었어요. 간결하면서도 강렬한 한민주의 칼럼들을 읽으며 한국의 오늘을 조금은 더 폭넓게 조망할 수 있었지요. 한민주가 추천해준 책들도 한국 서점의 인터넷으로 들어가 주문했어요. 한국의 책값은 저렴해서 국제우편으로 주문배달 받는 데 경제적 부담은 없었어요.

스톡홀름의 한 귀퉁이에서 한국 책들을 뒤적이며 저 자신을 새롭게 발견해갔어요. 스웨덴의 중산층 여성, 실비아의 시각을 벗어나면서 인류가 살고 있는 세계, 지구촌이 투명하게 보이기 시작했어요. 데카르트의 저 유명한 명제는 유럽의 근대인, 그것도 백인 남성이 지닌 '생각'에 지나지 않는다는 판단이 들었지요. 우리는 '생각'으로 존재하는 게 아니라는 사실을 저는 온 몸으로 확신하고 있어요.

그러던 어느 날, 양부모집을 들렀다가 돌아오는 길이었어요. 어린 시절에 책을 읽었던 도서관을 우연히 발견하게 되었지요. 정체 모를 향수에 잠겨 발길이 끌리는 대로 도서관에 들어갔어요. 그랬지요. 발걸음은 저를 늘 비어 있는 의자로 끌고 갔어요.

코끝이 시큰거리며 알알했어요. 언제나 제가 즐겨 앉던 의자였어요. '늘 비어 있는 의자'라 한 까닭을 혹 짐작하시겠어요?

도서관의 들머리에 놓인 의자는 실제로 지금 이 순간도 비어 있어요. 앞으로도 늘 비어 있겠지요. 그래야 마땅하고요. 빈 의자 옆에는 노벨문학상을 받은 작가들의 이름과 작품이 연도별로 한쪽 벽을 채우고 있어요. 빈 의자가 놓인 책상에는 의자에 앉아야 할 주인의 이름을 써놓았어요.

'다음 노벨문학상 수상 작가.'

그 '다음'이 숱하게 지난 다음, 빈자리를 바라보는 제 가슴은 쿵쾅거렸어요. 제가 스웨덴 백인 사회에서 '살구색 이방인'임을 뼈저리게 깨달은 뒤 포기했던 문학의 열정, 그것이 뒤늦게 황인종으로서 정체성을 찾아가는 과정, 아니 저를 새롭게 형성해가는 길목에서 다시 스멀스멀 살아나고 있었어요. 사람들이 하나 둘 도서관을 떠난 뒤 남몰래 그 자리에 앉아 꿈을 키웠던 빈 의자에 실로 오랜만에, 그리고 아무런 주저없이 앉았지요. 착잡한 회고가 다시 밀물처럼 몰려왔어요. 문득 뭇 사람들의 시선이 느껴져 둘레를 바라보았지요. 사람들이 모두 미소로 저를 바라보고 있더군요. 얼굴이 홍당무처럼 빨개졌겠지요.

그래요. 마흔이 넘어 소녀 시절 문학을 꿈꾸던 저 자신과 다시 만나게 되었어요. 고색 창연한 옛 시가지인 감라스탄의 스웨덴 학술원과 시민공연장 사이를 발밤발밤 오가며 그 길을 저만의 산책길로 삼았어요. 제 산책길의 한 '종점'인 학술원은 노벨문학상 수상자를 선정하는 곳이지요. 학술원 아카데미 앞 광장은 저 옛날 스웨덴의 숱한 귀족들이 참수당한 곳이어요. 광장이 온통 붉게 물들었다고 해요. 제가 산책하는 길의 또 다른 '종점'은 시민공연장인 '콘서트 홀.' 해마다 그곳에선 노벨문학상을 시상하는 무대가 펼쳐지지요.

학술원과 공연회관 사이를 오락가락하며 문학의 길을 곰곰 생각해 보았어요. 제 가슴 깊은 곳에서 무엇인가 아우성치는 걸 느낄 수 있었지요. 어쩌면 그것은 저를 낳아준 어머니와 만날 수 있다는 기대가 무너진 뒤의 허전함에서 비롯된 건지 모르겠어요. 아니, 그 반대일 수도 있지요. 어머니의 죽음, 그리고 저를 낳기에 이른 어머니의 사랑이 더 없이 궁금했기 때문이지요.

한 가지 분명한 게 있어요. 문학의 열정이 깊어갈수록 사회주의 혁명가인 어머니 모습이 뚜렷하게 제 앞으로 성큼성큼 다가오고 있었지요. 그래요. 제 삶의 뿌리를 제대로 찾고 싶었어요. 어머니께서 어떤 분인지 조금이라도 더 알고 싶었어요. 빨치산에 대해, 조선공산주의 운동에 대해 많은 책들을 인터넷 서점으로 사본 까닭이지요.

그러던 어느 날 한민주가 스톡홀름으로 다시 소포를 보내왔어요. 이진선(1920~1998)이라는 한 사회주의 혁명가의 수기 원고였지요. 저는 수기에 혹 금련화라는 이름이 나오지 않을까 싶어 받자마자 정독했어요. 하지만 헛된 기대였어요. 그럼에도 조선의 사회주의자 이진선의 수기를 다 읽었을 때 저는 어머니가 어떤 분이셨는지 조금은 감이 잡혔어요. 한민주가 왜 제게 그 수기를 보냈을까 짐작도 되었지요.

이진선의 수기는 저에게 많은 것을 가르쳐주었어요. 새로운 천년을 맞은 시점에서 읽은 그 수기는 새로운 발견이었어요. 평양에서 사회주의자이자 휴머니스트로 삶을 마친 이진선의 수기를 두 번째 정독할 때, 문득 저의 어머니가 평양의 혁명유가족 출신이란 말이 떠올랐어요. 그리고 바로 그 순간, 왜 제가 지금까지 '모국'을 대한민국으로만 생각했을까 강렬한 의문이 고개를 들었지요.

기실 '어머니의 나라'라는 뜻에 충실하려면 저에게 모국은 조선민주주의인민공화국이 아닐까요. 저의 어머니가 그곳에서 태어났으니까요.

'난 평양에 취재하러 들어갈 수 없지만 연화 씨는 갈 수 있지 않나요?'

서울에 유학할 때 한민주가 제게 던진 물음이 갈수록 더 큰 메아리로 귓전을 울렸지요. 어머니가 살았던 곳, 그리고 이진선이라는 인물이 평생의 꿈과 한을 묻은 그곳에 가서 직접 사회주의 현장을 확인하고 싶었어요. 평양행을 결심했지요. 어머니의 흔적이라면 하나도 놓치지 않겠다는 결기를 곧추세웠어요. 혹 제 피붙이를 만날지도 모른다는 상상에 이르자 그 생각만으로도 저의 외로움이 씻어졌지요.

물론, 평양행은 서울로 가는 길처럼 쉽지 않았어요. 작심을 하고 스톡홀름의 조선민주주의인민공화국 대사관으로 찾아갔지요. 제가 서울에서 입양되어 온 스웨덴 국민으로 사회민주당원이라는 사실은 평양으로 가는 데 도움이 되었어요.

하지만 무엇보다 조선민주주의인민공화국으로 가는 길에서 결정적 도움을 주신 분은 제가 얼굴도 모르는 어머니였어요. 대사관 직원에게 혹시 친척을 만날 수 있겠느냐며 물었지요. 어머니가 김일성대학 출신으로 남쪽에 내려가 빨치산 투쟁을 했었다고.

그 순간 담당 직원의 눈이 동그랗게 커지면서 반짝였어요. 저의 여행을 대하는 태도가 근본적으로 달라졌지요. 저 또한 어머니처럼 혁명의 유자녀였던 걸까요.

12

2002년 9월 25일. 수요일 오후 5시였어요. 평양 순안공항에 비행기가 사부자기 안착했어요. 제가 태어난 대한민국과 다른 조국, 조선민주주의인민공화국에 도착한 것이지요. 딸아이는 고맙게도 양부모님께서 맡아주셨어요.

창 밖으로 본 산천의 첫 인상은 대한민국과 똑같았어요. 같은 땅이기에 당연한 일인데도 신기하게만 느껴지더군요. 북이든 남이든 가을의 조선 산하는 아름답지요. 하지만 어딘가 모르게 슬픔이 배어나요. 수많은 세대를 이어오며 삶마다, 아니, 죽음마다 맺힌 한이 산하를 채색한 걸까요? 어쩌면 제가 바리데기여서 그런지도 모르지요. 동시에 가슴 깊은 곳에서 경고음이 들렸어요.

'홍련화, 너 대한민국에서 그랬듯이 이곳에서도 실망하지 않을까?'

고백하거니와 두려웠어요. 그래서였어요. 이 나라가 어머니의 조국임을 거듭 되새겼지요. 평양 순안공항은 2000년 6월 13일 북과 남, 남과 북의 정상이 만나 포옹을 한 바로 그곳이어요. 이곳에서 서울을 직항로로 가면 1시간이 채 안 걸린대요.

평양 국제공항 청사는 이 나라가 자본주의를 부정하고 있음을 '증언'이라도 하듯이 소박했어요. 다만 국제공항답게 건물 옥상의 오른쪽에는 'PYONGYANG'이 쓰여 있었지요. 왼쪽에는 한글로 '평양'이, 그리고 한가운데는 고故 김일성 주석의 사진이 크게 걸려 있었어요. 내가 살아온 나라와는 분명 다른 곳임을 실감했지요.

건물 좌우에는 대칭으로 대형 그림이 걸려 있었어요. 왼쪽에는 큼직한 초록빛 소나무 뒤로 대동강 을밀대가 격조 있게 그려졌어요. 오른쪽 그림은 백두산 천지를 담았고요. 청사 안에서 순안공항의 입국 수속을 담당하는 조선 '인민'의 얼굴은 마치 체온이 느껴질 만큼 부드러웠어요.

공항에서 나와 '국제고려여행사' 버스에 올랐어요. 맨 앞좌석에 앉았지요. 일행 가운데 저보다 나이 드신 분들이 계셨지만 모르쇠했어요. 창 밖을 가장 잘 볼 수 있는 자리를 '양보'할 수 없었던 까닭이지요. 공항 들머리에는 큼직한 구호가 새겨 있었어요. 그 구호는 평양 시내에 높이 솟은 건물은 물론이려니와 곳곳에 자리하고 있었지요. 정치구호가 거리마다 건물마다 곰비임비 이어지는 조선에서 압도적으로 가장 많은 구호였어요. 무엇일까요.

'위대한 수령 김일성 동지는 영원히 우리와 함께 계신다.'

비단 구호만이 아니어요. 동상과 사진, 그림으로 김 주석을 자주 만나요. '위대한 수령'은 1994년에 세상을 떠났지만 조선의 정치·경제·사회·문화 곳곳에 살아 있었어요. 김 주석이 태어난 4월 15일은 그의 3주기 때 '태양절'로 격상되었어요. 일성日成이라는 이름 그대로 해(日)를 이룬(成)셈이지요. 평양의 시계는 김 주석이 태어난 1912년을 원년으로 주체연호를 사용하고 있어요. 제가 탄 버스는 2002년에서 '주체 91년'의 시공간으로 쏜살처럼 질주해 갔어요. 그 시공간에서 '태양'은 김 주석이지요.

슬금슬금 거부감이 일기 시작했어요. 죽은 수령이 영원히 함께 계신다는 구호는 사회주의는 물론, 민주주의와도 거리가 있다는 생각이 들었기 때문이지요. 하지만 더 지켜보기로 했어요. 수령체제에 대한 저의 부정적 인식이 스웨덴에서 자란 선입견에서 비롯된 예단일 수 있으니까요.

순안공항에서 평양 도심까지 버스로 20분 정도 걸렸어요. 하지만 서울이라면 훨씬 더 많은 시간이 걸릴 거리이지요. 단 한 차례도 신호에 걸림없이 곧장 숙소까지 달려갔어요.

공항에서 평양 시내로 가는 길 옆자리에는 3년 전 평양을 다녀온 동포 분이 앉았어요. 저도 그랬지만, '유럽 조국방문단'에 낀 분들 사람들은 모두 깊은 속사연이 있어 보였어요. 옆자리에 앉은, 독일에서 오셨다는 일흔 남짓 된 분은 한숨을 쉬며 제게 말했지요.

"평양 시내까지 가는 길에 다른 차는 전혀 볼 수 없다오."

실제로 '전혀'는 아니었지만 차가 드물었어요. 그래서일까요. 버스가 지나갈 때마다 인민들은 우리를 호기심 가득한 눈으로 바라보았어요. 더러는 걸음을 멈추기도 했고 더러는 고층 살림집(아파트)에서 내다보기도 했지요. 저는 뭔가 대답해드려야 할 것 같아 말했어요.

"글쎄요. 차가 많은 게 저는 꼭 좋다고 생각하지 않아요."

"그래요?"

"네, 저도 승용차가 없어요. 운전도 배우지 않았지요. 자원을 고갈시키고 환경만 오염시키지 않은가요?"

그분은 귀 기울여 듣더니 곧 어깨를 으쓱 들어올렸어요. 그 뒤부터 제게 아무 말도 건네지 않았지요. 저의 정체를 '오해'했을 게 틀림없어요. 저로서도 그분이 말을 시키지 않는 게 차라리 편했지요. 하지만 차를 아예 찾아보기 어려운 것은 그만큼 경제가 열악하다는 반증임을 저도 모르지는 않아요. 다만, 남쪽은 차가 넘쳐나고 북쪽은 차가 드물고, 왜 같은 민족이 세운 나라가 서로 극과 극일까 싶었어요. 같은 점이 있다면 남쪽은 기업광고가, 북쪽은 정치구호가 넘쳐난다는 사실일까요?

고속도로에서 이윽고 평양 시내로 들어서자 왼쪽에 김일성종합대학이 나타났어요. 바로 저곳에 어머니가 다니셨다는 생각에 눈시울을 슴벅였어요. 스쳐가는 대학 정문을 고개 돌려가며 오래도록 되돌아보았지요. 저곳을 드나들었을 스무 살의 젊은 공산주의자 금련화를 그리면서요. 눈물이 샘솟아 얼굴이 즐벅했어요.

곧이어 웅장한 개선문이, 그리고 천리마 동상과 김일성 동상이 줄을 이어 나타났어요. 김일성 광장의 중심에 인민대학습당(도서관)과 정부청사가 자리했고 차도가 꺾어지면서 로동신문사가 보였지요. 조선민족의 오래된 수도, 평양은 기념비적 건축물들이 가득 차 있으면서도 정갈한 도시였어요.

몇몇 유럽의 언론인들이 평양을 창백한 도시라고 보도했지만 전혀 아니었어요. 평양 거리엔 인민들이 바쁘게 오가고 있었지요. 창 밖으로 본 인민의 얼굴에선 남녀노소 두루 더없이 착한 마음이 뚝뚝 묻어났어요. 서울 시민과 굳이 비교한다면, 분명 더 밝지는 않았어요. 하지만 더 맑았지요.

13

평양의 공기는 맑았어요. 무엇보다 흰 저고리에 검은 치마 입고 옷고름 가을 바람에 휘날리며 걸어가는 젊은 여성들의 자태가 청순하고 아름다웠어요. 서울과 달리 한복의 전통이 살아 숨쉬고 있었지요.

저도 옷고름 날리며 걷고 싶다는 생각과 동시에 어머니 모습이 연상되어 목이 메였어요. 문득 '남남북녀'라는 말이 떠올랐겠지요. 한순간 스쳤던 그 말이 다시 떠오른 것은 평양에서 살아가는 인민을 처음 가까이 보게 되었을 때였어요. 버스에서 내려 고려호텔 연회장에 들어갔지요. 그곳에서 일하는 젊은 여성들이 마치 동생처럼 정겹게 다가왔어요.

꾸밈없는 민낯의 얼굴. 자본주의에 물들지 않은 눈동자는 더없이 맑았어요. 비단 그곳만이 아니었지요. 조선에 머물 때 곳곳에서 눈빛 고운 여성들을 만날 수 있었어요. 어딘가 수줍음이 담겨 있으면서도 따뜻한 마음 본새가 전해왔어요.

같은 여자로서 저는 서울의 여성들이 노소를 가릴 것 없이 짙은 화장을 하고 다니는 모습에서 충격을 받았거든요. 스웨덴보다 1인당 국민소득이 절반 남짓인데, 그들이 입고 다니는 옷차림은 스톡홀름의 여성들과 비교하기 어려울 만큼 사치스러웠지요. 제가 첫인상에서 서울보다 평양에 더 호감을 가지게 된 정서적 요인일지도 몰라요. 아, 아닐 거예요 아마도 그 정서의 가장 깊은 밑절미에는 제 뼈와 살을 당신의 몸 속에서 키워주신 어머니가 존재하겠지요. 평양 여성. 그래요. 새삼 제가 남녘 여성이라기보다 북녘 여성이라는 사실을 깨달았지요.

당신도 들어보셨겠지만 '남남북녀'라는 말은 남쪽의 『국어대사전』에 나오는 말이지요. '우리나라에서 남자는 남쪽 지방 사람이 잘나고 여자는 북쪽 지방 사람이 고움을 이르는 말'로 풀이되어 있어요. 그러나 30만 어휘를 수록한 북쪽의 『조선말대사전』에서 '남남북녀'라는 말은 없어요. 그 말을 수록하지 않은 이유는 쉽게 짐작이 가요. 성차별이자 지역차별이요, 겉모습이 가치 판단의 기준이라는 비판이 당연히 제기될 수 있어요.

그래서이지요. 사회민주주의자인 제가 평양 이야기를 당신께 전하면서 남남북녀를 거론하기가 남새스럽기도 해요. 하지만 그 전제 위에서 마저 말씀드릴게요. 조선 여성들의 얼굴에서 저는 한국이 어느 결에 잃어버린 '겨레의 얼굴'을 발견하는 감동에 젖었어요. 여성인 제가 보아도 상냥하고 귀여웠어요. 유럽의 미적 기준에 따라 성형수술이 붐을 일으키고 있는 남녘 여성들의 세태가 대조적으로 다가왔지요.

북녘 여성이 제 가슴에 와닿은 것은 그러나 '미모'가 아니었어요. 그랬어요. 그것은 깨끗한 마음에서 우러나오는 아름다움이었어요. 천박하고 살벌한 자본주의 나라인 서울 여성들에게선 찾아보기 힘든 얼굴이지요. 오랜 세월 조선의 여성들이 깨끗이 지켜온 '조선의 마음'을 그 얼굴에서 읽을 수 있었어요. 어머니 금련화의 얼굴도.

숙소인 고려호텔에선 유럽 조국방문단에 대한 공식환영 만찬이 준비되어 있었어요. 북쪽의 민족화해협의회가 주최했지요.

작은 키에 안경을 낀 부위원장이 큰 목소리로 준비한 환영사를 또박또박 읽어갔어요. 그는 때마침 북과 남 사이에 끊어졌던 철도와 도로를 잇기로 합의한 것을 예로 들면서 민족사의 새로운 장이 펼쳐지고 있다고 강조했어요. 이어 중요한 것은 '실천'이라며 평양을 방문한 유럽 방문단을 열렬히 환영한다고 밝혔어요.

크고 둥근 탁자 둘레로 제가 앉은자리에도 북쪽 안내원들이 섞였어요. 더불어 건배를 나누며 술을 마셨겠지요. 들쭉술. 백두산에서 나는 들쭉으로 만든 술이지요. 먼저 조선방문 기간에 늘 함께 다녔던 안내원에 대해 짧게 소개드릴게요. 당신도 이미 짐작하셨겠지만 안내원들은 모두 김일성종합대학(김대)이나 김형직사범대학(사대)을 나온 조선로동당의 엘리트들이지요.

곱고 살가운 여성과 대조적으로 젊고 씩씩한 '주체주의 남성'들은 또 다른 매력이 있었어요. 영리하지만 작은 계산에만 밝아 보이는 남녘 남성보다 더 미더웠지요.

만찬자리에서 대화를 나눈 두 안내원은 두루 언행이 세련됐어요. 마침 한 안내원이 "스웨덴의 복지정책에 장군님의 관심이 크다"고 거론하기에 조금은 더 깊이 있는 대화를 나누게 되었지요.

저는 2002년 7월부터 착수한 경제개혁 조처와 '조선과 일본의 정상회담'을 예로 들면서 개혁을 조금 더 일찍 모색했다면 인민이 굶어죽은 '고난의 행군'을 피할 수 있지 않았겠느냐고 물었어요. 질문이 뜻밖이라는 듯이 모들뜨며 저를 응시하더군요. 공화국을 매도하려는 악의가 읽혀지지 않았던지 곧 누그러진 그는 국으로 답했어요.

"중국과 달리 분단국가인 조선이 사회주의를 지키며 개혁에 나서는 데에는 여러 가지 여건 마련이 필요했습니다."

제가 아무 말 없이 바라보자 덧붙였지요.

"장군님이 실리를 강조하는 쪽으로 서서히 변화를 모색해왔습니다."

"그게 언제부터였어요?"

"2000년 북남 공동선언부터입니다."

김정일―김대중 정상회담이 평양에선 큰 역사적 의미를 지니고 있었어요. 나중에 다시 서울에 들렀을 때 남쪽의 냉소적 분위기와 사뭇 달랐지요. 같은 주제로 다른 안내원과도 대화를 나누었어요. 그와 저는 김일성 주석이 1994년 7월에 '급서'하지 않았더라면, 그때 예정됐던 북남 정상회담이 열렸을 터이고, 북남 공동선언이 나왔을 것이라는 데 의견의 일치를 보았어요. 평양의 조선로동당원은 장탄식을 쉬며 덧붙였지요.

"하늘이 우리를 도와주지 않는 것 같아요."

안타까운 일이지요. 만일 그때 북남 정상회담이 성공했다면, 북과 남 두루 대대적 변화를 모색했을 게 틀림없어요. 북의 인민들이 굶주려 죽는 비극도 피할 수 있었을지 몰라요. 그랬다면 남쪽이 국제통화기금(IMF)의 구제금융을 받는 체제로 전락하지 않을 수도 있지 않았을까요.

아무튼 그날 평양에서 열린 첫 만찬의 대화로 많은 걸 깨달았어요. 일본과의 정상회담이나 '신의주 경제특구' 설정이 상징하는 경제정책 변화에 인민의 기대가 크다는 말도 들었지요. 그랬어요. 한결같이 개혁정책을 환영했어요. 평양의 젊은 조선로동당원들은 제가 예상했던 것보다 훨씬 더 이성적이고 합리적 판단을 충분히 내릴 수 있는 사람들이었어요. 그리고 세계정세에도 결코 어둡지 않다는 걸 확인했지요. 아니, 어쩌면 미국의 패권이 지배하는 세계 체제의 본질을 꿰뚫고 있다는 느낌마저 들었어요.

그랬어요. 대동강에 분명 개혁의 바람이 불고 있었지요. 초가을에 동쪽에서 불어오는 바람을 강쇠바람이라고 해요. 그 바람을 현장에서 확인한 저는 기뻤어요. 한민주가 제게 보내온 평양의 순결한 사회주의자, 이진선의 수기가 떠올랐지요. 특히 이진선이 김정일 총비서에게 유언으로 보낸 편지에서, 피눈물로 개혁을 촉구하는 마지막 장면이 감동적이었지요. 아마도 이진선이 비극적으로 최후를 맞지 않았다면, 만년의 그가 연인이자 동지인 최진이와 늘 산책하던 대동강에 오늘 불고 있는 변화의 바람을 가슴 깊이 들이마실 터이지요. 그 바람, 그 향기를 제가 평양에서 맡고 있었어요.

하지만 강쇠바람은 찬바람이지요. 동쪽에서 불어오는 초가을 바람이지만, 그 바람은 겨울이 그만큼 다가온다는 걸 예고하기도 해요. 동쪽에는 군사 강국을 지향하는 일본이, 그리고 바다 건너 그 동쪽에는 초강대국 미국이 있어요. 실제로 그랬어요. 평양에 있을 때 미처 몰랐지만, 미국은 평양의 변화를 달갑지 않게 생각했지요. 2002년 10월 말부터 미국과 일본의 칼바람이 차례로 불어와 개혁정책을 마구 흔들었어요.

그날, 강쇠바람 불어오는 평양의 첫날 밤을 잠 못 이루고 지새운 까닭은, 하지만 다른 데 있었지요. 어머니의 친척을 만날지 모른다는 기대에 한껏 부풀어 건밤새며 뒤척였어요.

14

2002년 9월 26일 목요일. 평양에서 맞은 첫 아침이었어요. 간단히 샤워를 하고 머리를 빗은 뒤 호텔 식당으로 내려갔지요. 호텔 들머리에는 이미 안내원들이 대기하고 있더군요. 상냥하게 인사를 건넸어요. 새로 나온 〈로동신문〉을 건네주더군요. 식사를 마친 뒤 출발 시각까지 여유가 있어 신문을 들고 방으로 돌아왔지요. 조선로동당의 기관지, 〈로동신문〉. 신문에선 미국의 패권주의를 우려하는 평양의 위기의식이 뚝뚝 묻어났어요.

오해 없기를 바랄게요. 저는 지금 당신께 조선로동당의 시각을 '홍보'할 생각은 없어요. 다만 조선민주주의인민공화국에 대한 국제사회의 시각과 여론이 미국 중심으로 지나치게 편향되어 있기에, 먼저 있는 그대로 평양을 바라보는 게 필요하다고 생각해요. 그것이 사고의 균형감을 지니는 데 도움이 되겠지요. 신문 6면에 5단 머리로 큼직하게 편집된 논설을 간추려 드릴게요. 제목은 「우리의 국방정책은 자위의 정책이다」이었어요. 조선의 대다수 당원들과 인민들이 논설을 '학습'한다는 사실, 그리고 자본주의 사회와 달리 기관지 논설에는 당과 국가의 무게가 실려 있다는 사실도 염두에 두고 읽으시면, 조금은 더 흥미롭겠지요.

　……국방력 강화는 인민대중의 자주위업을 옹호고수하고 전진시키기 위한 근본요구이다. 오늘의 국제정세가 또한 국방력을 강화할 것을 요구하고 있다. 제국주의자들은 저들의 군사력을 뽐내면서 거만성과 오만성을 더욱 드러내고 있다. 그들은 국제무대에서 독단과 전횡을 일삼으며 세계질서를 제 마음대로 좌지우지하려 하고 있다. 특히 미국의 군사전횡은 극도에 이르고 있다. 미국은 ≪반테로≫의 구실 밑에 침략과 전쟁을 세계 여러 나라와 지역에로 확대하려 하고 있다. 미국은 내정간섭과 군사적 위협, 무력행사를 금지할 데 대한 유엔헌장과 유엔결의, 국제법과 국제관계 규범을 란폭하게 유린하면서 오만무례한 침략행위를 계속하고 있다. 오만해질 대로 오만해진 미제가 어느 나라를 반대하여 어느 시각에 침략전쟁을 도발할지 그 누구도 모른다. ……그런 것만큼 자주성을 귀중히 여기는 나라들은 제국주의자들의 어떠한 침략에도 대처할 수 있도록 국방력을 강화하여야 한다. 작은 나라일수록 더욱 국방력을 중시해야 한다. 자주와 평화는 저절로 오지 않는다. ……

　우리 인민에게 있어서 국방력을 강화하는 것은 특별히 중요한 문제로 나선다. 그것은 나라가 분렬되어 있고 세계제국주의 우두머리인 미제와 직접 맞서고 있기 때문이다. 우리나라의 정세는 매우 첨예하고 긴장하다. 미제는 우리를 ≪제1주적≫, ≪악의 축≫으로 규정하고 우리 공화국에 대한 군사적 압력공세를 강화하면서 제2 조선전쟁을 도발하려 하고 있다. 미제는 저들의 침략적 목적을 실현하기 위하여 핵무기까지 사용할 것이라고 공공연히 떠벌리고 있다. ……

우리나라에서 전쟁위험은 날을 따라 더욱 커지고 있다. 조성된 정세는 우리로 하여금 국방력을 더욱 강화하지 않을 수 없게 하고 있다. ……우리의 국방정책은 철두철미 자위의 정책이다. 우리 인민은 누구보다도 평화를 사랑하는 인민이다. 평화를 사랑하는 것은 불의를 증오하고 정의를 옹호하는 우리 인민의 고유한 품성이다. ……우리는 작은 나라이고 모든 것이 부족하다. 이런 형편에서 제국주의자들의 고립압살정책에 맞서 나라의 자위권을 지킨다는 것은 결코 쉬운 일이 아니다. 우리에게는 오직 자체의 힘으로 나라의 국방력을 강화하는 길밖에 없다. 우리는 군사선행의 원칙에서 자립적 국방공업을 발전시키고 자위적 국방력을 강화한다는 것을 누구에게도 숨기려 하지 않는다. ……우리의 국방정책의 자위적 성격과 사명은 앞으로도 변함이 없을 것이다.

당신도 알다시피 미국은 2002년 10월 평양 회담 직후 조선이 "호전적"이라고 주장했어요. 미국으로서는 그렇게 볼 수 있겠지요. 하지만 당신께 저는 묻고 싶어요. 오늘 전개되고 있는 현실세계에서 가장 호전적인 나라는 과연 어디인가요? 이라크를 침략한 조지 부시가 집권하고 있는 미국 이상으로 호전적인 세력이 온 세계에 있나요?

미국이 조선을 호전적이라고 비난하는 이유는 그들에게 '순종'하지 않아서가 아닐까 싶어요. 그래서이지요. 조선의 처지로서는 자주적으로 국방력을 강화하려는 시도가 오히려 자연스러운 일 아닌가요? 더구나 미국은 정부 문서에서 폭로되었듯이 언제든지 평양을 폭격할 의도를 지니고 있고 또 그럴 의지를 공공연하게 밝히고 있어요. 당신이 조선의 정책결정자라면 이 '난국'을 어떻게 풀어가겠어요?

제가 조금 감정적이 되었나요? 하지만 소련이 무너진 뒤 지구촌의 유일한 초강대국이 된 미국이 곳곳에서 저지르는 '폭정'에 맞서 자주적 목소리를 내는 나라. 그 나라가 제 어머니의 나라, 저의 모국이라는 사실이 자랑스럽게 다가왔지요.

유럽방문단의 오전 첫 일정은 만경대였어요. 아시다시피 만경대는 김일성 주석의 생가이지요. 방북단을 태운 버스는 왕복 12차선에 폭 100미터의 대로인 광복거리를 6킬로미터 정도 질주해 달려갔어요. 나이가 지긋하고 지성미가 묻어나는 여성이 한복 차림으로 안내를 맡았지요. 만경대를 설명하는 내내 그의 모습은 엄숙하고 확신에 차 있었어요. 언덕에 오르면 모든 풍광이 아름답게 펼쳐진다고 해서 예로부터 '만경대'라는 이름을 얻었다고 해요. 김 주석이 태어난 집은 초가집으로 집 안팎이 두루 깨끗하게 정돈되어 있었어요. 넓은 만경대에 다른 집은 없었지요. 일대가 너른 공원으로 꾸며졌어요.

만경대 김 주석 생가에서 문득 1987년 한국에 갔을 때 찾아갔던 호남벌판 전봉준(1855~1895)의 생가가 떠올랐어요. 녹두장군의 생가는 초라했지요. 관리인은 물론, 안내원도 없었어요. 그날 따라 비는 왜 그렇게 장대처럼 쏟아졌는지요.

그런데 왜일까요. 평범한 농투성이들이 모여 사는 마을 속에 자리한 녹두장군 생가의 툇마루에 앉았을 때 밀려오던 쓸쓸함이 평양에서 가장 세련되게 가꾼 김일성 주석의 생가에서도 느껴진 까닭은. 만경대를 김 주석이 태어났던 그때의 모습처럼 소탈하게 꾸몄다면 더 뜻 깊지 않았을까 싶었지요.

아쉬움으로 만경대를 떠나 다시 평양 중심가로 돌아왔어요. 평양의 상징이자, 조선로동당의 상징을 찾았어요. 주체사상탑이지요. 조선로동당의 사상을 기리는 탑. 대동교와 옥류교 사이 대동강가에 170미터의 세계 최고 돌탑으로 세워져 있어요. 대동강 건너 마주 보는 곳이 김일성 광장이지요.

주체사상탑은 김일성 주석의 70회 생일을 맞아 1982년 4월에 세워졌어요. 높이 170미터가 웅변하듯이 70회 생일을 강조하고 있어요. 탑의 계단도 모두 70개이지요. 사용한 화강암의 숫자도 김 주석의 출생부터 70회 생일까지의 날짜에 맞췄어요.

저는 사람의 주체성을 강조한 사상이 특정인의 생일을 기준으로 세워진 사실을 평양에 오기 전에 스톡홀름에서 읽은 이진선의 수기를 통해 알고 있었어요. 고백하거니와 사회주의를 내세운 나라에서 과연 그렇게까지 할 수 있을까, 마음 한구석에 의문이 들기도 했지요. 이진선이 남쪽 출신 사회주의자로 지닌 한계가 아닐까 싶었어요. 제 두 눈으로 직접 확인하고 싶었던 게 평양행을 결심한 한 이유이기도 했어요.

그런데 주체사상탑을 안내하는 평양의 젊은 조선로동당원은 그런 사실을 아주 자랑스럽게 부각해서 설명했어요. 인민이 주체임을 기리는 주체사상탑이 왜 김일성 주석 개인의 70회 생일에 맞춰 세워지고 그 70의 숫자가 건축물의 기본 뼈대여야 하는지 전혀 문제의식이 없었지요. 저 고독한 사회주의자 이진선의 일기가 생생하게 떠올랐어요.

　　대동강 대동교 주변에 화강암으로 소소리높게 세운 주체사상탑 또
한 미국 초대 대통령 조지 워싱턴 기념비보다 조금 높다. 세계에서
가장 높은 돌탑이란다. 1백70미터. 70의 상징은 이뿐만이 아니다. 주
체사상탑의 계단 또한 앞뒤로 18계단 양옆 17계단으로 모두 70개다.
탑에 들어간 화강암은 25,550개로 수령이 70년 간 살아온 날을 뜻한
다. 아, 어쩌자고 이러는가. 지도자의 투쟁을 과시하기 위해 숱한 인
민의 재부를 탕진해야 한단 말인가.

　　평생을 외롭게 살아간 이진선이 일기를 쓴 날로부터 옹근 20년 뒤
인 2002년 가을. 저는 그 탑에서 첫눈에도 만만치 않아 보이는 조선로
동당원과 대화를 나누었어요. 고려호텔에서 아침식사를 할 때부터 제
게 눈길을 돌리지 않은 중년의 안내원이 주체사상탑에 대한 저의 의
견을 끈질기게 물어왔기 때문이지요.
　　"마음에 들지 않는 말을 할 수밖에 없는데 괜찮겠어요?"
　　되물었어요.
　　"일없소."
　　남쪽 말로는 "괜찮다"는 뜻이지요. 저는 이진선을 떠올리며 말했어
요. 그리고 간부급이 분명해 보이는 조선로동당 인사―첫 느낌대로
그를 표현하면 '고참당원'이 걸맞겠지요―에게 솔직히 말하는 게 이
땅의 역사 발전에 도움이 된다고 판단했지요. 그것이 바로 '소통'이니
까요.
　　"중국공산당 덩샤오핑이 실사구시를 내세웠지요. 사실 그 말은 이
미 200여 년 전에 우리 실학자들이 강조한 말이더군요. 저는 엄청난
돈을 이런 곳에 쓸 게 아니라 실제 인민 경제를 위한 생산에 돌려야

했다고 생각해요."

'고참당원'의 얼굴이 흐려졌어요. 잠시 골똘히 생각하더니 답했어요.

"경제 잣대로만 판단해선 안 되오. 우리 공화국이 처한 여건은 중국과도 다르오."

"그 이야긴 이미 들어서 잘 알아요. 중국의 길이 최선이라는 것도 아니고요. 하지만 이제부터라도 실사구시를 했으면 좋겠어요. 저는 그런 점에서 스웨덴에 눈길을 던지는 김정일 총비서께 기대가 큽니다."

고참당원을 혹 '불편'하게 할 뜻이 전혀 없어 가능한 한 말을 아꼈지만, 후덕한 분위기를 풍기면서도 눈매가 날카로운 고참당원은 그 뒤에도 제 생각을 계속 물어왔어요. 제가 스웨덴 사회민주당원이기에 그렇지 않을까 싶었지요.

어쩌겠어요. 언제나 그랬듯이 진지한 눈빛 앞에 제가 할 일은 정직이 아니겠어요? 진실만이 역사를 앞으로 내딛게 하는 힘이라고 저는 믿고 있어요. 솔직히 말했지요.

"저는 김일성 주석의 70회 생일이 막대한 돈을 들여 어마어마한 탑을 지을 정도로 이 땅의 역사에서 뜻깊은 날인지 아무리 생각해보아도 이해할 수 없어요. 그것이 주체사상탑이라면 더욱 그렇지요. 저 170미터의 탑보다는 여기 있는 보조 조각, 낫과 망치 그리고 붓을 들고 있는 인민의 형상이 제게는 더 강렬해요. 바로 그것이야말로 주체사상탑의 이름에 걸맞지 않을까요?"

15

　　　　　　　　어머니의 나라에 기대가 너무 컸던 걸까요. 저를 버린 곳이라는 잠재의식이 짙게 깔려 있던 서울과 비교해 평양은 참신한 나라로, 그리고 사회주의 나라로 여겼기 때문일까요.

　주체사상탑에서 불쑥 고개를 들기 시작한 의문은 개선문에서 더 커졌어요. 개선문은 평양의 한복판인 모란봉 구역 개선거리에 드팀없이 서 있어요. 앞서 말씀드린 주체사상탑과 마찬가지로 1982년 4월 14일에 제막된 개선문은 웅장한 석조 건물이지요. 앞뒤로 아치형 문이 있어요. 개선문 옆 모란봉 기슭에는 1945년 10월 '김일성 장군 환영대회'가 열렸던 평양공설운동장이 '김일성 경기장'으로 이름을 바꾸어 자리잡았어요.

　개선문 양쪽에는 '1925'와 '1945'가 적혀 있어요. 1925년 '설한풍' 속에 만경대를 떠난 소년 김일성이 20년 동안 조국해방투쟁을 벌이고 1945년 조선인민혁명군과 평양에 개선했다는 게 안내원의 설명이지요.

　개선문의 아치 위에는 앞뒤로 '김일성 장군의 노래'(작사 리찬, 작곡 김원균) 1절과 2절이 큼직하게 새겨져 있었어요.

　장백산 줄기줄기 피어린 자욱/압록강 굽이굽이 피어린 자욱/오늘도 자유조선 꽃다발 위에 력력히 비쳐주는 거룩한 자욱/아 그 이름도 그리운 우리의 장군/아 그 이름도 빛나는 김일성 장군.

　만주벌 눈바람아 이야기하라/밀림의 긴긴밤아 이야기하라/만고의 빨찌산이 누구인가를/절세의 애국자가 누구인가를/아 그 이름도 그리운 우리의 장군/ 아 그 이름도 빛나는 김일성 장군.

누구든 평양의 개선문 앞에 서면 파리의 개선문을 연상할 거예요. 비슷한 건축물이니까요. 그러나 파리의 개선문보다 높은 평양의 개선문에서 역사의 진실이 읽혀지지 않아 저는 당혹스러웠어요. 파리의 개선문 앞 길가에서 맥주 한 잔을 마시며 바라보던 개선문, 그리고 그 위로 올라가는 계단 좌우에서 사랑을 나누던 파리의 젊은이들도 떠올랐지요. 파리의 개선문에 비해 한층 엄숙하게 자리하고 있는 평양의 개선문이 을씨년스레 다가온 것은 제가 이 땅의 역사에 주체의식이 없어서일까요? 이진선이 남긴 일기의 한 대목이 다시 떠올랐지요.

개선장군. 그래, 정말 그랬다면 얼마나 좋았겠는가. 일본군을 패퇴시키며 김일성 장군이 평양으로 개선했다면, 정말 그랬더라면 이 모든 핏빛 비극은 없었으리라. 나라가 갈라지고 그 갈라짐 속에서 수백만 명의 공산주의자들과 인민들이 그처럼 비참하게 삶을 묻지도 않았으리. 그러나 참으로 우리에게, 우리 혁명사에 개선문이란 없었다.

저는 이진선의 한탄이 '남로당 종파주의자'의 한계가 아닐까 짚어도 보았지만 그건 아니었어요. 진정한 사회주의자라면, 아니 진정으로 주체의 문제를 고심한다면, 당연히 제기해야 할 역사적 물음이지요. 그런데도 개선문은 철저히 김일성 주석에 맞춰져 있었어요. 김 주석의 고희를 상징하는 70의 숫자는 개선문에도 새겨져 있어요. 아치문은 70개의 진달래꽃으로 테두리를 둘렀어요. 과도한 우상숭배라는 생각이 들지 않을 수 없지요. 하지만 조선로동당에서 나온 분께 더는 그런 이야기를 건네지 않기로 했어요. 이제 겨우 조선민주주의인민공화국과 첫 대면이라는 생각, 그리고 조금은 더 평양을, 어머니의 고향이자 모국을 총체적으로 파악한 뒤 판단하자는 생각이었지요.

평양 옥류관에서 면발이 쫄깃쫄깃한 냉면으로 점심을 먹은 뒤 오후에는 평양교예단 공연을 관람했어요. 버스를 타고 광복거리에 자리한 교예극장으로 갔지요. 고층 살림집이 즐비한 거리 중간에 번듯하게 세워져 있었어요. 세계 최고 수준인 교예단 공연을 전담하는 극장에 들어갈 때만 해도 저는 그곳을 가득 메운 평양의 인민들에게 제가 한바탕 웃음을 자아내게 할 줄은 꿈에도 상상하지 못했어요.

2000년 6월 남북정상회담을 앞두고 서울에서 열린 교예단 공연의 비디오를 스웨덴에서 본 기억이 생생했어요. 공연을 평양에서 직접 본다는 설렘이 컸지요. 가장 인상깊었던 공연은 '두 동무'였어요.

두 동무가 무대에 올랐지요. 교예배우 두 동무의 가멸진 몸짓은 저는 물론, 관중을 황홀하게 했어요. 한 사람 등에 올라탄 또 한 사람이 흥에 겨워 노니는 익살이 보는 이들의 웃음보를 자극했지요. 등에 올라타 놀고 있음에도 전혀 밉지 않았어요. 받쳐준 사람이 되레 더 넉넉한 표정이었어요. 한 번 태워줬으니 이번엔 내 차례 따위의 천박한 속셈은 전혀 묻어나지 않았지요. 그런 셈 자체가 끼어들 여지가 없을 만큼 '두 동무' 공연은 순수했어요. 아니, 순결했지요. 대한민국을 방문했을 때 만났던 남쪽 사람들, 연대나 형제애라는 말조차 잃어버린 강파른 사람들이 떠올랐어요. 제게 두 동무의 정겨운 모습이 가슴 뭉클하게 다가온 까닭이지요.

기실 동무란 얼마나 살가운 배달말인가요. 남쪽도 동무란 말을 되찾을 때가 되었어요. 이어 두 젊은 여성 동무가 나와 허공에 '쌍그네'를 그리더군요. 두 여성 동무의 살뜰한 낭만과 열연에 슴벅이며 참았던 눈물을 기어이 후두두 쏟고 말았어요.

조선민주주의인민공화국과 대한민국. 세계의 무대에 두 동무가 아닐까요. 그런 감상에 젖어 있을 때 예기치 않은 일이 벌어졌어요. 또 다른 두 동무가 옆으로 나란히 서서 벌인 공연이었지요. 한 동무가 수건 두 장을 옆 동무 머리 위로 날리면, 떨어지는 수건 두 장을 옆 동무가 받아 다시 공중으로 던질 때, 먼저 던진 동무가 옆 사람 옆으로 다시 뛰어가 수건 두 장을 받아 던지기를 반복하는 '놀이'였어요.

두 동무가 신바람 나게 공연하다가 갑작스레 관객석으로 다가와 제 앞에 섰어요. 저를 무대로 나오라고 지목했어요. 손사래를 쳤지만 평양극장을 가득 메운 수천여 인민들의 박수로 어쩔 수 없이 나갔어요. 저는 두 사람과 나란히 서서 수건을 공중에 던지게 되었지요. 하지만 운동신경이 둔한 저에게는 '무리'였지요. 두 '동무'에게, 그리고 폭소를 터뜨리는 관객들에게 정중히 인사를 하고 들어가려고 했지만 용납되지 않았어요. 무대가 평양이기에 저의 '장기'인 고집을 피울 수도 없었지요. 결국 최선을 다하려고 구두까지 벗고 수건을 던진 뒤 뛰었겠지요. 하지만 잘 될 리가 있었겠어요? 저의 무딘 행동에 장내가 떠나갈 듯한 폭소가 연이어 터졌어요.

'공연'을 마치자 두 '동무'는 양쪽에 서서 저의 두 손을 높이 들어 주었어요. 평양 인민들의 폭소와 갈채가 쏟아졌어요. 그랬어요. 그것이 평양에서 조선 인민들과 저의 첫 '입맞춤'이었어요.

교예단 공연이 끝나자 무대 뒤에서 '고참당원'이 걸어나와 제게 다가왔어요. 함께 극장을 나가는 길 양쪽 옆에 서 있던 평양 인민들이 저를 향해 활짝 웃으면서 "애썼다"거나 "아주 재미있었다"고 한마디 씩 던졌어요. 저 때문에 교예공연을 망쳤다는 말에는 "일없다"며 소리들을 높였지요. 함박웃음을 그리고 있는 얼굴들을 보며 저는 평양 인민들의 다정다감함에 새삼 가슴이 훈훈했어요. 맑은 얼굴들 어디엔가 제 어머니 핏줄이 있지 않을까 싶어 눈을 슴벅였지요.

16

평양의 밤. 교예단 공연이 끝난 뒤 호텔로 돌아오는 길에 본 평양은 어두컴컴했어요. 가로등도 꺼져 있거나 침침했고 건물들에도 불은 거의 꺼져 있었어요. 멀리 주체사상탑 위에서 20미터 높이의 횃불이 붉게 타올라 캄캄한 도시를 배경으로 강렬한 느낌을 주었지요.

호텔에 들어온 뒤에는 외부 출입을 통제해 하릴없이 방 안에서 창밖만 바라보아야 했어요. 스톡홀름에서 평양에 오기 전에 미리 친인척을 알아봐 달라고 부탁했지요. 어머니 얼굴이 너무 궁금해 혹시 친인척들이 사진을 지니고 있으면 꼭 볼 수 있게 해달라고 간곡히 당부했는데, 아무런 소식이 없어 속상했어요. 내일은 안내원에게 제가 온 뜻을 명토 박아 설명해야겠다고 다짐하며 잠자리에 누웠어요. 그 순간이었어요.

"따르릉."

전화가 울렸어요. 자정이 가까운 시간이어서 깜짝 놀랐지요. 대뜸 제 이름을 확인하더니 홍련화 선생의 어머니 가족을 모셔왔다고 하더군요. 목소리가 낮에 만난 고참당원이다 싶었지요. 제게 지금 만나보려는가 물었어요. 답을 들어 뭐 하겠어요. 떨리는 목소리로, 하지만 다급하게 답했지요.

"물론이지요, 지금 바로 만나겠어요."

전화를 끊은 뒤 저는 침대에서 일어나 옷을 갈아입었어요. 머릿속이 하얗게 텅 빈 느낌이었지요. 어머니 가족을 만나다니! 이윽고 누군가 제 방을 조용히 두들겼어요.

"누구세요?"

"홍 선생, 낮에 안내 일 맡았던 사람이오."

고참당원 목소리가 틀림없었어요. 큰 기대감에 문을 열었지요.

"정말 빨리 오지 않았소?"

미소짓는 고참당원 옆에 한복을 곱게 차려입은 할머니 한 분이 서 계셨어요. 잔주름이 얼굴 가득해 최소한 칠순은 넘어 보였어요. 허리가 꼿꼿했고 어딘가 위엄이 느껴지는 모습이었지요. 안내원이 그분을 모시고 방 안으로 들어선 뒤 문을 닫았어요. 곧바로 저를 응시하며 할머니를 소개했지요.

"인사드리시오. 홍 선생의 이모님이시오."

그 순간이었어요. 이모님이라는 분이 저에게 넘어지듯이 다가와 부둥켜안은 것은. 저는 어색해서 손 처리를 어떻게 해야 할지 난감했어요. 이모라면 제 어머니의 자매라는 생각을 하는 순간에, 그분이 저를 껴안은 상태에서 고개를 젖혔어요. 얼굴을 들여다보더니 감탄사를 내놓았어요.

"어쩜, 이렇게! 언니를 빼어 닮았니!"

그러더니 울음을 쏟아냈어요. 저는, 눈물이 잘 나오지 않았지요. 다시 절 꼭 부둥켜안은 그분은 즐벅한 얼굴로 제 눈을 들여다보며 울먹울먹 말했어요.

"네 어머니는 여기서 조국해방전쟁에 목숨을 바친 혁명전사로 칭송받고 있다."

"그러세요?"

"너를 보니 빨치산 투쟁을 벌였던 우리 언니가 다시 살아온 느낌이구나!"

"저를 낳다가 돌아가셨어요."

이모는 그 순간 멈칫하더니 큰 소리를 내어 말을 받았어요.

"그래, 아이고 우리 언니…… 그놈의 미제 놈들 때문에 그렇게 되었구나."

저는 뭐라 말하고 싶었지만 가만히 있었어요. 이모가 동행한 정부기관 사람들을 의식해서 한 발언을 굳이 부정하고 싶지 않아서만은 아니었어요. 그것이 진실일지도 모른다는 생각이 들었기 때문이지요. 저 또한 어머니의 죽음은 물론, 삶에 대한 진실을 전혀 모르고 있었으니까요.

비단 어머니 대목만은 아니었지요. 이모의 다음 말에도 저는 그저 먹먹한 심경으로 지켜만 보았지요.

"이렇게 예쁜 아가를 다른 나라에 수출해 팔아먹다니. 네가 위대한 수령님과 장군님 품안에서 자랐다면 혁명유자녀로 행복하게 살았을 터인데. 저 쳐죽일 놈들 탓에 얼마나 고생을 많이 했을까."

고참당원에게 물었어요.

"저의 친이모 되세요?"

“금련화 동지는 외동딸이었소. 이분은 금련화 동지의 사촌 동생이
시오.”

고참당원은 우리에게 좋은 시간 가지라며 나가더군요. 단 둘이 남
았을 때였어요. 이모의 격정적 감정도 조금은 숙지근해졌어요. 어머
니 이야기를 듣고 싶다는 저의 간청에 이모는 궁따며 자꾸 말을 피해
갔어요.

“여기는 남조선과 달리 지상낙원이다. 위대한 수령님과 지도자동
지인 장군님께서…….”

저는 그 말을 딱히 부정해서라기보다는 반복되는 상투어로 느꼈기
에 단호하게 말을 잘랐어요. 엄정한 어조로 말했지요.

“이모님, 제가 여기까지 힘들게 찾아온 것은 오직 하나예요. 제 어
머니 소식!”

이모가 조금은 서먹한 표정으로 바뀌더니 메마른 어조로 말했지요.

“그래, 궁금하겠지. 언니와 난 한 살 차이로 우리는 친자매처럼 구
순했단다. 김일성대학을 다니던 그 시절에 같은 집에서 살았어. 참 고
왔단다. 그런데 언니는 안 오고, 언니보다 더 늙은 딸이 왔구나.”

눈물을 다시 쏟았어요. 저도 어느새 눈물이 흐르고 있었지요. 같은
집에서 살았다는 말에, 그리고 언니는 안 오고 언니보다 더 늙은 딸이
왔다는 말이 저의 눈물샘을 파헤친 걸까요.

“이모님, 저, 엄마 사진 있어요?”

“그래, 가져왔단다. 대학 입학 때 사진이지.”

그 순간 전 숨이 꽉 막혔어요. 우주의 모든 움직임이 영원히 정지된
순간 같았어요.

17

이모가 새로 마련한 것으로 보이는 비단지갑에서 마침내 작은 사진 한 장을 꺼냈어요. 그 순간 저는 눈을 질끈 감았어요. 처음으로 저를 낳아주신 분을 만난다는 벅참, 아마 당신은 모르실 거예요. 제가 눈감고 있던 그 짧은 순간에 얼마나 긴 영겁의 시간이 흘러갔는지.

"여기, 이 사람이 네 어머니다."

이모가 제 손을 들어 손바닥에 빳빳한 촉감의 사진을 올려주었을 때도 저는 아직 눈을 감고 있었어요.

"그렇게도 어머니가 보고싶었구나."

눈을 떴어요. 그리고 사진을 보았을 때, 흠칫 놀랐어요. 어머니 사진이라고 볼 수 없을 만큼 젊은 여성이 있었지요. 게다가 머리 모양만 다를 뿐, 제가 보아도 제 얼굴로 착각할 정도였어요.

이모가 '어쩜, 그렇게! 언니를 빼어 닮았니!'라고 감탄사를 놓았던, 그리고 이내 부둥켜안고 울음을 터뜨렸던 까닭이 그 순간 모두 이해할 수 있었지요. 저요? 곧바로 바닥에 털썩 주저앉았지요. 어머니 사진을 얼굴에 비비며, 눈물에 상할까 다시 가슴에 두 손으로 고이 품으며.

감정이 메말랐다고 스스로 생각했는데 아니었나 봐요. 하염없이 눈물이, 눈물이 뜨겁게 흘러내렸어요. 40여 년 넘게 꼭꼭 모아온 서러움의 눈물이 제 앙가슴에 큰 호수를 이루고 있었던 걸까요. 눈물과 콧물로 범벅이 된 얼굴을 이모가 까칠까칠한 손수건으로 닦아주셨어요.

"우리 새끼, 얼마나 서러움을 많이 받았으면 이리 울까. 에이, 호랭

이 깨물어갈 미제 놈들.”

저는 조금 전까지만 해도 어색했던 이모 품으로 파고들었어요. 아니라고, 스웨덴 양부모가 얼마나 제게 잘해주었는지 모른다고 말하려 했지만, 그럴수록 더 정체 모를 슬픔이 복받쳐 올랐어요. 아마 그날 제 42년 평생동안 흘린 눈물의 몇 곱절을 쏟았을 성싶어요.

따뜻한 품에 안겨 이모 말을 계속 들었어요. 시나브로 눈물이 가라앉았지요.

“조국해방전쟁에서 돌아오지 않았단다. 그래서 전사자로 처리되었지. 낭군도 없이 외동딸 하나만 기다리던 너의 외할머니는 곧 시름시름 앓아누웠고 결국 오래 전에 돌아가셨지.”

저는 고개를 들고 물었어요.

“그럼 저의 어머니도……, 아버지 없이 컸나요?”

“그래, 얼굴도 모르지. 사진도 없었으니까.”

“외할아버지는, 병에 걸리셨나요?”

그 물음에 이모는 다른 말씀을 하셨어요.

“나도 남편과 자식을 모두 미제 놈들에 잃었단다.”

“그럼, 혼자 사세요?”

“혼자지만 혼자는 아니지. 당과 인민이, 그리고…… 수령님과 장군님이 계시지 않니?”

저는 다시 물었지요.

“외할아버지는 독립운동을 하셨던 분인가요?”

그 물음에 다시 이모는 멈칫했어요. 미소로 저를 바라보더니 조심스레 되물었지요.

“스웨덴에서 사회민주당 일을 한다고?”

“네.”

“네가 충분히 알아들을 교양을 갖췄다고 믿으니 진실을 이야기해주마. 그런데 놀라지 말아야 한다.”

“걱정 마세요.”

“사실 언니는, 네 외할머니에게, 저주받은 딸이었단다.”

순간, 저는 이모의 말씀을 잘못 들었다고 생각했어요. ‘저주받은 딸’이라는 말에 저도 몰래 섬뜩했으니까요.

하지만 잘못 들은 게 전혀 아니었어요. 이모가 그날 그 밤에 잔잔하게 들려준 이야기를 간추려드리면 당신도 아마 이해하실 거예요.

전영은. 저의 외할머니 이름이어요. 평양의 양반 명문가 맏딸이었어요. 아버지로부터 늘 “딸이 아니라 아들로 태어났으면” 하는 개탄을 들을 만큼 어렸을 때부터 총기가 뛰어났어요. 지성과 미모가 평양에 두루 알려졌고 결국 당시 평안도에서 가장 손꼽는 지주 집안으로 출가했어요. 시댁에서도 어찌나 조신했던지 시부모의 사랑을 듬뿍 받았어요. 하인이나 소작인들에게도 넉넉한 덕성으로 대했고요.

소작인 가운데 어렸을 때 남편과 친하게 지낸 한 젊은이가 있었어요. 순박한 생김새에 더해 타고난 착한 성품으로 누구나 호감을 느꼈을 인물이었어요. 마침 평양에 세워졌던 야학을 다니면서 지식도 깨쳤고요. 훗날 알려졌지만 조선공산당의 세포로 활동했어요.

영은의 남편과 그 청년은 비록 지주와 소작인 집안으로 ‘성분’이 달랐지만 조선공산당 안에서 함께 일하며 더 친해졌지요. 조선공산당 조직이 모두 드러나면서 두 사람 모두 체포되었어요. 영은의 남편은 감옥에서 반죽음 상태로 풀려난 뒤 병석에서 부탁했대요. 절대 수절하지 말고 새 삶을 살라고.

용하다는 한의원도 고개를 저었지만 그분은 외할머니의 냉수기도
와 정성어린 간호로 기적처럼 살아났어요. 하지만 다시 헌병 주재소
에 불려나간 뒤에 소식이 끊어졌어요. 달포가 지난 뒤 낫으로 목이 절
반 정도 베어진 참혹한 주검으로 발견되었지요. 주재소에서 나와 살
인사건의 수사를 한다며 법석을 떨었지만 그냥 흐지부지됐어요.

누구나 일본 헌병들의 짓이라고 생각했지요. 전영은이 독립운동에
뛰어든 것도 그때였지요. 남편의 원수를 갚겠다는 결의를 다졌어요.
연락책을 맡고 있던 영은과, 헌병에 다시 쫓기고 있었던 젊은 소작인
사이에 시나브로 사랑이 싹텄어요.

시가에서는 당장 내침을 당했고, 완고한 친정 아버지도 받아들이지
않았지요. 출가외인으로 지켜야 할 '금도'를 벗어났다고 판단했으니
까요. 그뿐이 아니지요. '보복'은 젊은 소작인에게도 다가갔어요.

한밤중에 시가로부터 칼부림을 당한 소작인은 참혹한 피투성이로
영은을 찾아왔어요. 긴 길을 기어온 듯 다음날 소작인이 온 길에 구불
구불 굵은 핏자국이 새겨졌대요. 소작인은 마지막 숨을 몰아쉬며 오
열하는 영은에게 고백했어요.

"슬퍼하지 마십시오. 인과응보입니다."

"인과응보라니요. 평생 고생만 하셨는데……."

"저는 이렇게 죽을 수밖에 없는 죄를 저질렀어요."

"무슨……."

"저를 용서해주십시오."

"무슨 말씀이세요, 용서라니요?"

"그분은……, 제가…… 제가, 죽였어요."

"……."

"제발 저를…… 용서해준다고…… 말해주십시오."

"……."

"아씨를…… 처음 본…… 순간부터…… 사랑……했어요."

그것이 마지막 말이었지요.

상상이 가세요? 우리 외할머니의 비극이 어떠했을까요. 죽은 남편과 소작인을 모두 사랑했던 외할머니께 진실은 얼마나 충격이었을까요.

죽은 소작인의 친척이 사는 마을로 옮겨간 외할머니는 얼마 뒤 아이를 낳았어요. 그 아이가 바로 저의 어머니 금련화이지요. 왜 연꽃이라는 이름을 붙였을까 조금은 짐작이 가요.

열정과 사랑을 극한까지 몰고 간 소작인, 그분이 저의 외할아버지이지요. 아이를 낳고 외할머니는 시름시름 앓기 시작했어요. 그러다가 뼈가 녹아드는 듯한 고통, 살이 타들어가는 듯한 아픔에 시달렸어요. 병원을 가보아도 속수무책이었어요. 마침내 나이든 한의원에게 갔을 때 진단이 나왔대요. 어처구니없는 진단이었지요. 신들렸다는.

결국 무당을 찾았다더군요. 신내림을 받은 뒤 고통은 씻은 듯이 사라졌고 외할머니는 무당이 되었지요.

외할머니의 집은 그 뒤 조선광복회 사람들의 지역적 거점으로 활용되었어요. 해방 뒤 평양에서 외할머니는 항일 혁명투사로 그리고 어머니는 혁명유자녀가 되었어요.

소작인 아들의 지주 아들 살해사건. 저에게 처절하리만큼 비극적 사랑으로 다가왔어요.

목숨을 건 사랑은 언제나 감동을 주지요.

더러는 자신의 집안 이야기를 밑절미로 소설을 쓴다고 하지만 저는 그렇게 못하겠더군요. 바로 제 살과 영혼을 있게 해준 어머니와 그 어머니의 이야기가, 그리고 얼굴도 모르지만 젊은 소작인, 제게는 외할아버지가 되는 그 청년의 삶과 고뇌가 소설이 아니라 실화로, 기록으로 전해지는 게 도리라고 생각해요. 그분의 피가 제 몸 속에도 흐르고 있으니까요.

과연 그분, 외할아버지처럼 참으로 목숨을 건, 아니 남의 목숨까지 빼앗을 사랑을 저도 외할머니처럼 받을 수 있다면, 차라리 행복이 아닐까 싶었어요. 죽음의 사랑이 꽃을 피워 열매를 맺은 새로운 삶. 바로 제 어머니 금련화이지요. 김일성대학에서 장래가 유망하던 열성당원. 그러나 끝내 남조선에서 홀로 저를 낳다가 숨진 여성. 태어날 때부터 운명이 기구한 어머니가 사랑한 분은 대체 누구일까요. 제게 홍씨 성을 물려준 그분은.

18

저의 어머니 얼굴을 처음 본 감격의 밤. 그 밤을 고려호텔 제 방에서 이모와 함께 보냈어요. 눈물 범벅으로 긴 이야기를 새벽 4시까지 나누다가 잠자리에 들었지요. 어머니 생각에 바스대어 잠을 이루기 힘들었어요. 다음날 아침 9시께 고참당원이 왜 식사를 하러 내려오지 않느냐고 전화를 했을 때 비로소 일어났지요.

평양에서 제 일정은 그날 밤부터 유럽방문단과 갈라졌어요. 이모를 찾아준 고참당원이 어디서 일하는지 궁금했어요. 식사를 마치고 함께 차를 마시며 물었지요. 짧고 묵직하게 답했어요. 당에서 나왔다고. 조금 멋쩍었던지 함께 온 젊은 여성 안내원을 가리키며 '조국을 떠날 때까지 편의를 봐줄 동무'라고 소개했어요. 유럽방문단 일행은 이미 관광을 떠났다면서 그 사람들에겐 제가 친척을 만나 함께 지내게 되었다고 사정을 이야기했다더군요. 이어 고참당원은 가장 가보고 싶은 곳을 물어보았어요. 어디였겠어요? 어머니가 사시던 집이었지요.

고참당원은 충분히 예상했다는 듯이 답했어요.

"홍 선생, 우리도 그 집을 찾아보았는데 유감스럽게도 없어졌소."

옆에 앉아 있던 이모께서 거드셨지요.

"조국해방전쟁 시기에 미제 놈들이 평양에 퍼부은 폭탄 때문에 평양 전체가 잿더미가 되었단다. 결국 위대한 김일성 수령님의 영도 아래 인민의 손으로 재건했지."

"그럼 어머니가 사시던 곳이라도 데려가주세요. 집은 없지만 그 터는 있지 않겠어요?"

그렇게 가본 곳은 광복거리의 고층 살림집 건물들이 즐비한 곳이었어요. 어머니의 흔적을 느끼기엔 고층 건물들이 너무 높았지요. 그곳을 둘러보며 새삼 실감할 수 있었어요. 이진선이 평양에서 사랑하는 아내 신여린과 아들 서돌을 폭격으로 잃었다는 사실을.

문득 이모의 말씀이 떠올라 물어보았어요.

"어제 이모부와 아드님도 미제 때문에 돌아가셨다고 하셨지요?"

이모의 눈시울이 금세 붉어졌어요. 울먹거리자 옆에 있던 고참당원이 말했어요.

"남편은 평양 방어 전투에서, 그리고 유복자 아들은 혁명사업을 위해 남조선에 내려갔다가 전사했소. 아드님은 내가 인솔해서 남조선에 내려갔었소."

　놀라운 사실이었어요. 제가 다녀온 남한, 바로 그곳에서 북조선의 혁명사업은 끊임없이 진행되고 있었던 게지요. 그리고 그 과정에서 숱한 투사들이 숨져갔고요. 아마 당신은 별다른 분노를 느끼지 못했으리라고 짐작되지만, 이모의 분노가 제 핏줄 속으로 전해왔어요. 어머니가 사시던 집이 미군의 폭격으로 사라졌기 때문일까요. 아니면 이진선과 이모가 겪은 참극이 비로소 실감나게 다가와서일까요. 저는 새삼 그곳에서 고개 숙여 명복을 빌었어요. 폭격으로 숨져간 평양 인민들을 위하여. 그리고 남한 어딘가에서 최후를 맞았을 이모의 아들을 위하여.

　저의 모습에 고무되었을까요. 그날 오후 저는 〈로동신문〉으로 안내되었어요. 이모댁으로 가보고 싶다고 했지만 고참당원은 "다른 일정이 있다"는 말로 답을 대신했지요. 이모와 다음날을 기약하고 헤어졌어요.

　〈로동신문〉 건물은 아담했어요. 신문사 편집국은 들어가 보지 못했지요. 작은 강당에 들어서자 그곳에 영사기가 설치되어 있었어요. 김일성·김정일 두 지도자의 사진이 벽면 중간 높은 곳에 걸려 있었지요.

　그곳에서 두 편의 기록영화를 보았어요. 하나는 잿더미가 된 평양을 남녀노소 인민들이 정성어린 손노동으로 재건하는 과정을 담았어요. 젊은 김일성 수상이 인민 속에서 지도해나가는 모습을 보며 그의 정치 지도력이 지닌 무게를 새삼 깨달았지요. 다음 기록영화는 김정일 비서를 담았더군요. 김정일 비서의 지도 아래 평양 시가지가 현대적 건축물로 웅장하게 변하고 서해갑문이 완공되는 과정을 박진감 넘치는 화면으로 담아냈어요.

기록영화 상영이 모두 끝난 뒤였어요. 고참당원이 제게 소감을 묻더군요. 죽음을 각오하고 남조선에 내려가 '혁명사업'을 벌였다가 올라온 투사. 그가 새롭게 보였지요. 저는 결연히 답했어요. 인상깊었다고. 사실 그 말을 하면서 제가 너무 동조하는 게 아닐까 싶었지요. 그런데 그의 응수는 뜻밖이었어요.

"인상이 깊다? 그 정도로 되오?"

당혹스러웠어요. 하릴없이 겸연쩍은 미소를 지었지요. 고참당원도 저의 그런 마음을 읽은 듯, 엷은 눈웃음을 보낸 뒤 나갔어요. 저를 담당한다는 젊은 여성 안내원이 들어왔어요.

"어젯밤 잠을 못 주무셨을 터이니 오늘은 고려호텔 숙소로 돌아가십시다. 일단 휴식을 취하자고요."

〈로동신문〉 건물과 고려호텔은 가까운 거리였어요. 샤워를 하고 호텔 안에 있는 서점을 들렀지요.

진열된 책이 의외로 적었어요. 『자본론』이나 『공산당 선언』도 있을 법한데 그렇지 않더군요. 하지만 『조선말대사전』을 구할 수 있어 행복했어요. 소설도 많이 눈에 띄었지요.

서점을 관리하는 20대 후반 여성에게 요즘 평양의 젊은이들이 많이 보는 소설을 물어보았지요. 대체로 조선 여성들은 순박한 듯하면서도 활달한 편이어요. 가식 없는 솔직함이 저에겐 마음에 들었어요. 잠시 생각에 잠기더니 선뜻 권해주더군요. 림재성의 장편소설 『찬란한 미래』였어요. 문학예술종합출판사에서 주체 89년(2000년)에 나온 최신작이었지요. 방으로 올라와 소설을 읽어갔어요. 첫 대목부터 긴장감이 넘쳤어요. 인상깊었던 대목을 당신께 읽어드리지요.

조선민주주의인민공화국 소설의 한 대목을 소개하는 이유는, 온 세계가 평양의 '핵무기 개발 계획'으로 호들갑을 떠는 이때 당신이 세상을 폭넓게 보기를 바라는 마음에서이지요. 조선로동당의 도당책임비서인 주인공 강철무가 '장군님'(김정일 국방위원장)을 만나 이야기를 듣는 대목부터 전해드릴게요.

《보라구. 놈들은 협상탁에 나와서는 〈평화〉요, 〈긴장완화〉요, 하면서 온갖 감언리설로 대방을 잔뜩 꾀여 놓고는 뒤에서는 군사장비를 현대화하고 늘이지, 북침을 가상한 전쟁연습을 하지, 못된 짓은 돌아가며 하거든.》

장군님께서는 끓어오르는 격분을 참으시는 듯 잠시 동안을 두시였다가 계속하시였다.

《우리보구는 경수로도 주고 핵 위협도 하지 않겠으니 제발 핵무기를 만들지 말라고 해놓고는 저들은 계속 핵무기 시험을 하고 남조선에 신형무기들을 대량적으로 끌어들이는데 이게 도대체 리치에 닿는가. 유화정책, 흥, 양 대가리 걸어 놓고 개고기 파는 너절하고 어리석은 놈들이지. 안 그렇소?》

《장군님의 말씀이 옳습니다. 철의 강권이 통하지 않으면 량면술책을 쓰는 게 놈들의 상투적 수법입니다. 그렇게 해 허리띠를 풀어놓게 한 다음 일격에 덮치자는 겁니다.》

《우리 인민들에게는 절대로 통하지 않지.》

장군님께서는 공감하시는 뜻으로 고개를 끄덕이시였다. 안색은 여전히 풀리지 않고 기상은 엄엄하시였다.

《미국 것들은 이것도 저것도 통하지 않으니까 경제봉쇄라는 올가미로 우리를 질식시키자는 거요.》

장군님께서는 집무탁 우에서 문건 하나를 집어 강철무 앞에 내미시였다. 그것은 대외무역기관에서 장군님께 보고 올린 최근 무역사업에 대한 실태 자료였다.

≪싱가포르를 떠난 무역선단 740해구에서 항로를 바꾸어 일본으로 향함.≫

≪로씨야 대외무역기관 국내실정이 어렵다는 것을 전제하면서 콕스탄계약을 거절.≫

≪미 국회 상원에서 조선민주주의인민공화국과 무역거래를 하는 모든 회사들을 처벌할 새 법안을 수개월 내에 채택할 듯…….≫

중앙기관에서 여러 해 동안 경제사업을 주관해 온 강철무는 자료 몇 가지만 보고도 온 몸을 옥죄이는 것만 같은 긴장감을 느끼였다.

사회주의 시장의 비극적인 해체와 겹쳐 들이닥치는 자연재해를 절호의 기회로 본 제국주의 련합세력은 이리떼처럼 덤벼들어 목조르기를 시작했던 것이다. 이 행성 우에서 사회주의가 실체로서의 존재를 끝마치느냐 아니면 영원한 기치로서 인류의 미래를 향도해 가느냐 하는 기로가 바로 존엄 있는 조선의 량심과 의지 앞에 놓여 있는 것이다.

≪그러나 우리는 절대로 굴복하지 않을 것이요≫

장군님께서는 쇠소리 나는 음성으로 말씀하시였다.

어떻게 읽으셨나요. 무릇 소설이든 편지든 어떻게 읽느냐는 것은 전적으로 독자의 몫이지요. 다만 다양하고 폭넓은 시각을 갖추기란 언제나 독자가 지녀야 할 미덕이어요.

특히 "우리보구는 경수로도 주고 핵 위협도 하지 않겠으니 제발 핵무기를 만들지 말라고 해놓고는 저들은 계속 핵무기 시험을 하고 남조선에 신형무기들을 대량적으로 끌어들이는데 이게 도대체 리치에 닿는가”라는 조선민주주의인민공화국 지도자의 소설 속 발언은 찬반 여부를 떠나 한 번쯤 음미해볼 대목이 아닐까 싶어요.

기실 제가 소설의 그 대목에서 깊은 인상을 받은 까닭은 “이 행성 우에서 사회주의가 실체로서의 존재를 끝마치느냐 아니면 영원한 기치로서 인류의 미래를 향도해 가느냐 하는 기로가 바로 존엄 있는 조선의 량심과 의지 앞에 놓여 있는 것”이라는 작가의 서술 때문이었어요. 바로 그것이 대량으로 인민들이 굶어죽는 비극에 있었음에도 조선민주주의인민공화국과 조선로동당이 무너지지 않은 사상적 무기였다는 판단이 들었지요. 소설이 지닌 의미도 그만큼 달랐어요. 소설과 현실이 차이를 느끼지 못할 만큼 가까웠어요. 딴은, 소설이란 모든 걸 담을 수 있을 만큼 위대하니까요.

19

소설을 덮고 호텔 방 안을 왔다갔다하며 생각을 정리해보았어요. 스웨덴의 사회민주당원으로서 과연 저는 사회주의 정신에 얼마나 투철한가 되묻게 되었지요. 무엇보다 조선이 처한 현실이 스웨덴과 전혀 다르다는 사실을 절감할 수 있었어요. 탁자 위에 놓인 〈로동신문〉의 신문 표제가 우연히 눈에 들어왔어요. “높은 계급적 자각을 안고 혁명적 진지를 튼튼히 다지자.” 신문을 읽어가면서 저는 마치 소설 『찬란한 미래』로 빨려 들어가는 착각에 사로잡혔어요.

위대한 수령 김일성 동지께서는 다음과 같이 교시하시였다.

≪미제국주의자들은 조선에 와서 온갖 야수적 만행을 다 감행하였습니다.≫

지난 조국해방전쟁의 전략적인 일시적 후퇴시기 사리원시에 기여든 미제 살인귀들은 무고한 주민들을 닥치는 대로 체포하고 야수적인 방법으로 살해하였다.

사리원시에서 김창두라는 사람을 체포한 살인귀들은 그가 애국자들이 피신한 곳을 대지 않는다고 하여 가혹한 고문 끝에 혀를 잘라냈다. 그리고도 성차지 않아 체포된 사람들을 마당 한가운데 모여 놓고 김창두의 목부터 아랫배까지의 피부를 칼로 벗기기 시작했다. 야수와 같은 놈들은 빨갱이의 피부는 잘 벗겨지지 않는다고 지껄이면서 돌로 머리를 사정없이 내리쳐 그를 즉사케 했다.

대원리(당시)에 달려든 적들은 인민군대에 복무하는 사람들의 가족들을 모조리 체포하였다. 그들 중에는 1~2살짜리 어린이들도 있었지만 살인귀들은 고문방법에서 남녀로소를 가리지 않았다.

살인귀들은 그들의 코와 목구멍에 오물을 사정없이 부어넣고 녀성들의 머리채를 나무에 바끄러매놓고 그들에게 총을 란사했으며 남자들은 구타하여 쓰러드리고는 돌탕을 쳤다. 적들은 이런 살인방법으로 하루에만도 29명의 사람들을 죽이였다.

미제 살인귀들은 사리원시의 가는 곳마다에서 녀성들을 릉욕하고 끔직하게 살해하였다. 대원리에 기여든 적들은 체포된 사람들 가운데서 녀성들만 따로 감금하는 감방을 만들어 놓고 추악한 행위를 하였다.

적들은 반항한다고 하여 발길로 걷어차고는 마지막숨을 몰아 쉴 때까지 녀성들에게 달려들었다. 어떤 날에는 환갑이 된 로파에게까지 달려들었다. 그리고 숨이 붙어 있는 녀성들은 국부에 말뚝을 박고 휘발유를 뿌린 후 불을 달아 산 채로 태워 죽이었다.

신문 기사를 여기까지 읽었을 때 몸에 소름이 돋았어요. 지금까지 살아오며 상상조차 못했던 가장 참혹한 장면이었어요. 과연 인간은 어디까지 잔인해질 수 있을까 의문이 들었지요. 더구나 미군이 저의 어머니 나라에서 저지른 만행이라는 사실이 전율케 했어요. 무장 궁금증이 더해 기사를 마저 읽어갔지요.

미제의 살인만행은 퇴각을 앞두고 절정을 이루었다. 퇴각을 눈앞에 둔 적들은 빨갱이들을 살려 두어서는 안 된다는 미군 장교놈의 살인지령에 따라 사리원시에서 10리 정도 떨어진 산에 950명의 사람들을 끌어다놓고 기관총 사격을 가했다. 오늘도 복수를 절규하는 산언덕에 올라설 때마다 사리원시 인민들은 미제와는 반드시 결판을 내고야 할 적개심으로 가슴을 불태우고 있다.

'사리원시에서 감행한 미제의 살인만행'이라는 부제가 붙은 신문 기사 바로 옆에는 휴전선 남쪽에서 미군의 장갑차에 깔려죽은 두 여중생 사건을 다뤘어요. 남조선에서 "효순이와 미선이 한을 풀어주자"는 반미투쟁이 벌어지고 있다는 '조선중앙통신'의 기사를 편집했지요. 2002년 6월 13일, 대한민국에 주둔하고 있는 미군의 장갑차가 여중생 두 명을 깔고 지나간 사건은 저도 스톡홀름에서 남쪽의 인터넷을 통해 알고 있었어요. 더구나 사건 직후 미군 대변인이 "누구의 과실도 없었다"고 언죽번죽 공언했지요. 마침내 젊은이들이 촛불을 들고 추모시위에 나선 장관을 인터넷으로 보았어요. 북쪽의 언론이 그 시위를 적극적으로 보도하는 모습은 두 나라의 뿌리가 같다는 사실을 새삼 깨닫게 했지요.

어느새 밤 11시에 접어들었어요. 저는 출근 시간의 평양을 보고 싶어 들쭉술을 큰 잔에 따라 마시고 잠자리에 들었어요.

새벽 5시 30분. 제 손목시계가 울렸어요. 간단히 옷을 걸친 다음에 호텔 아래층으로 내려갔어요. 고려호텔 정문에서 나오자마자 오른쪽 방향의 골목으로 접어들었어요. 50미터쯤 가니 다시 큰 길이 나와 그 길을 따라 계속 걸었어요. 평양의 아침거리가 시나브로 분주해졌어요. 남쪽이나 북쪽이나 민족성이 본디 부지런하다는 사실을 새삼 확인했지요.

아침 6시 30분께 평양 도심.

젊은이와 여성들이 큰 길과 집 앞을 쓸고 있었어요. 더러는 청소를 마치고 담소를 나누기도 했어요. 인민학교 운동장에선 삼삼오오 모여 아침 운동도 하더군요. 개를 데리고 아침 산책에 나선 초로의 50대 남성과도 마주쳤어요.

7시가 되자 평양의 거리는 달아오르기 시작했어요. 평양역 앞 지하도는 오가는 사람들로 붐볐지요. 전차와 버스 정류장 앞에는 사람들이 줄을 서서 차례를 기다리고 있었어요. 일터로, 학교로 사람들의 발걸음은 서울에서 흔히 볼 수 있듯이 빨랐지요. 고난의 행군 여파인지 표정은 대체로 진지하거나 다소 그늘이 졌어요.

출근길·등교길 평양 시민들의 인파 속에서 한 가지 특이한 사실을 발견했어요. 적잖은 학생들이 걸어다니면서 책을 읽는 풍경을 상상해보세요. 책을 즐겨 읽는 스웨덴에서도 보기 드문 독서열기였어요. 남학생·여학생, 고학년·저학년 두루 그랬지요. 그 모습이 애틋해 책을 읽으며 걸어가는 한 소년에게 말을 걸었어요. 앳된 얼굴이 밝았지요.

"학교 가는구나."

소년은 제 얼굴을 보며 다소 수줍어했습니다만, 묻는 말에 또박또박 답했어요.

"몇 학년?"

"중학교 6학년입니다."

수줍음에 볼은 물론, 귀밑까지 빨갛게 물드는 모습만큼 눈빛도 맑았어요. 조선의 학제는 인민학교 4년에 고등중학교 6년이지요. 모두 의무교육으로 무료이어요.

평양의 소년은 열여섯 살이었어요. 서울이라면 고등학교 1학년 나이이지요. 소년이라고 하기보다 청년이라고 해야 옳을지 모르지만 중년인 제 눈에는 귀여운 아이처럼 보였어요. 스톡홀름의 제 동창생 가운데는 그만한 자녀를 둔 친구도 있으니 사실 '아들뻘'인 셈이지요. 말씨나 표정 두루 섬세한 소년은 꿈을 물어보자 눈을 내리깔며 '음악가'라고 답했어요. 바이올린을 좋아한다고 하더군요.

"그럼 이제 내년에는 대학에 가겠구나."

무심코 말했지요.

음악을 사랑하는 소년은 흘긋 보더니 도리질했어요.

"아닙니다. 내년 초에 졸업하자마자 곧장 인민군에 입대합니다."

저는 다시 물어 확인했지요. 대학은 군대를 다녀온 뒤 가야 한다고 설명하더군요. 열일곱 살이 되면 군에 입대해야 한다는 현실에 마음이 아팠어요. 더구나 소년이 복무해야 할 기간은 7년이었지요. 열일곱에서 스물네 살까지. 그 아름다운 시절을 군에 있어야 해요.

아직 부모의 사랑을 받아야 할 나이에 헤어져서 살아야 함은 물론, 7년 동안 음악에 대한 열정을 접어야 할 소년이 안타까웠어요. 소년은 "일없다"고 했지만, 조선에서 태어난 청소년들이 감수성과 창조력이 한창 왕성할 때 군대에 가서 7년을 보내야 하는 것은 하늘이 준 재능을 탕진하는 일이 아닐까 싶었어요.

그래요. '세계의 우두머리'인 '미 제국주의'로부터 국가를 지키기 위해 조선의 청소년 120만 명이 군에 있고 그에 맞서 한국은 60만 명, 그러니까 180만 명이 저 좁은 극동의 나라, 저의 두 조국에서 지금 이 순간도 군 복무를 하고 있는 것이지요. 틈날 때마다 "미국이나 유럽이 북쪽에 보내는 원조식량을 북괴군이 탈취해갔다"며 살천스레 제 동포 돕기 운동을 훼방하는 서울의 언론들이 개탄스러웠어요.

그런 보도 대부분이 근거가 없다는 사실은 접어두지요. 다만 미국과 한국의 언론들이 퍼뜨리는 뉴스를 읽거나 보는 세계의 대다수 사람들은 과연 알고 있을까요. 초강대국 미국의 침략위협에 맞서 상비군을 120만 명이나 유지하는 나라를, 그리고 열일곱에서 스물네 살까지 청년 대다수가 조선 땅 곳곳의 척박한 건설현장에서 맨손으로 땀 흘리며 노동하고 있는 사실을.

등교를 위해 전차에 오른 열여섯 살 평양의 소년에게 손을 흔들면서 저는 눈시울이 화끈거렸어요. 비극적 최후를 마친 이진선의 손자 두산이 인민군대 어디선가에서 군복을 입고 있으리라는 상상에 젖어들었기 때문만은 아니어요. 음악가의 꿈 앞에 펼쳐진 분단체제가 소년에게 너무나 가혹한 현실처럼 보였기 때문이지요.

출근길에 바쁜 인민들의 부지런한 발걸음들이 '심장' 깊숙이 다가
왔어요.

20

평양 셋째 날부터 사흘 동안에 일어난
일을 당신께 다 알려드리지는 않을게요. 예정에 없던 주체사상 교육
을 받아 저 스스로 조금은 낯설었고, 제 이야기를 듣는 당신도 어쩌면
부담스러울지 모르니까요. 대동강 언저리의 풍치 좋은 강의실로 저를
안내한 고참당원이 비로소 자기 소개를 하더군요.

그의 이름은 강민철. 가명일 가능성이 크다고 생각했어요. 나이는
저보다 열 살 위라고 밝혔지요. 강 선생—평양에선 저를 모두들 홍련
화 선생이라고 불렀어요. 저도 그 문법에 따라 강민철 선생이라고 불
렀지요—이 진지하게 말하더군요.

"홍련화 선생! 우리 당과 주체의 공화국은 선생의 조국 방문을 열
렬하게 환영하오. 홍 선생은 위대한 조국해방전쟁 시기에 전사로 나
섰던 금련화 동지의 유자녀이기에 더욱 그렇소. 우리 당이 김 동지에
대해 당시 지리산에서 싸웠던 전사들은 물론이고 백방으로 알아보았
지만, 홍 선생의 아버지가 누구인지 찾을 수 없었소. 김대(김일성대학)
동창생들로부터 금련화 동지가 사랑했던 동무가 홍기수라는 사실까
지는 알아냈습니다만, 벽에 부딪쳤소. 홍기수 동지는 낙동강 전투에

101

서 미제 놈들과 싸우다가 일찍 전사했기 때문이오."

그 말을 들으며 저는 감동했어요. 대한민국과 달리 조선민주주의인
민공화국은 당 간부가 적극 나서서 저의 가족을 찾아주려는 성의가
또렷했기 때문이지요. 동시에 그 이름을 되뇌어보았어요. 홍·기·수.
어머니께서 대학 시절에 사랑했다는 청년. 하지만 낙동강에서 전사했
다면…….

"홍 선생의 출생연도가 1960년이니 분명 아버지는 아니오."

강 선생이 마치 제 마음을 투명하게 들여다보듯이 말했어요. 흠칫
놀랐지요.

"우리로서도 금련화 동지가 1953년부터 60년까지 무엇을 했는지
알 길이 없소. 단지 1953년에 전사한 것으로만 기록되어 있었으니까
말이오. 우리의 추정으로는 홍 선생의 부모, 그러니까 금련화 동지가
당 방침에 따라 지리산에서 무사히 벗어나 도시에 거점까지 확보한
것으로 판단되오. 하지만 미제 앞잡이들에게 체포된 뒤 남자는 곧바
로 처형당하고 임신하고 있던 금 동지는 출산하자마자 처형했을 가능
성이 가장 높소. 그런 아기들이 대부분 제국주의자들에게 팔려나갔
소. 남조선은 지금도 그렇지만 아기를 외국에 수출해서 달러를 벌었
던 자들이 판치는 세상 아니오?"

충격이었지요. 당 차원의 정보력을 갖고 가장 유력한 가능성을 말하
는 강 선생의 말을 들으며 제 실핏줄까지 분노가 퍼져가는 치떨림을
느낄 수밖에 없었어요. 그렇다면 어머니가 낳자마자 돌아가셨다는 남
쪽의 서류는 조작이란 말인가. 충분히 그럴 수 있다는 생각이 들었지요.

강 선생이 다시 자세를 가다듬은 뒤 말했어요.

"홍 선생. 우리는 어려움 속에서도 선생이 스웨덴의 사회민주당원

으로 성숙하고 또 노동자교육협회에서 일하는 게 대단히 자랑스럽소. 그래서 하는 말입니다만 오늘은 우리와 함께 민족의 앞날에 대해 통 크게 토론을 조직해보는 게 어떻겠소?”

“좋아요.”

“그렇소? 선생, 고맙소. 그럼, 시작해봅시다.”

강 선생은 일어나 책상 옆에 있던 작은 칠판에 백묵으로 썼어요.

‘우리 민족의 삶의 터전을 지키자.’

달필이었지요. 이어 열정적인 목소리로 강의—연설이라는 말이 더 어울릴까요—했어요. 강 선생은 “조선 민족의 피와 넋을 지닌 사람” 이 해야 할 일을 감동 어린 어조로 제시했어요.

“홍련화 선생. 새 천년을 맞아 우리의 조국인 이 땅, 조상들의 뼈가 묻혀 있는 삼천리 강토에 통일 열망이 차 넘치고 있소. 북과 남, 그리 고 다른 나라에 살고 있는 온 민족이 자주통일에 대한 확신을 굳게 가다듬고 희망에 넘쳐 있소. 그런데 침략과 약탈을 업으로 삼는 바다 건너온 미제 침략자들과 그와 야합한 매국노들이 이 땅을 또다시 대 결의 마당으로, 전쟁터로 만들려고 피를 물고 날뛰고 있소.

현실은 조선민족의 피와 넋을 지닌 사람은 누구나 안팎의 분열주 의 세력들의 대결과 새 전쟁도발책동을 짓부수고 나라의 평화를 지키 기 위한 전 민족적인 투쟁에 분연히 나설 것을 요구하고 있소.

위대한 영도자 김정일 동지께서는 일찍이 지적하시었소.

‘오늘 조선사람에게 있어서 참다운 인생의 가치와 보람은 자신의 운명을 민족의 운명과 결합시키고 조국의 통일독립과 민족의 융성 번 영을 위한 성스러운 위업에 몸과 마음을 바치는 데 있다.’

삼천리 강토는 우리 민족의 삶의 터전이오. 산이 좋고 물이 맑으며 풍치가 아름다운 이 땅에서 우리 민족은 반만년이라는 긴 세월을 화목하고 단란하게 살아왔소. 아름답고 살기 좋은 이 땅을 떠나서 우리 모두의 삶이란 있을 수 없소. 조선 사람은 조선에서 살아야 하오. 예로부터 살아온 이 땅에서 서로 도우며 사는 것이 우리 민족에게는 제일 좋소.

우리 민족이 통일된 조국강토에서 자자손손 행복하게 살자면 분열주의 세력에 반대하여 싸워야 하오. 오늘 안팎의 분열주의 세력들은 우리 민족의 통일운동을 가로막고 이 땅에 전쟁의 불을 지르려고 하고 있소. 시대는 현실을 관망하거나 걱정하는 우국지사가 아니라 몸을 내대는 애국자를 요구하고 있소. 남녀노소, 주의와 신앙, 계급과 계층을 가리지 말고 우리 강토에서 미제를 내쫓기 위한 투쟁에 나서야 하오. 살인귀 미제는 백수십 년 전부터 우리나라를 침략하였고 광복 후 57년 동안이나 남조선을 강점하고 있으며 지난 전쟁시기에 수많은 우리 인민들을 야수적으로 학살하고 도시와 농촌을 잿더미로 만든 조선 인민의 피맺힌 원쑤이오. 미제는 지속적으로 남조선에 수많은 전쟁장비를 끌어들여 새 전쟁을 도발하려고 미쳐 날뛰고 있소. 미제 침략자들이 남조선에 둥지를 틀고 있는 한 남녘 겨레가 당하고 있는 불행과 재난은 언제 가도 가셔질 수 없으며 우리 인민이 그처럼 염원하는 자주통일도 이루어질 수 없소.

북과 남, 해외의 전체 조선 동포들은 2000년 6·15 북남 공동선언의 기치 밑에 하나로 굳게 단결하여 침략의 무리들을 이 땅에서 몰아내기 위한 성스러운 투쟁에 더욱 과감히 떨쳐나서야 하오. 외세에 빌붙어 나라를 팔고 민족을 해치는 반통일분자들을 추호도 용납하지 말아야 하오. 반통일분자들은 긴장상태를 격화시키고 전쟁열을 고취하여 북과 남의 대화를 중단시켜 6·15 북남 공동선언 이행을 가로막으려 하고 있소. 매국노들을 그냥 둬두고서는 민족의 화해와 단합, 조국통일을 이룩할 수 없소.

단군을 원시조로 하여 반만년의 역사를 면면히 이어온 단일민족의 본때를 살려 제국주의 호전세력과 매국노들을 쓸어버리고 조국통일을 이룩하기 위한 투쟁에 한사람같이 떨쳐나서야 하오. 그 길만이 우리 민족의 삶의 터전인 이 땅을 지키는 길이오."

강 선생의 연설이 끝날 때 저는 혁명의 정열이란 게 어떤 것인지 살갗으로 느낄 수 있었어요. 가슴 가득 감동이 밀려오면서 저도 모르게 박수를 쳤지요. 박수 소리에 곧바로 저 자신이 놀랐어요. 이어진 강의는 주체사상이었지요. 김일성대학의 철학과 교수라고 자신을 소개한 분이 맡았어요. 기존 철학이 유물론과 관념론의 대립에 머물렀다고 비판하면서 주체사상은 사람 중심의 세계관으로 그 대립을 극복했다고 강조했어요. 사람 중심의 세계관 밑절미에는 사람을 자주성과 창조성, 의식성을 지닌 존재로 파악하는 인간관이 자리하고 있지요. 독창적이고 더 나아가 민중이 이해하기 쉬운 사상이라고 생각했어요. 어쩌면 칼 마르크스의 초기 휴머니즘 사상과 맞닿아 있다고 볼 수도 있지요. 더구나 그를 토대로 정치의 자주와 경제의 자립, 국방의 자위를 제시한 것은 훌륭한 정책 방향이지요.

아, 그러나 사람의 삶에서 모든 게 좋은 것은 불가능한 걸까요. 그날 마지막 시간의 강의는 차라리 듣지 않느니만 못했어요. 아니, 어쩌면 꼭 들어야 했던 강의였는지도 모르겠네요. 아무튼 그 강의는 저를 몹시 혼란스럽게 만들었어요. 강의 주제는 수령론이었어요.

어렸을 때부터 스웨덴에서 민주주의 사고를 익혀서일까요. 수령론은 주체사상이 그에 앞서 제시한 모든 것, 인간과 인민의 자주성·창조성·의식성을 전면 부정하는 자기 모순으로밖에 이해할 수 없었어요. 그리고 그것이 마지막 강의라는 점에서 그에 앞서 주장되었던 모든 것은 단지 수령론의 절대화를 위한 준비작업이 아닐까, 의심마저 들었어요.

스웨덴의 사회민주주의 교육이 늘 토론을 중시했기 때문일까요. 거침없이 문제를 제기하고 논쟁을 벌이는 저의 모습에 김일성대학의 철학과 교수는, 그리고 강 선생은 실망과 분노를 드러냈어요.

"부르주아 개인주의에 물든 사람은 이해하기 어려운 대목이오."

저는 즉각 받아쳤지요.

"부르주아 개인주의가 이룩한 성과 위에서 사회주의는 비로소 꽃피울 수 있는 게 아닌가요?"

두 사람이 서로 얼굴을 마주 보았어요. 그리고 동시에 자구 하나 틀리지 않고 합창하듯 말했지요.

"홍 선생은 개인주의 사상에 뿌리깊게 물들어 있소."

21

고려호텔은 평양을 대표하는 최고급 숙소이어요. 평양 중심가에 높이 140미터로 치솟은 45층 높이의 쌍둥이

건축물이지요. 45층 회전 전망식당에서는 평양시를 한눈에 볼 수 있
어요. 고려호텔 제 방에서 짙은 어둠이 깔리는 평양을 내려다보았어
요. 차분하게 되짚어 보았지요. 뿌리깊이 개인주의에 물들어 있다는
강민철 선생의 비판에 제가 크게 반발한 것은 그만큼 그 지적이 적중
해서가 아닌지를.

　그래요. 어쩌면 김일성대학 철학과 교수의 분석이 옳을지도 몰라
요. 제가 개인주의에 물들어 있는 것도 사실일지 몰라요. 한동안 데카
르트에 이어 키에르케고르의 사상과 실존주의에 몰입했으니까요. 하
지만 저의 반성이 필요한 바로 그만큼, 평양의 사회주의자들도 자신
들이 개인 우상숭배―그것이야말로 개인주의 가운데 가장 '악성'이
아닌가요―에 물들어 있는 게 아닌지 성찰할 때라고 결론 내렸어요.

　그 '증거'를 찾으려고 접어두었던 신문을 다시 펴들었지요. 당신도
아시겠지만 〈로동신문〉은 제호 아래에 명시했듯이 '조선로동당 중앙
위원회 기관지'이어요. 신문을 받으면 먼저 제호 왼쪽에 "전 세계로동
자들은 단결하라!"라는 글귀가 눈에 띄지요. 그리고 그 아래에 더 큰
글자로 "위대한 수령 김일성 동지의/ 주체사상으로/ 튼튼히 무장하
자!"가 세 줄로 놓여 있어요. 물론, 그럴 수도 있지요. 하지만 '김일성'
세 글자가 다른 글자에 비해 두드러지게 큰 것까지 이해할 수는 없어
요. 기사 본문도 그 연장선이지요. 주장이나 논평 기사는 대부분 "위
대한 수령 김일성 동지"나 "위대한 령도자 김정일 동지"의 말을 인용
하고 있어요. 그 부분은 다른 명조체 기사와 달리 고딕 글자로 한결같
이 강조했지요. 수령과 영도자. 두 "위대한" 동지가 서로 추켜주는 기
사도 있어요.

반만년 우리 민족의 력사에서 일찌기 없었던 민족번영, 민족존엄의 전성기가 장엄히 펼쳐졌다. 김정일 동지는 저 하늘의 태양이야, 태양이 빛나는 조선의 앞날은 환히 밝고 창창해! 김정일 시대는 오늘도 영광스러운 시대이지만 앞으로 더욱 찬란하고 륭성번영하는 시대로 될 것입니다!

어버이 수령님께서 생전에 행복하시고 기쁘시여 하시던 이 말씀이 가없이 푸르른 하늘에도, 온갖 열매 무르익는 들판에도 꽉 차 넘친 우리 조국의 희한한 현실, 승리의 위대한 상징이신 경애하는 김정일 동지를 높이 모신 영광과 환희가 사람들의 가슴에서 더욱 용암처럼 끓어 번지는 우리 조국의 자랑 찬 현실, 정력적이고 눈부신 활동으로 새 세기의 첫 기슭을 빛나게 장식하시는 현대정치계의 가장 위대한 수령, 세련된 령도자로 온 세계의 다함 없는 칭송을 받고 계시는 경애하는 김정일 동지!

어버이 수령님의 평생의 념원대로 우리 인민의 만년대계의 행복을 위하여, 인류의 자주화위업을 위하여 이 세상 그 어느 정치가도 이룩할 수 없는 불멸의 영웅서사시적 업적을 쌓으시며 성스러운 주체혁명위업을 힘있게 전진시켜 나가시는 경애하는 김정일 동지!

력사가 알지 못하는 위대한 선군정치가, 선군 혁명령도의 거장을 모시여 조선은 온갖 시련과 난관을 박차고 보다 휘황찬란한 미래를 향하여 기세충천하여 전진해 나가고 있다.

인민은 진정 그이이시자 곧 조선이시고 주체혁명위업이신 경애하는 김정일 동지께 다함없는 존경과 감사의 마음을 담아 최대의 영광, 영광을 삼가 드린다.

당신은 어떻게 읽으셨나요? 소개해드린 글은 신문기사이어요. 〈로

동신문〉 주체 91년(2002년) 9월 26일치에 실려 있어요. 하지만 이 기사
는 전체 기사의 '서론'에 지나지 않아요. 2면 머릿기사로 실린 전체
기사의 표제는 신문의 한 끝에서 다른 끝까지 대문짝만하게 이어졌지
요. '장군님은 언제나 이기십니다!'였어요. 전체 기사량은 대략 원고
지 60여 장에 이르러요. 광고 없이 2면 전면의 75퍼센트 정도를 차지
했어요. 본문의 주요 내용을 간추려 볼게요. 당신의 슬기로운 눈으로
읽어보세요.

　……죽음을 각오한 사람을 당할 자 세상에 없다. 보자, 누가 최후
에 웃는가를, 우리는 반드시 승리할 것이다!
　경애하는 김정일 동지께서 우리 혁명이 가장 어려웠을 때 이런 비
상한 혁명적 신념을 지니지 않으시었다면 어버이 수령님의 한평생의
산물인 조선혁명, 김일성 민족의 피와 땀의 결정체인 우리 식 사회주
의는 벌써 열백 번도 더 망하고 말았을 것이다. (……)
　오늘 세계의 모든 눈과 귀가 경애하는 장군님께로 향하고 그이에
대한 매혹으로 끓어 번지는 것은 장군님께서 지니고 계시는 비상한
혁명적 신념 때문이다. (……)
　통강냉이 한 이삭도 귀해 한알두알 나누어먹던 그 어려운 때 경애
하는 장군님만 계시면 우리는 반드시 이기며 꼭 잘 살 날이 온다고
굳게 믿으며 장군님에 대한 그리움이 노래로 심장을 끓인 우리 인민
의 믿음과 락관이 얼마나 정정당당했던가.
　위대한 장군님과 함께 하며 ≪고난의 행군≫을 하던 나날에 그처
럼 바라던 리상이 눈앞에 환히 펼쳐지고 오늘, 인민이여 더 굳게 믿
으시라.
　경애하는 김정일 동지께서 계시여 우리의 승리는 확정적이다!

〈로동신문〉 기자가 쓴 이 장문의 기사를 어떻게 읽어야 할지 고심해보았어요. 제가 소설의 나라에 들어온 게 아닐까 싶었지요. 평양 도심을 오가는 길에 버스에서 읽어본 '오늘도 영생하시는 백두의 녀장군' 기사는 제가 소설의 세계를 걷고 있다는 환상을 더해주었어요. 당신께 가감 없이 전해드릴게요. 그리 길지 않은 글이니 끝까지 정독해주시기 바래요. 그 전에 당신께 먼저 여쭤볼게요. '백두산 녀장군'에서 당신은 누가 떠오르셨나요. 한 번쯤 생각해보셨다면, 이제 기사를 읽어보세요.

　　진달래 꽃향기와 더불어 이 땅에 영원한 불빛을 안아 오신 항일의 녀성영웅 김정숙 동지의 자애로운 영상은 오늘도 남녘 겨레의 가슴 속에 찬란한 해발로 빛을 뿌리고 있다.

　　≪김정숙 녀사는 김일성 장군의 모습 그대로 환히 웃으시는 해발이셨다. 태양 같은 대장군이 있으면 해발 같은 녀장군이 곁에 있기 마련이다. 녀사의 모습은 바로 태양장군의 옆에 계시는 해발장군의 모습이셨다.≫

　　〈성스러운 어머니〉라는 제목의 글에서 백두산 녀장군의 밝고 소박한 모습을 해빛 같은 순결함과 해발 같은 자애로움에 비겨 경모의 정을 터쳐놓은 남조선의 녀성학회 리혜정 교수의 심장의 목소리는 세월이 흐를수록 더욱 뜨거워만지는 김정숙 어머님에 대한 절절한 그리움을 안고 사는 남녘의 민심을 그대로 반영한 것이다.

　　그는 계속하여 이렇게 썼다.

　　≪김정숙 녀사는 민족의 태양이신 장군님을 모시고 민족사에 드리운 암운을 걷어내고 광명의 새 시대를 열고 무궁토록 빛내이기 위해 총을 잡고 항일유격전에 참군하신 〈불패의 녀장군〉이셨다.≫

녀사께서는 그 준엄한 빨찌산 전장에서 김일성 장군의 넋으로 살고 장군의 지략과 용맹으로 싸우시어 왜적을 격멸하고 조국광복위업을 성취하셨으니 틀림없이 녀사는 우리 겨레와 인류가 처음으로 맞이한 〈광복의 녀장군〉이시였다.

지식인 최 아무개는 동료들에게 ≪소박한 모습에 천하를 매혹시키는 아름다움이 있고 만민을 끌어당기는 향기가 있다≫고 하면서, ≪녀사의 모든 성품은 김일성 장군님에 대한 절대의 충성으로 해서 더 아름다웠다. 장군님에 대한 녀사의 충성은 민족의 태양, 민족의 어버이께 바치시는 헌신이시였다≫고 격정을 토로하였다.

서울 관악구에 사는 박승진은 어느 한 강연회에서 ≪녀사는 나라의 독립과 민족의 복락을 위해 한생을 다 바치신 녀성 영웅이시며 통일을 위해 싸우는 남녘의 애국투사들을 고귀한 사랑의 한 품에 안아주신 한없이 자애로운 분이시였다≫고 하면서 이렇게 말하였다.

순결무구한 애국충정을 지니시고 언제나 자신보다 나라와 민중을 먼저 생각하신 녀사께서는 옷도 보통사람들처럼 수수한 무명옷을 입으시고 매우 검소하게 생활하시였으며 김일성 주석님의 건국위업을 앞장에서 받들어 나가시였다. 참으로 김정숙 녀사는 오로지 나라와 민족을 위해 주석님의 위업에 모든 것을 다 바치신 애국자의 귀감이시고 민족의 위대한 어머니이시였다.

어머님의 위대성과 불멸의 업적을 되새겨 볼수록 남녘 겨레의 경모의 대하는 우리 민족의 장군력사를 창조하시고 대를 이어 수령복, 장군복을 누리도록 해주신 은인에 대한 다함없는 감사의 정으로 물결쳐 흐르고 있다.

서울에 사는 지식인 정호성은 ≪오늘 우리 겨레와 진보적 인류가 21세기의 태양으로 높이 칭송하며 운명도 미래도 다 맡기고 있는 경

애하는 김정일 장군님의 천출위인상을 우러를 때마다 자주시대의 찬
란한 태양을 안아올리시여 우리 민족과 인류의 앞길에 밝은 미래를
펼쳐 놓으신 어머님의 불멸의 업적이 가지는 중대한 의미를 되새겨
보게 된다≫고 하였으며 남녘의 시인들은 ≪총대는 국력이라 심어주
신 어머님 그 뜻으로, 장군님 선군정치 펼치시네. 총대를 앞세우고 강
성대국 세우시네≫라고 높이 칭송하였다.
　≪위대한 김정일 장군님께서 계시여 김정숙 녀사의 영생이 있고
주체위업의 필승이 있는 것이다.≫
　남녘 인민들의 진정 그대로 우리 장군님 계시여 백두산 녀장군의
력사는 선군해발로 더욱 빛을 뿌리며 오늘도 래일도 영원히 이땅우
에 흐르고 있다.

〈로동신문〉 기사를 읽으며 저는 이 모든 게 결코 소설이 아니라 현
실임을 애써 스스로 확인해야 했어요. 자연스럽게 과연 조선이 사회
주의 국가인지 자문하게 되었지요. 사회주의 국가에서 정치 지도자에
대한 개인숭배가 아들과 부인으로 이어지며 극대화해도 과연 괜찮은
걸까요? 더구나 '백두산 녀장군'으로 한 여성을 칭송하는 기사에서도
노골적으로 드러나는 가부장제는 조선이 사회주의의 길에서 얼마나
벗어나 있는가를 실증해주는 것으로 제게 다가왔어요.
　참으로 궁금했어요. 과연 조선 인민들은 사회주의 이념과 개인숭배
사상을 아무런 모순 없이 받아들이고 있을까, 아니면 그 모순을 알면
서도 짐짓 '위대한 수령'과 '위대한 령도자'를 상투어처럼 이야기하는
것일까? 제가 살아온 스웨덴의 사회민주당은 물론, 유럽의 어떤 공산
당 기관지에서도 '백두산 3대 장군' 따위의 중세기적 기사는 상상조

차 할 수 없으니 더욱 그랬지요.

당신께 평양의 신문 이야기를 꺼낸 까닭은 다른 데 있지 않아요. 다른 나라와 비교해 조선민주주의인민공화국의 신문은 인민이 세상을 바라보는 거의 유일한 창이었어요. 신문을 뒷받침한 사상 자체가 유일사상이고, 김일성 사상이었지요.

다음날, 그리고 그 다음날, 강민철 선생과 저의 긴 시간 토론이 결국 평행선을 그은 것도, 제가 얼굴을 붉히며 일정을 앞당겨 서둘러 평양을 떠난 까닭도 서로 다른 창으로 세상을 바라보기 때문이었어요.

강 선생이 분위기를 바꾸어 설득해보려고 시도했던 묘향산행도 되레 갈등을 증폭시켰어요. 묘향산에 가자고 했을 때 저는 선뜻 동의했지요. 명산 중의 명산으로 들어왔기에 가보고 싶었어요. 하지만 강 선생이 저를 안내한 곳은 묘향산 들머리의 국제친선전람관이었지요. 웅장한 석조건물의 국제친선관람관은 김일성관과 김정일관으로 구분되어 있었어요. 세계 각국에서 김일성 수령과 김정일 장군께 보낸 선물을 전시한 곳이지요. 남쪽의 정치·경제·문화계 인사들이 보낸 선물을 전시해둔 남조선관까지 보여준 뒤 강 선생은 자신 있게 묻더군요.

"소감이 어떻습니까? 세계 각국에서 우리 수령님과 장군님께 보내는 흠모의 정이 대단하지 않습니까?"

제가 아무 말이 없자 강 선생은 재차 물었어요. 어쩔 수 없이 답했지요.

"저는 이 선물들이 김일성 수령이나 김정일 장군님께 올린 것이라고 생각하지 않아요."

"뭐요?"

"이 선물들의 대다수는 각 나라의 정상들이 만날 때 서로 예의를 갖춰 교환하는 일종의 외교적 의식이어요. 따라서 엄밀하게 말하면 수령이나 장군님께 보내는 게 아니라 조선의 인민들에게 보낸 선물이라고 해야 옳아요. 그런데 마치 이것을 지도자 개인에게 보낸 '조공품'처럼 엄청난 건물을 지어 전시하는 것은 낭비가 아닐까 싶네요. 더구나 저 남루한 차림의 인민들이 이 선물들을 보며 지도자를 경배하는 모습은 물구나무 선 풍경이지요."

강 선생은 그 대목에서 아무 말도 없이 깊은 상념에 잠겼어요. 되레 제가 미안해지더군요. 하지만 해야 할 말은 해야 했어요. 누군가 진실을 말해주어야 하지 않겠어요? 묘향산행이 여러모로 씁쓸한 까닭이었어요. 그나마 보현사를 둘러볼 수 있었기에 위안이 되었지요. 천 년을 내려온 13층 석탑이 특히 인상 깊었어요.

보현사 들머리의 기념품 전시대에서 향로와 향을 샀어요. 연꽃 모양의 향로가 마음에 들었고 무엇보다 어머니를 추모할 때 고국의 향을 피워드리고 싶었지요.

결국 김일성대학 철학과 교수까지 가세해 사흘 내내 이어진 강연과 토론의 끝자락에서 저는 명토 박아 '선언'했어요.

"스웨덴이나 조선민주주의인민공화국, 또는 대한민국이라는 나라를 떠나 보편적인 인간의 한 사람으로서, 그리고 사회민주주의자로서 난 주체사상의 수령론을 인정할 수 없습니다."

결연해서였을까요. 진지한 눈길로 저를 바라보더군요. 저는 아무리 미 제국주의와 정면 대결하고 있는 상황이라고 하더라도 수령의 논리로는 '남조선'은 물론, 어떤 자본주의 나라에서도 주체사상이 설득력을 지닐 수 없음을 명심하라고 쏘아붙였어요. 이윽고 강 선생이 반박에 나섰지요. 조선이 지구라는 행성에서 사회주의를 마지막으로 지키

는 나라임을 강조했고, 그렇게 된 까닭은 다름 아닌 위대한 수령과 령
도자를 모신 데 있다고.

저는 그 '마지막으로 지키겠다'는 사회주의가 어떤 사회주의인가
묻고 싶었지만, 그러지 않았어요.

"좋아요. 행성에서 사회주의를 최후까지 지키려면 무엇을 해야 하
는지 저도 진솔하게 성찰해볼게요."

22

스톡홀름에 돌아왔을 때 양어머니는 제
친어머니 사진을 본 뒤 깜짝 놀라셨어요. 사진 속의 그분은 자신이야
말로 어머니라는 사실을 저의 양어머니께 생김새만으로 또렷하게 증
언하고 있었기 때문이지요. 양아버지도 감탄했어요. '어쩌면 그렇게
똑같을 수가 있는가'라며.

친어머니의 사진을 가져왔다는 단 한 가지 이유만으로도 저는 평
양 여행이 성공했다고 생각했어요. 아버지를 찾아보고 싶은 욕심이
스멀스멀 피어오른 것도 사실이지만, 그것이 사실상 불가능하다는 것
을 인정하는 게 좋겠다고 판단했지요.

또 하나 저의 관심을 끈 것은 저의 어머니의 어머니께서 무당이셨
다는 사실이었어요.

"네 외할머니는 돌아가시기 직전에 내게 말했단다. '언젠가 련화가
널 찾아올 거야'라고. 난 이분이 돌아가실 때가 되니까 련화 언니가

이미 죽은 것도 모른다며 가엾게만 생각했지. 가만, 그분이 돌아가신 게 1960년이니까……, 네 생월이 어떻게 되지?"

"4월요."

"그래? 그분 기일이 4월 초인데."

"전 4월 중순이어요."

"그렇다면 맞구나. 돌아가실 때 아직 련화 언니는 살아 있었어. 그리고 여기 네가 련화라는 이름으로 돌아오지 않았니?"

이모의 말이 저의 호기심을 강렬하게 이끌었어요. 한국의 인터넷 서점을 통해 무당과 관련한 책들을 구입해 읽기 시작했지요.

당신께 고백하지만 저는 한국의 무교巫敎를 원시시대의 미신이나 악령 정도로 인식하고 있었어요. 아니, 더 솔직히 말하지요. 은연중에 샤머니즘의 샤먼과 '사탄'을 동일화하고 있지 않았나 싶어요. 하지만 그것은 철저하게 기독교 문명의 편견이었어요. 유일신 사상은 유대교든, 기독교든, 이슬람교든 서로 갈등과 충돌을 빚을 수밖에 없지요. 유일신이니까요. 반면에, 한국 문화에서 무당과 그가 주재하는 굿은 해원解冤과 상생相生의 철학이 담겨 있어요.

무엇보다 무당이 다름 아닌 성직자라는 사실이 충격으로 다가왔어요. 수천 년의 세월에 걸쳐 조선 사람들 모두에게 대대로 뿌리내린 민중종교의 사제. 그러면서도 가장 천직으로 홀대받았다는 사실이 서양에서 자란 저에게는 무엇보다 매혹적이었어요.

여기서 한 가지 전제해두지요. 당신께 전해드리는 무당의 세계는 여러 가지 자료를 제 나름대로 섭렵해 재구성한 것이어요. 한국에서 무당과 굿을 연구하는 사람들, 그리고 회고록을 남긴 무당들에 빚지고 있지요. 하지만 제 나름대로 독창적 해석도 있으므로, 혹 이 편지를 읽고 무당에 어떤 선입견을 갖지는 않기를 바랄게요. 제가 잘못 이해했을 수도 있어요. 무엇보다 무당의 세계는 스웨덴에서 유럽 교육을 받은 제가 온전히 이해하기엔 넓고 깊다는 생각이 들어요. 아니, 깜깜하다는 게 더 적실한 고백일까요. 바닥 모를 심연이지요.

기독교 성직자가 유일신을 섬김에 비해 무당은 자연에서 사람에 이르기까지 모든 걸 신으로 받들지요. 아니, 유일신과 다신의 비교 자체가 부적절해요. 왜냐하면 신이라는 개념 자체가 다르니까요.

무당이 우리에게 가르쳐주듯이 사람이 살고 있는 안방에도 신이 있고, 부엌에도 신이 있고, 나무와 돌에도, 물과 불과 벼락에도, 그리고 해와 달과 별에도 신이 있다고 믿는다면, 어떨까요. 세상을 착하고 경건하게 살 수밖에 없지 않을까요. 인디언의 신 마니또도 같은 맥락이 아닐까 싶어요.

착하고 경건하게 살아가는 게 유럽의 중세기처럼 과시적인 엄숙주의나 비인간적 금욕주의는 결코 아니었어요. 신 자체가 엄숙하거나 비인간적인 신성이 아니니까요.

가령 한국어에 '신들리다'는 단어가 있어요. 사전적 의미로 "매우 열중하여 보통 때보다 뛰어난 기량을 보일 때 쓰는 말"이지요. 하지만 그 말의 기원은 '몸 안으로 신이 들어왔다'는 데 있겠지요. 그뿐이 아니지요. 한국어에는 '신바람'이나 '신명' 그리고 '신나다'도 있어요.

신 내린 사람, 바로 그가 무당이지요. 그 과정에서 무당은 '신병'神病이라는 아픔을 겪는다고 하더군요. 그래요. 평양의 이모 말씀에 따르면, 저의 외할머니도 '뼈가 녹고 살이 타는 고통'을 호소했다고 하지요. 본디 평범한 사람이 신병을 통해 비로소 신과 통함으로써 문자 그대로 신통력을 얻게 되는 셈이어요.

여러 무당의 회고나 고백의 글을 통해 저는 새로운 사실을 '터득'했어요. 신병을 앓는 사람들이 한결같이 극도의 절망감이나 인간적 슬픔을 체험했다는 사실이지요. 만일 모든 신병이 그렇다면, 분명 그것은 사회적 고통과 잇닿아 있다는 점에서 정치·사회·경제·문화적 요인이 크다고 할 수 있어요.

물론, 그것만으로는 모두 설명이 되지 않는 것도 알고 있어요. 대체로 무녀의 신기神氣는 딸에게로 이어지니까요. 하지만 그 경우에도 무녀의 딸로서 어렸을 때부터 '사회화'되어온 과정을 고려해보아야 하지 않겠어요? 아니면, 무당의 핏줄이라는 자각이 신기를 찾아가는 계기가 될 수도 있겠지요.

아무튼 제가 얻은 중요한 결론은 무당이 되는 길에서 겪는 신병이 사회적 고통과 결코 무관하지 않다는 명제이지요. 본디 예민한 감수성을 지닌 사람들이 극한의 인간적 절망이나 사회적 소외감을 겪을 때, 해방의 열정이 분수처럼 터져오르는 게 아닐까요.

바로 그 무당이 신명나게 펼치는 춤과 노래와 대화를 굿이라고 하지요. 개인적 수준에서나 공동체 수준에서나 굿의 중요한 구실은 '풀이'이어요. 자꾸만 맺힘이 생길 수밖에 없는 사람살이를 견뎌내려면 길은 하나, 풀어내야지요.

굿은 맺힌 문제를 풀어내는 데 뛰어나다고 해요. 춤과 노래와 재담이 섞인 한바탕 놀이를 통해 살아 있는 사람과 죽은 사람, 그리고 살아 있는 사람 사이의 갈등과 원한을 해소하니까요. 그 과정이 엄숙한 기도가 아니라 질펀한 놀이로 이루어진다는 점에서 굿의 매력은 이를 데 없지요. 갈등과 원한, 슬픔과 맺힘을 '놀이'의 대상으로 삼아 마침내 풀어내고 이겨내는 길, 바로 그것이 굿이어요.

무엇보다 무당은 소망을 이루지 못하거나 억울하게 죽은 사람들을 잊지 않지요. 굿은 그 사람들이 편안하게 쉬지 못하고 살아 있는 사람들 둘레에서 맴돌고 있음을 우리에게 가르쳐줘요. 자신이 뜻한 바나 사랑을 이루지 못한 채, 억울하게 죽은 원혼은 살았을 때 가까웠던 사람들의 언저리에 떠돈다는 인식. 그것만으로 다분히 인간적이고 민주적이지 않은가요.

거기서 머물지 않지요, 굿은. 죽은 사람의 넋을 달래고 새로 태어나길 빌어요. 씻김굿이나 새남굿이 그렇지요.

절망과 갈등을 이겨내는 굿의 쓰임새는 현세의 삶을 억압하는 대상과 싸우는 데서도 나타났어요. 외세가 침략하거나 민중을 학살하는 세력에 맞서 싸움에 나설 때, 그것을 의병굿이라거나 싸움굿이라고 불렀어요.

송기숙의 소설 『어머니의 깃발』에서 만난 도깨비굿도 제게 짙은 감동을 주었지요. 전라남도 진도에서 벌이는 굿을 당신이 편지로나마 감상하길 바라는 뜻에서 조금만 옮겨볼게요.

까강, 요란스런 쇠붙이 소리와 함께 와 함성을 지르면서 수십 명의 여자들이 이장집 대문으로 쏟아져 들어오고 있었다. 대여섯 개의 깃대를 앞세우고 횃불을 든 여자들이 쇠붙이를 두들기며 악을 썼다. 얼굴에는 모두 가면을 쓰고 양철통, 밥그릇, 세숫대야 등을 두들기고 있었다. 그들은 이장집 마당을 원을 그리며 빙빙 돌고 있었다.

작가의 묘사력이 돋보이지요. 도깨비굿 풍경이 눈앞에 그려지지 않나요? 언제나 그렇듯이 굿에는 춤과 행동에 '소리'가 더해지지요.

"시방 이 소리가 뭔 소린 중 아냐? 옛날부터 우리 동네서 도깨비 귀신 쫓아낸 소리다. 소작 농간하던 마름귀신, 징용 잡아가고 생과부 맨들던 징용귀신, 공출 뜯어가고 배 곯리던 공출귀신, 생사람 쏴 죽이던 총잡이 귀신, 촌 가시내 홀려가던 양공주 귀신, 장세 팔아먹은 장세귀신, 이런 귀신 도깨비 다 몰아낸 소리여. 그런디 이번에는 미륵보살님을 파갈라고 잡귀가 달라들어? 어림없다. 이 못된 귀신아, 썩 물러가라. 만약에 관을 앞세우거나 달리 농간을 부리는 날에는 우리 동네 여자들이 피속곳 앞세우고 네년 집구석까지 쫓아 올라갈 것이다. 못된 귀신아, 썩 물러가라!"

그래요. 피속곳 앞세운 굿이지요. 여성들이 붉은 생리대를 장대에 걸어 시위를 벌이는 굿이어요. 마을에 전염병이 돌거나 사악한 재앙이 닥칠 때, 여성들이 숨겨둔 속곳을 깃발 삼아 집단으로 나서는 모습을 떠올려보세요. 얼마나 위대한 여성주의인가요. 저는 그 '피속곳 굿'을 벌이는 땅에서 제가 여자로 태어났다는 데 새삼 자부심을 느꼈어요.

무당과 굿의 문화가 보편화했기에 실제로 한국 사람들 개개인을 거슬러 올라가면, 무당의 핏줄과 직·간접적으로 이어져요. 가문의 차원에서 내치고 은폐했기에 모를 따름이지요. 나중에 알았지만, 한민주 또한 신들린 할머니의 기억을 지니고 있었어요. 한민주에게 끌리는 저의 감정 또한 그 인연의 연장일까요.

말이 나온 참에 당신께 좀더 솔직히 고백할게요. 외할머니께 내린 신이 어머니를 넘어 핏줄인 제게 이어지길 바라는 간절한 마음까지 들었어요. 그래요. 지금 이 순간, 저 무당이 되고 싶어요.

23

외할머니와 어머니의 삶이 윤곽이 잡히는 듯하다가 멀어지고 다시 다가서기를 되풀이하고 있어요. 청순해 보이면서도 열정이 듬뿍 담긴 어머니의 환한 얼굴. 이모로부터 작은 사진을 건네받았던 다음날 아침이었어요. 고려호텔에서 나오기 전에 강 선생께 부탁드렸지요.

"스웨덴에 돌아가서 초상화를 만들어도 되는데요. 그곳에선 이름난 화가들도 동양인 얼굴을 잘 못 그려요. 강 선생님께 제 어머니 사진을 드릴 테니 초상화로 만들어 주세요. 더도 덜도 말고 꼭 이 사진 얼굴처럼요."

사진과 함께 100달러 지폐 두 장을 넣은 봉투를 드렸지요. 강 선생이 봉투를 열어보다가 달러를 보고 흠칫하더군요.

"더구나 어머니가 사시던 평양의 화가가 그려준다면 더 뜻깊지 않겠어요? 아, 그리고 그 돈은 초상화 값이어요. 정확히 얼마인지 제가 잘 몰라서요."

"홍 선생, 우리 공화국에선 돈을 받으며 일하지 않소. 자, 이건 돌려받으시오. 그리고 초상화는 제가 아주 고급 일꾼에게 맡기겠소."

"아닙니다. 그분께 꼭 제 성의라고 전해주세요. 그래야 저도, 그리고 어머니도 편하실 터입니다."

강 선생이 저를 깊이 들여다보았어요.

"좋아요. 그럼 홍 동무, 아, 홍 선생의 성의를 당이 접수하겠소."

"후후, 홍 동무라 부르니 듣기 더 좋은데요. 강 동지!"

"미안하오. 그러나 동무란 말, 정말 듣기 좋지 않소?"

사진과 함께 초상화를 받은 것은 이틀 뒤였어요. 참으로 한 점 다름 없이 그렸더군요. 더구나 틀까지 갖춰주셨지요. 크게 그려진 어머니를 보니 더욱 제가 빼어 닮았다는 사실을 확인할 수 있었어요. 얼굴이 붉어졌지요.

"이거 원, 금련화 동지인지 홍 선생인지 대체 구분할 수가 없군. 아, 그리고 이 나무들은 백두산에서 자라나는 이깔나무라오. 공화국의 혁명투사이니 백두산 나무 정기로 보위해야 옳지 않겠소?"

백두산 나무가 보위하는 어머니 사진을 볼 때마다, 조국의 의미를 다시 새겨보게 되었어요. 서로 얼굴을 붉힌 논쟁 끝에 제가 백두산 일정을 결연히 포기한 채 순안공항을 떠나던 날이었지요. 강 선생이 불쑥 책 몇 권을 건네주시며 말했어요.

"내가 사업을 잘 못해 당에서 문책을 당했소. 그렇지만 난 홍 선생이 자기 행복만 추구하는 개인주의자는 아니라고 확신하오. 자, 이건 책을 좋아하는 홍 선생에게 주는 내 선물이오. 그리고 그 안에 내 명함이 들어 있소. 궁금한 게 있으면 언제든지 편지 주시오."

머리칼이 하얀 '고참당원'의 눈에 물기가 반짝였어요. 코끝이 아리면서 저의 눈에도 그렁그렁 눈물이 솟아났지요. 얼결에 저는 그분을 가슴에 안았어요. 그리고 그 순간 그것이 유럽에서는 보편적인 인사지만 조선에서는 아니라는 사실을 깨달았지요. 황급히 몸을 젖혔어요.

"어머, 죄송해요. 여기선 이렇게 인사하지 않지요?"

얼굴이 소년처럼 붉어진 강 선생이 농담을 보냈어요.

"하하, 일없소. 저는 좋기만 하오. 자, 그럼……."

강 선생은 손을 내밀었어요.

“죄송해요. 저 때문에 당에서 어려워지셔서……”

“음, 아니오. 그냥 한 소리요. 자, 잘 가시오! 홍련화 동지!”

거칠거칠했지만 따뜻한 손이었지요. 악수를 나누며 말했어요.

“편지 드릴게요.”

강 선생이 선물한 책은 두 권으로 된 『김정일 지도자』와 『현세의 한울님』이었어요. 평양출판사에서 주체 83(1994)년과 주체 88(1999)년에 발간했더군요. 아마도 저에게 김정일 지도자에 대해 알리고 싶어서 선택한 책들이겠지요. 특히 『현세의 한울님』은 남쪽에서 천도교 지도자로 활동하던 오익제 교령이 월북해서 1년 만에 쓴 책이었어요. 스톡홀름으로 오는 비행기에서 그 책을 펴든 저는 다음 대목에서 기어이 눈물을 쏟았지요.

조국이라는 말처럼 사람의 심금을 울리는 말은 없습니다. 그러나 그것이 무엇인가를 묻는다면 선뜻 대답하기 어렵습니다. 그만큼 조국은 가장 성스럽고 거룩한 개념이며 또한 가장 따뜻하고 구체적인 감정입니다. 조국에 대하여 쓴 글들도 많고 조국에 대하여 지은 노래들도 많습니다. 그러나 저는 조국을 어머니에 비겨 말한 이상의 성공을 알지 못합니다.

어머니 조국, 그렇습니다. 조국은 어머니입니다.

저는 이북에 들어와서 어머니 조국이라는 말을 들을 때마다 목이 메이고 눈물부터 앞섭니다. 물론 조국에 대한 저의 이러한 표현을 처음 듣는 것은 아닙니다. 그러나 이남에서는 별로 그런 표현을 쓰지 않습니다. 이북에 들어와서야 많이 듣게 되는데 들을 때마다 커다란 울림으로 가슴을 메웁니다. 그것은 제가 오랜 세월을 방황하던 끝에 조국의 품에 안겨 어머니 사랑을 실감하기 때문일 것입니다.

옆에 앉은 낯선 아랍인의 눈치를 보느라 흐르는 눈물을 닦지 않은 채 계속 읽어갔어요. 두어 장 넘기자 다음 대목이 나왔어요.

우리 겨레에게 있어서 조국에 대한 사랑이 남달리 각별한 것은 강토가 아름다운 데도 있지만 그보다 반만년의 오랜 력사를 살아온 류례 없는 단일민족으로서 자기의 고유한 정통성을 고수하고 그것을 전승하고 있다는 데 있습니다.

세계에는 조국이라는 개념조차 똑똑지 않는 나라들도 많습니다.

미국과 같은 나라는 여러 갈래의 ≪개척자≫들이 모여들어 원주민들을 살육정복한 피의 땅우에 세운 력사도 전통도 없는 나라로서 ≪합중국≫이라는 법적 개념이 있을 뿐입니다. 그러나 우리 민족은 이와는 전혀 달리 세계 그 어디에서도 찾아볼 수 없는 단일성과 그 존속의 오랜 력사, 주체적 생존의 유구한 력사를 자랑하고 있습니다. 이러한 력사와 민족적 특성이 살아 있고 민족주체성이 살아 있는 곳이 바로 이북입니다. 이북은 이남과는 달리 민족사의 정도를 걷고 있으며 그 정도 속에서 민족의 전통이 살아 있고 또한 그것이 가장 올바르게 전승되고 있습니다. 이것은 조국과 민족의 실체이며 구성원인 인민이 나라의 진정한 주인으로 되어 있기 때문이며 민족과 민중의 뜻을 체현하신 위대한 령도자가 력사와 사회, 인민대중을 올바르게 이끌어나가기 때문입니다.

이남 땅은 선조의 땅이기는 하지만 거기에 세워진 식민지 ≪정권≫을 조국이라 부를 수는 없습니다. 누구에게나 하나의 친어머니가 있듯이 조국도 오직 하나만이 있습니다.

그 대목에서 책을 접어두었어요. 물어보았지요. 저에게 조국은 어디인가. 대한민국인가, 조선민주주의인민공화국인가, 스웨덴인가.

1987년과 2002년. 저는 대한민국의 수도와 조선민주주의인민공화국의 수도를 다녀왔지요. 서울에서 1년 반 동안 머물며 대학에서 한국어를 배운 데 비해, 옹근 15년 뒤인 평양에서는 일주일밖에 머물지 않았지만 사상 교양을 학습했어요.

그런 저에게 "누구에게나 하나의 친어머니가 있듯이 조국도 오직 하나만이 있습니다"라는 말은 고민을 안겨주었지요.

그러나 어쩌겠어요. 아무리 돌이켜보아도 저에게 친어머니는 하나이지만 조국은 그렇지 않은걸요. 조선민주주의인민공화국의 어머니가 대한민국에서 저를 낳았고 스웨덴 어머니가 길러주셨지요. 그렇다면 저의 '어머니 나라'는 어디인가요.

천도교 교령이셨던 분이 그 종교에서 최고최상의 숭앙 표시인 한울님으로 김정일 총비서를 그린 책을 읽으며 저는 씁쓸했어요. '현세의 한울님'에게 충성을 맹세하는 종교인은 자기 모순 아닌가요.

하지만 그보다 더 중요한 물음이 있었지요. 과연 대한민국은 식민지 정권에 지나지 않을까. 자문해보았어요. 제가 1987년의 격동기에 서울에 있어서일까요. 그리고 그해 제가 다닌 학교에서 젊은 대학생들이 온 몸을 던져 군사독재와 싸우고 그것이 시민의 지지를 받아 마침내 민주주의를 열어 가는 모습을 보았기 때문일까요. 저는 대한민국이 식민지 정권이라는 규정에 갸우뚱했어요.

평양을 다녀온 뒤 서울을 한 번 더 가보고 싶은 생각이 든 까닭인지도 몰라요. 마흔이 넘은 나이로 바라보는 서울은 20대에 보았을 때와 조금은 다르게 다가올 수도 있지 않을까 싶어서이지요.

물론, 서울에서 돌아온 뒤에도 책으로 그리고 나중에는 인터넷을 통해 변화하는 풍경을 읽어왔지만 실제로 다시 보고 싶었어요. 어쩌면 한민주를 만나고 싶은 욕망이 감춰져 있는지도 모르겠네요. 남편이 세상을 떠난 뒤 부쩍 한민주와 이야기 나누고 싶을 때가 많았어요. 다정다감한 사람이라는 인식이 첫 인터뷰 때는 물론, 그 뒤 편지와 전자우편을 통해 확신할 수 있었으니까요.

하지만 곧장 서울로 가기는 어려웠지요. 스웨덴에서 제가 맡고 있는 일을 놓치고 싶지 않았어요. 서울을 다시 가려면 결국 다음 휴가를 기다려야 했지요.

2004년에 접어들면서 저는 서울 여행을 본격적으로 준비했어요. 딸아이를 설득해보았지만, 아직 자신은 준비가 되지 않았다는 답을 들었어요. 그렇겠지요. 충분히 이해할 수 있었어요. 서울로 가는 참에 평양에서 강 선생 입을 통해 들은 홍기수라는 인물에 대해 알아보고 싶었어요. 휴가를 한 달쯤 앞두고 한민주에게 전자우편으로 그분의 이름을 전한 까닭이지요.

보름 뒤였어요. 홍기수와 함께 투쟁한 빨치산이 사는 곳을 알아냈다는 답장이 왔어요. 어쩌면 아버지의 얼굴도 알 수 있으리라는 실낱 희망이 저의 온 가슴을 사로잡았어요. 홍기수가 저의 아버지가 아니라고 하더라도—저의 출생월일로 보아 확실하지만—최소한 어머니 금련화가 젊었을 때 사랑했던 남성이 어떤 분일까 알아보는 것은 의미 있는 일이니까요. 그분을 통해 저의 아버지를 찾게 된다면 더 바랄게 없겠지요.

24

16년 만에 다시 찾은 한국은 많이 바뀌었어요. 공항부터 넓고 세련된 건축물을 지어 옮겼더군요. 호텔로 곧장 가는 공항버스를 탔어요. 한강이 나타났을 때, 그리고 멀리 삼각산이 드러났을 때, 서울의 자연 풍경이 아름답다는 생각이 새삼 들었어요. 젊은 시절에는 미처 느끼지 못했지요.

서울시청 앞에 있는 호텔에 짐을 풀었어요. 창문으로 다가서니 시청광장이 한눈에 들어오더군요. 1987년 여름이었지요. 광장을 가득 메웠던 사람들이 눈앞에 그려졌어요. 최루탄 파편에 맞아 숨진 이한열의 장례식이었지요. 100만 명이 모였던 그날 광장 분수대 옆에서 눈물을 닦던 20대의 제 모습이 떠올랐어요.

하지만 그날의 감동은 그해 겨울의 대통령선거에서 군사정권의 연장으로 귀결되었지요. 얼마나 절망했던가요. 서울을 떠날 때 가슴 깊숙이 파고들었던 실망에서 아직 저는 자유롭지 못해요. 광장을 내려다보며 저도 모르게 한숨이 나온 까닭이지요.

16년 만에 다시 본 서울 도심은 한층 세련되게 바뀌었어요. 스웨덴의 스톡홀름보다 높은 건물도 많았어요. 하지만 아무런 개성이 없는 도시라는 아쉬움을 여전히 느낄 수밖에 없었어요. 광장 옆으로 보이는 덕수궁의 고즈넉한 풍경이 그나마 위안이지요.

한민주. 그와 다시 만났어요. 전화를 했더니 몹시 반갑게 받았겠지요. 호텔 들머리에서 그를 기다리는 마음이 조금은 벅차 스스로 웃음이 나왔어요. 이 나이에 무슨 설렘인가 싶었지요. 1988년에 한국을 떠난 뒤의 만남이니, 16년 만이지요. 20대와 30대에 만났던 우리는 각각

40대와 50대가 되었지요. 한민주의 50대 모습이 상상이 가지 않았어요. 얼마나 달라졌을까.

흔히 세월은 덧없다고들 하지요. 하지만 저는 16년의 시공을 거치며 제가 누구인지, 그리고 어디서 왔는지 숨겨졌던 진실들을 지며리 발견해왔어요. 착잡한 회상에 잠겨 있던 저의 팔을 등 뒤에서 누군가 슬쩍 건드렸어요. 돌아보았지요.

한민주였어요. 하얗게 변해 가는 머리칼만 아니라면 전혀 50대 같지 않은 얼굴이었어요. 지적이면서도 어딘가 촌스러워 보이는 것도 여전했고요. 한민주가 샐긋하며 인사치레로 말했어요.

"안녕하시오? 날 알아보겠소?"

"어머, 안녕하세요! 얼굴 그대로이시네요."

"무슨 그런 말을. 이제 중년을 넘어 노년기로 들어섰소."

"한국에선 50대 중반이 노년기인가요?"

"홍련화 씨는, 그대로가 아닌 것 같소."

"저야말로 많이 늙었지요."

"전혀! 누가 홍련화 씨를 보고 40대라고 하겠소. 다만……."

"다만?"

"대학생일 때는 눈매가 날카롭더니 아주 온화하게 변했소. 그동안 행복했다는 게 얼굴에 묻어나오."

'그래요? 저, 온화하지도, 행복하지도 않은데'라고 말하려다가 꾹 눌렀지요.

"그래요? 괜히 인사치레 하실 필요 없어요."

"어? 그런 게 아니오. 얼굴에 가득 드리웠던 그늘이 사라진걸?"

'제 얼굴이 그렇게 그늘이 많았나요?' 물으려다가 그 또한 참았지요. 기자다운 정확한 관찰이다 싶었어요. 평양에서 스톡홀름으로 돌아갔을 때, 저의 양부모는 물론, 저를 아는 사람들마다 비슷한 이야기를 했으니까요. 아마도 평양의 고려호텔 12층 2호실에서 제 몸 속에 고여 있던 '눈물 바다'를 모두 쏟아냈기 때문이 아닐까 싶었어요. 제 안에 있던 슬픔의 바다가 짙은 그늘을 드리웠을 수 있겠지요.

"골똘히 뭔가 생각하는 것은 여전하군?"

"아, 네, 아니오."

"가만, 어디 가서 앉읍시다. 혹 재회 기념 술 한잔 하겠소?"

"좋아요."

"음, 호텔 밖으로 나갑시다. 내 수준에 맞는 곳으로 모시겠소. 걷는 것 좋아하오?"

고개를 끄덕이고 따라나섰지요. 호텔에서 나와 15분 남짓 걸었어요. 별다른 말은 없었지만 생각보다 편했어요.

"저기……, 명동성당이오. 기억나오?"

"아, 그렇네요. 그해 여름에 친구 따라 저도 왔었어요."

눈앞에 최루탄 가득한 명동 거리가, '로마 병정'처럼 투구를 쓴 전투경찰들에 맞서 싸우던 젊은 벗들이 그려졌어요.

성당 옆의 민속주점에 마주앉았지요. 대나무에 담긴 술과 두부전이 나왔어요. 한민주가 웃으며 '조국 방문' 기념 건배를 제의했지요.

잔을 비우자 오랜 기자직업에서 익힌 습관일까요. 제가 궁금한 것부터 곧장 자상하게 설명해주었어요.

"홍기수라는 분을 알아봐 달라고 하셨지요? 감옥에서 오랫동안 사셨던 분들이 모여 사시는 데가 몇 곳 있소. 내가 한때 양심수후원회 일을 돕기도 해서 아는 분들이 많아요. 그 가운데 두 분이 홍기수를 알더군요. 그런데 정반대로 평가가 엇갈렸어요. 어떤 분은 위대한 투사였다고 하고, 어떤 분은 용서받을 수 없는 변절자라고 하고. 두 분의 공통점은 그가 이미 오래 전에 죽었다는 것이었소. 그러던 어느날, 어떤 분이 집으로 전화를 주셨소. 양심수후원회로부터 우리 집 전화번호를 알았다면서 홍기수에 대해 아주 잘 아는 최씨가 살아 있다고 귀띔해주었소. 문제는 최씨라는 그분이 어떤 자리든 나서지 않고 은둔한다는 데 있다는 거였소. 그리곤 자신이 들은 말만 전하겠다며 당성이 아주 뛰어난 동지라고 전해주지 않았겠소?"

조금은 실망했지요.

"그것밖에…… 모르세요?"

"제 기자 감각으로는 전화하신 분이 더 아는 게 있다고 싶었소. 그래서 아예 기정사실화하고 물었소. '그래요? 그럼 그 최씨라는 분 사시는 곳만 알려주십시오'라고."

"그래서요?"

바스대며 물었어요.

"최씨의 주소는 물론이고 이름까지 취재했지요."

"정말?"

"그래요. 그런데……."

"그런데요?"

"조금 멀어요. 그래도 만나보겠소?"

"왜 이러십니까? 스톡홀름에서 여기까지 왔는데."

"그래요? 이거 실망인데?"

"왜요?"

"난……, 홍형이 나 만나러 온 줄 알았다는 것 아닙니까?"

"와, 많이 느셨네요. 농담도 잘하시고."

"음……, 좋아요. 본론으로 갑시다. 그분이 지리산에 은둔해 계신다
는데 괜찮겠소?

"아, 지리산요. 그렇지 않아도 가보고 싶었어요."

"좋아요. 마침 제가 금요일, 그러니까 모레 지리산 갈 일이 있는데.
함께 갑시다."

"알겠습니다."

한민주가 건배 제의를 다시 했고 함께 잔을 비웠어요.

"그럼, 이제부터 제가 궁금한 걸 물어도 되겠소?"

"이제 본론으로 들어가는 건가요?"

"아니죠. 본론은 조금 전 끝났고, 글로 치자면 사족이 되는 셈이오."

"사족이라……. 그런데 제게, 궁금한 게 있어요?"

"솔직하게 다 말해주실 수 있소?"

곤혹스런 질문을 할까 싶어 조금 걱정은 되었지만 씩씩하게 답했
지요.

"그럼요. 뭐든지!"

"좋아요. 평양을 다녀오셨다고 했지요?"

조금 실망스러웠지만 한편으로는 마음도 놓였지요.

"보고할까요?"

"보고는 아니고. 평양에 다녀온 홍련화 특파원의 이야기를 듣는 셈
이오."

그렇게 평양 이야기를 들려주기 시작했어요. 앞서 당신께 보내드린
편지에 썼듯이 저에게 일어난 일들을 세밀하게 설명해주었어요. 호기
심으로 반짝이는 '나이든 소년'은 주의 깊게 듣다가 어떤 때는 수첩을

꺼내 적기도 하더군요. 중간중간에 한민주가 보내줬던 이진선의 수기 이야기도 나누고, 어머니 사진 대목에선 다시 눈물을 닦고, 사이사이 술을 마시고 그랬어요. 어느새 새벽 2시가 되어 일어났지요.

한민주가 호텔까지 바래다준 것 같은데 곧장 곯드러졌기에 정확한 기억은 나지 않았어요. 술자리의 기억이 어령칙할 때, 그 다음날 얼마나 당혹스러운지 경험해보셨나요? 경험하지 않으셨다면, 행복하신 분임에 틀림없어요.

25

2004년 9월 17일 금요일 아침 7시. 한민주의 차를 타고 지리산으로 떠났어요. 차를 몰면서 한민주가 누글누글 말했어요.

"술 세던데요?"

"세긴요. 그렇게 많이 마시긴 정말 오랜만이네요."

"스웨덴에선 독주를 많이 마시지 않소?"

"저, 정말 술 좋아하지 않아요."

"알았소. 그런데 심각한 문제가 생겼소."

"어떤?"

"내가 본디 결점이 많은 사람인데, 가장 큰 결점은 술 마시며 한 이야기를 다음날 전혀 기억하지 못한다는 것이오."

저는 찔끔했어요. 기실 저도 마지막 대목이 잘 기억나지 않았지요.

하지만 눙치며 말했지요.

"에이, 멀쩡하셨잖아요."

"함께 술 마신 사람들은 늘 그렇게 말하던데, 정말 사실이오. 다음 날 거의 기억을 못하오. 아마 집에 가서 또 술잔을 기울이고 쓰러져서 그런지 모르겠소."

"표정을 보니 정말 그러신가 보네요. 그거 건강에 참 안 좋은 건데."

"내가 실수한 건 없었소?"

"글쎄요."

실제로 잘 몰랐지요. 하지만 별다른 일이 없던 것은 분명해 보였어요. 어느새 차는 충청도로 들어서고 있었지요. 전날 마신 술기운 탓인지, 저는 슬금슬금 노그라지기 시작했지요. 한민주가 편히 자라며 운전석 옆자리를 뒤로 젖혀주었지요. 옆에 눕기가 민망스러웠지만 졸음이 쏟아졌어요.

한민주가 "일어나라"는 말에 눈을 떴을 때 창 밖으로 강이 보였어요.

"숙취는 좀 풀렸소?"

"제가 많이 잤나요?"

"네 시간!"

"네?"

"하도 곤히 잠들었기에 깨우지 않았소. 하지만 지리산이 거의 다 왔소. 저 강 이름을 혹 아시오?"

"……"

"섬진강이오."

한민주가 간결하게 말했어요. 마치 어떤 수식어도 필요 없다는 듯이.

섬진강. 처음 마주쳤을 때 참 조용한 강이다 싶었어요. 그랬어요. 긴 잠에서 깨어나자마자 보아서였을까요. 아늑한 품처럼 느껴졌어요. 한민주도 같은 이미지를 떠올린 듯해요.

"어머니 품처럼 아담하고 넉넉한 강이지요."

차를 천천히 몰며 한민주가 강을 바라보았지요. 생동생동했지만 가늘게 뜬 한민주의 눈가에 가선진 주름들이 마음을 아프게 했지요. 하지만 그때는 몰랐어요. 그 강에 얼마나 검붉은 피가 스며들어 있는지. 그리고 그 강이 어머니 품처럼 느껴진 까닭이 무엇인지 그 순간은 전혀 몰랐어요.

섬진강 줄기를 떠나 지리산으로 들어갔어요. 굽이굽이 계곡을 따라 올라가자 큰 돌비석이 나타났지요. 의신 마을. 의신義信, 의로움과 믿음의 뜻이지요.

차에서 내린 뒤 계곡이 보이는 식당에서 산채 비빔밥을 먹었어요. 비빔밥을 내온 수더분한 아주머니가 정겹게 느껴져 물어보았지요.

"왜 마을 이름이 의신인가요?"

아주머니는 생김새와 달리 퉁명스럽게 답했어요.

"원래 마을 이름이 의신인 걸, 왜가 어딨소?"

아주머니가 주방으로 간 뒤 한민주가 싱그레 웃으며 의신 마을을 소개해주었어요. 빨치산 투쟁의 격전지였고, 그보다 반세기 앞서 갑오농민전쟁 때도 농민군의 본거지 가운데 하나였다더군요.

맛깔스런 산채 비빔밥을 거뜬히 비우고 밥 계산을 하며 한민주가 아주머니께 물었지요.

"혹시 최천민이라는 분을 아십니까?"

아주머니는 제게 답할 때의 표정과 전혀 다른 사람인 듯 곰상곰상 답했어요.

“그 노인네를 어떻게 아시오?”

“그냥요.”

“아무렴 그냥 서울서 예까지 왔으려고……, 혹시 일가 되시오?”

“아닙니다. 전혀 모르는 분인데 만나뵙고 싶어서요.”

“집은 가르쳐 주겠지만 모르는 분이면, 조심하시오.”

“왜 그렇죠?”

“그 양반 별명이 피새 영감이라오.”

“피새 영감?”

“어찌나 성깔이 사나운지 여기 지리산에 놀러오는 사람들에게 마구 피새를 내어 얻은 별명이라오.”

“놀러오는 사람에게요?”

“그러니 답답한 일 아니오? 관광객들이 우릴 먹여살리는데…….”

한민주가 나서며 물었어요.

“관광객들이 잘못한 게 있겠지요.”

“잘못은 무슨? 이 앞에 지리산 역사기념관 있지 않소? 그곳에 세워진 ‘지리산 공비토벌 루트 안내도’를 놓고도 마구 피새를 부리는 사람이오. 기념관 앞을 지날 때마다 술에 취해 벌겋게 변한 얼굴로 ‘공비토벌 루트? 이 나쁜 놈들!’ 고함을 지르면서 지팡이로 안내도를 마구 두들기거나 그 앞에서 키득거리는 관광객들에게 욕설을 퍼붓기 일쑤요. 늙은이가 어디서 그런 힘이 나는지…….”

한민주가 저를 보며 한쪽 눈을 찡긋 감았어요. 식당을 떠나 차에 올라탄 뒤 말했지요.

“영감으로선 화가 날 만도 하지 않겠소? 역사기념관이랍시고 만든 뒤 '공비토벌 루트 안내도'를 세웠으니······."

피새 영감. 최천민은 삼정 마을에 살고 있었어요. 의신에서 삼정까지는 4킬로미터 남짓한 거리였어요. 비포장도로 옆으로 좁은 계곡이 구불구불 이어졌지요. 차를 타고 15분 정도 올라갔을까요. 삼정 마을이 나타났어요. 마을에서 방목하는 염소 무리들이 멀리 보였지요.

삼정 마을에 이르러 처음 마주친 집을 찾았어요. 최천민 씨 댁을 물었지요. 바로 위쪽의 오두막 같은 집을 가리키더군요. 문 쪽으로 다가서다가 창문이 눈에 띄어 무심코 들여다보았어요. 한쪽 벽에 벽돌과 나무로 쌓아 만든 책장이 있고 책들이 꽂혀 있었어요. 그리고 그 앞에 큰 나무의 그루터기로 만든 책상을 마주하고 있는 노인이 보였어요. 일흔은 충분히 넘겼을 나이로 보이는데도 꼿꼿이 앉아 글을 쓰는 모습은, 뭐랄까요. 거룩함마저 느꼈어요.

문 쪽으로 돌아갔어요. 한민주가 문을 두들겼어요. 대답이 없더군요.

"계세요?"

그제야 안쪽에서 반응이 나왔어요.

"게 뉘시오?"

거칠고 목이 쉰 소리였어요.

"최천민 선생님이신가요?"

"그렇소만."

"잠깐 만나뵙고 싶어서요."

"난 만날 사람이 없소."

신경질이 뚝뚝 묻어나는 목소리였어요. 한민주와 제 눈이 마주쳤지요. 피새 영감, 그 말이 두 사람의 눈에 모두 쓰여 있었겠지요. 저는 장난스레 고리를 잡아 문을 열라는 손짓을 했어요. 한민주가 행동에

옮겼지요. 그러나 문은 안에서 잠겨 있었어요. 문을 열려는 힘과 부닥
쳐 흔들리는 문짝 소리만 요란했지요.

"거, 누구요? 그냥 가래도!"

쉰 소리가 쩌렁쩌렁 울렸어요. 한민주도 움찔하는 듯싶더니 곧장
정중한 말투로 신분을 밝히더군요.

"선생님. 저는 신문기자인데요."

"……."

"꼭 뵙고 싶어서요."

"신문기자라면 대수요? 그리고 난 기자라면 만날 일이 더 없소."

"중요한 일인데요."

"가시오!"

"기사 쓰려는 게 아닙니다."

"난 기자를 믿지 않소."

"선생님! 이진선 수기 읽어보셨지요!"

"……."

"그 수기를 연길에서 입수한 사람인데요."

침묵이 흘렀어요. 이윽고 방 안에서 인기척이 나더니 가까이 다가
왔어요. 잠가놓은 걸 푸는 소리가 들리며 문이 열렸지요. 노인이 나왔
어요. 피새 영감의 첫인상은 이미 앞서 보내드린 편지에서 소개했듯
이 험악했지요. 만사가 귀찮다는 듯이 저에겐 눈길도 돌리지 않고 한
민주를 날카롭게 쏘아보며 말했어요.

"내가 그 책을 읽은 줄, 댁이 어떻게 아시오?"

검은 얼굴에 빼곡한 주름살, 상대에 대한 불신과 경계심으로 가득
한 눈초리가 섬뜩했어요.

"조금 전, 이쪽으로 오면서 창문으로 선생님이 계신가 들여다보았어요. 무심코 그런 거니 이해하십시오. 그런데 앉으신 바로 뒤 책장에서 그 책이 눈에 띄었어요."

"댁이…… 한민주 선생이오?"

"네!"

피새 영감이 다소 누그러지면서 손을 내밀더군요. 하지만 여전히 냉갈령이었어요.

"생각보다 젊구먼……, 반갑소이다."

그가 내민 손을 한민주가 두 손으로 받으며 답했어요.

"저도 뵙게 되어 영광입니다."

최천민이 돌아서면서 말했다.

"영광은 무슨……. 들어오시오."

"일행이 있는데요."

"함께 들어오시오."

방 안에 들어서자 구리텁텁한 냄새가 코를 찔렀어요. 최천민은 여전히 제겐 눈길도 주지 않은 채, 뭔가를 쓰고 있던 편지지 묶음을 덮고는 한쪽으로 밀어놓더군요. 창문을 통해서는 보이지 않았는데, 방 한쪽 구석에 소주병이 무덤처럼 쌓여 있었어요. 왜 최천민의 거무스름한 코끝이 불그스름한지 곧 알 수 있었지요. 대다수 한국인들도 '술중독환자'이지만, 저 영감은 확실하다고 확신했지요. 왜 그가 성깔을 잘 부리는지도 파악했지요. 술 중독의 전형적 증세이니까요.

"누추하지만, 여기 앉으시오."

그때까지도 최천민은 저를 바라보지 않은 채 책상 위를 치웠어요. 여자라고 무시당한다는 생각이 들면서 기분이 상했지요. 앉자마자 한민주가 이진선의 수기 이야기를 꺼내더군요. 그 이야기가 시작되면 언제까지 이어질지 모를 상황이었어요. 제가 나서서 의표를 찌르듯 여쭤보았지요. 어쩌면 저의 존재를 괴팍한 영감에게 알리고 싶은 선언이었는지도 모르지요.

"금련화라는 분을 혹시 아세요?"

그 순간이었어요. 책상에서 편지지에 쓴 원고를 치우던 최천민의 손길이 뚝 멈췄지요.

26

"홍기수라는 분도 아시지요?"

피새 영감이 천천히 얼굴을 들더니 저에게로 고개를 돌렸어요.

눈이 마주친 순간, 최천민의 찌그러져 있던 눈두덩이 동그랗게 올라갔어요. 검은 얼굴은 하얗게 변해갔지요. 저는 확신했어요. 이분은 확실히 어머니를 알고 계신다고. 제 얼굴에서 금련화를 읽은 게 확실하다고. 아마도 어머니의 죽음과 직접 관련이 있을지 모른다고.

"거기는……, 뉘시오?"

한민주는 말없이 있었지만 최천민의 얼굴과 몸짓을 하나도 빠짐없이 기억해두겠다는 듯이 뚫어져라 관찰하고 있었어요.

"저는 홍련화라고 해요."

"뭐? 홍…… 련…… 화?"

"네. 금련화 님이 저의 어머니이십니다."

최천민의 얼굴에 깊게 파인 주름살이 파도치듯 일그러지더니, 오른손으로 가슴살을 갑자기 거머쥐었어요. 왼손을 탁자에 올리며 이마를 짚었지요.

한민주가 얼른 끼어들었어요.

"선생님! 왜 그러세요!"

고개는 들지 않은 채 손사래를 쳤지요.

"심장이 좀 안 좋다오. 잠깐이면 되오."

3분 정도였을까요. 하지만 낯선 곳, 낯선 사람이어서 그런지 오랜 시간이 흘러간 듯했어요.

"두 분을 다 아시나요?"

"음……."

제가 다시 물으려고 했을 때, 한민주가 눈짓을 보냈어요. 조금만 기다리라는.

침묵을 지키고 있으니 과연 최천민이 물어왔어요.

"실례지만 두 사람 사이는?"

"아무 사이도 아닙니다. 저는 기자이고……."

"저는 아버지를 찾으려고 이분께 도움을 청한 사람이고요."

"부부인 줄 알았소."

한민주와 저는 소리 없이 함께 웃었지요.

"실례지만, 나이가 어떻게 되오?"

"저요? 1960년생이어요."

"……."

"왜요?"

"……."

“말씀해주세요.”

“이상해서 그러오.”

“뭐가요?”

“금련화…… 홍기수…… 모두 내가 산에서 만난 인연이 있소. 하지만 둘 다 오래 전에 세상을 떠났소.”

“최후를 직접 보셨어요?”

“홍기수는 1953년 9월에 죽은 걸 확인했소. 금련화도 시신을 보지 못했지만 댁이 태어나기 전에 죽었고…….”

저는 실망을 넘어 허탈했어요. 하지만 멈출 수 없었지요.

“그러시군요. 그럼 홍기수가 제 아버지는 아닌 게 확실하네요. 그런데 말씀을 들어보니 금련화도 저의 어머니가 아니라는 건가요?”

“…….”

한민주가 거들어주었지요.

“선생님, 아시는 대로 말씀해주세요. 여기 홍련화 씨는 태어나자마자 해외로 입양되었어요.”

“해외…… 입양? 어디로?”

최천민의 얼굴이 응그러졌어요.

“스웨덴에서 자랐어요. 그런데 저의 어머니를 언제 마지막으로 보셨나요?”

“금련화라는 이름은 흔하오. 아마도 내가 아는 금련화와 거기서 찾는 어머니는 다른 사람 같소.”

“왜 그렇게 단정하시지요?”

“내가 아는 금련화는 거기가 태어나기 전에 분명히 죽었으니까.”

모든 게 원점으로 돌아왔지요. 저도 모르게 장탄식이 흘러나왔어요. 마지막 지푸라기라도 잡고 싶은 심정이었을까요. 어차피 밑져야 본전이라는 생각으로 물었어요.

"선생님이 아시는 금련화가 혹시 저처럼 생기지 않았나요?"

최천민의 표정에 당혹감이 다시 스쳐가는 걸 전 보았어요. 아마, 한민주도 보았겠지요.

"자, 절 자세히 보세요. 제가 어머니를 빼어 닮았거든요."

"어머니 얼굴을……, 어떻게……, 아시오?"

"사진을 구했어요."

"사진을? 어디…… 봅시다."

사진을 건넸을 때, 최천민의 손이 떨렸어요. 두 손으로 사진을 받쳐 들었어요. 하염없이 사진을 들여다보더군요. 그러고는 고백하듯 말했 어요.

"내가 알던 금련화가 맞소. 그렇다면…….."

그의 검은 눈빛이 흐려지면서 침묵이 따랐어요.

"그렇다면요?"

참지 못하고 다그치듯 물었지요.

"그렇다면, 난 모르겠소. 금련화는 자신이 사랑했던 홍기수 동지와 는 사별한 게 분명하오."

"그럼, 어머니와 친분 있으시던 분 가운데 홍씨 성 가진 분이 또 계 신가요?"

"그보다는 먼저……, 이름이 홍련화라고 했소?"

"네."

"나도 궁금한 게 있소."

"말씀하십시오"

"어떻게 여기까지 왔소?"

27

어떻게 여기까지 왔을까. 그 물음을 듣는 순간, 갑자기 가슴이 서늘했어요. 제 인생의 순간과 순간들을 이어가면 어떤 선이 그려질까요.

저는 입양서류를 발견할 때부터 한국에 와 한국어학당을 다닌 일, 그리고 한민주를 만나 어머니 사연을 알게 된 일을 찬찬히 풀어갔어요. 이야기를 듣던 내내 여짓거리던 최천민이 이윽고 한민주에게 물었지요.

"입양서류에 어떻게 기록되어 있었소?"

"병원에서 아기를 낳다가 몸이 부실해 사망한 걸로 기록되어 있습니다. 눈을 감기 전에 아이 이름을 홍련화로 지어달라는 단 한마디의 유언을 가까스로 남겼다고 합니다."

"어느 병원이오?"

"하동 읍내이던데요."

"하동 읍내! 다른 것은 없었소?"

한민주가 고개를 저었어요.

조금이라도 인연을 찾아보려고 제가 다급하게 나섰지요.

"다른 것! 있어요."

한민주와 최천민이 동시에 저를 주시했어요.

"제가 지니고 있어요."

이번에는 최천민이 다급하게 물었어요.

"무엇인지?"

가방에서 나침반을 꺼냈어요. 그리고 자랑했지요.

"제 입양 가방에 있던 유일한 흔적이지요. 저는 이 나침반의 주인이 제 마니또라고 생각하며 늘 지니고 다녀요. 아마도 어머니 또한 누군가에게 받은 선물이겠지요. 저의 아버지가 아닐까 싶어요. 어쩌면 이미 이 세상에 존재하지 않으실 수도 있지만……."

"좀 봅시다."

최천민이 나침반을 받으려고 내민 손이 조금 전보다 더 떨고 있었어요. 술 중독이라고 확신했지요. 실제로 얼굴이 다가오자 역겨운 문뱃내가 물큰 풍겼어요. 나침반을 조심스레 받더니 찬찬히 살피더군요. 갑작스레 숨소리만 들리는 침묵이 이어졌지요. 하지만 어색한 분위기를 수습하려는 듯이 최천민이 곧 말했어요.

"화살표가……, 멎었구려."

"처음 보았을 때부터 그랬어요. 그런데 그 나침반을 본 적이 있으신가 봐요?"

고개를 좌우로 흔드는 듯 마는 듯했어요.

"그런데…… 어떻게 날 찾아오게 되었소?"

피새 영감이 어느새 매서운 눈빛으로 한민주를 쏘아보았지요.

"아, 어떤 분이 선생님을 홍기수 씨의 친구라고 가르쳐 주셨어요."

"어떤 분? 그 사람이 누구요?"

살천스레 닦달하더군요.

"그건 저도 몰라요. 어떤 분이 전화로 자신도 들은 이야기를 알려주신 것뿐입니다.”

“솔직히 말해보오.”

“정말입니다. 그게 다입니다.”

피새 영감의 눈길이 다시 번득였어요. 한민주의 마음 깊숙한 곳까지 꿰뚫을 수 있다는 듯이 자신만만한 눈빛이었지요.

“그렇다면 잘못 찾아왔소. 난 홍기수처럼 깨끗한 열정을 지닌 투사도 아니고, 평생 책방을 열며 살아온 소시민이오.”

“책방요?”

“그렇소. 누가 어떻게 내 말을 들려주었는지 모르지만 난 빨치산도 모르고, 책방에서 일하다가 이제 죽을 자리를 찾아 이곳으로 온 늙은이일 뿐이오.”

“선생님, 그러실 필요 없습니다.”

“뭘?”

“선생님은 빨치산도 모른다면서 어떻게 홍기수가 ‘깨끗한 열정을 지닌 투사’라고 단정하실 수 있지요?”

날카로운 기습이었지요. 최천민이 한민주를 그리고 이어 제 얼굴을 찬찬히 들여다보며 마치 자백이라도 하듯 말을 이었어요.

“그렇소. 홍기수는 지금 돌이켜보더라도 위대한 투사였소. 이현상 사령관의 호위병 가운데 최고였지.”

“그래요?”

한민주와 제 입에서 동시에 터져나왔어요.

“사상성은 물론이고, 선전선동력, 사격술 두루 빼어났소. 이현상 사령관이 아들처럼 사랑했소.”

한민주가 갑자기 툭 던지듯 물었어요.

"선생님도 그러셨을 것 같은데요?"

"……."

대답 대신 쏘아보았어요. 아니, 어쩌면 그냥 바라보는 눈길을 제가 그렇게 느꼈을 수도 있지요. 아니면, 늘 다른 사람을 쏘아보는 게 체질로 굳어졌든가요.

"그렇죠?"

"뭐가 그렇다는 거요?"

"깨끗한 열정을 지닌 투사."

"천만에. 나도 이현상 사령관을 모시기는 했소. 그러나 홍기수는 나 같은 놈과는 품격이 다른 사람이오. 난 비겁하게 살아남았고 그 뒤 지금까지 책방을 열어 편히 살아온 자에 지나지 않소."

"결혼도 하지 않으셨던데요. 그게 편히 살아오신 건가요?"

"기자들은 남의 사생활까지 파고드는 게 취미요?"

제가 다시 두 사람의 대화에 끼어들었어요.

"홍기수라는 분이 그렇게 인품이 훌륭하였다면 저의 어머니가 그 분을 좋아한 이유가 충분하겠군요."

최천민이 불안한 눈길로, 동시에 신기한 듯 반문하더군요.

"그런 말은 또 어디서 들었소?"

"평양에서요."

"평양? 지금 평양이라고 했소?"

"네, 저의 어머니 고향이기에 다녀왔어요."

"어떻게?"

"저는 국적이 스웨덴이어요. 저의 양아버지가 외교관들과 잘 아시는 사이이고요."

“양아버지?”

“네, 아주 자상한 분이시지요. 도움을 받아 2002년 가을에 평양을 다녀왔어요. 사진도 거기서 얻었지요. 이모를 만났거든요.”

최천민은 뭔가를 물어보려다가 참는 듯했어요.

“평양 이야기를 듣고 싶으세요?”

처음으로 최천민이 웃더군요. 천진스럽게 웃는 표정에서 일상과는 전혀 다른 얼굴이 숨어 있다는 느낌을 받았어요. 그러면서 고개를 끄덕였어요.

저는 한민주를 흘끗 바라보며 ‘반복학습’이니까 잘 들으라는 ‘신호’를 건넨 뒤, 평양에서 겪은 이야기를 시작했지요. 찬찬히. 물론, 당신께 앞서 보내드린 편지 이상의 내용은 없어요.

28

　　　　스웨덴 노동자교육협회에서 성인 노동자들을 대상으로 강의를 하며 느낀 게 있어요. 수강생 가운데 제 이야기에 빨려 들어오는 눈빛들을 감지할 수 있지요. 스무 명 가운데 다섯 명, 그러니까 25퍼센트만 열정을 보여도 이야기하는 데 신들리게 되지요.

지리산 삼정 마을에서 제가 한 이야기의 ‘수강생’은 두 명이었어요. 70대와 50대. 하지만 두 사람 모두 제 이야기에 몰입해들어 왔어요. 100퍼센트의 열정이었지요.

대충 이야기가 끝나자 한민주가 너무 늦었다며 일어나자고 했어요.

실제로 창 밖은 이미 어둑어둑해지고 있었어요. 피새 영감이 물었지요.

“어디로 가시게?”

“의신 마을로 내려갈까 합니다. 내일 아침에 그곳에서 만날 사람도 있고요.”

“만날 사람이 또 있소?”

“아닙니다. 서울에서 지금쯤 내려오고 있을 젊은 노동자들과 그곳에서 아침 7시에 만나기로 했어요.”

“젊은 노동자들? 등산하시게?”

저도 처음 듣는 이야기라 한민주를 바라보았어요.

“음, 등산은 등산이지요. 그런데 사실은 다른 목적이 있습니다.”

“다른 목적이라……”

“선생님도 빨치산이셨으니 잘 아시겠네요. 의신 마을 쪽에서 지리산을 올라가면 이현상이 최후를 맞은 데가 있다면서요?”

최천민이 조용히 가슴에 손을 대며 손가락으로 눌렀어요. 다시 통증이 찾아오는 듯했어요.

“그곳으로 갈 생각이오?”

“네.”

“젊은 노동자들과?”

“그렇습니다.”

“왜?”

“참배하고 싶어서지요.”

최천민이 말없이 눈을 감았어요. 흰 속눈썹이 가늘게 떨렸어요.

“내일이 선생님의 기일인 걸 알고 온 거요?”

눈을 감은 채 물었어요. 저는 ‘선생님’이라는 표현도 그렇고, ‘기일’

이라는 데에 홍미를 느꼈어요.

"그렇습니다."

최천민이 눈을 떴어요. 이슬이 눈가에 맺혀 있었어요.

"젊은 노동자들은?"

"제가 사실은 신문사를 그만뒀어요. 그리고 '청년학교'를 열었어요. 학교라고 하지만 아직은 작은 강좌이지요. 일터에 있는 노동자들을 위해 저녁 늦게 열리는 소박한 학교인데요. 그곳을 졸업한 노동자들이 모임을 만들었습니다. 산행 소모임도 만들었는데…… 첫 길을 이현상 최후 격전지로 정했더군요."

"홍련화 동지도 함께 가오?"

최천민이 갑자기 '동지'라는 표현을 쓰며 제게 물었어요.

"저는 청년학교 이야긴 처음 들어요. 그냥 민박만 하고 지리산 구경만 하는 줄 알고 있었는데……."

한민주를 조금은 불쾌하게 바라보며 말했지요.

"미처 이야기를 못했소. 미안……. 내일 청년학교 사람들과 함께 합류합시다. 어차피 의신 마을에서 민박을 해야 하니까."

그 순간 최천민이 단호한 어조로 말했어요

"그럼 여기서 묵고 가오."

"네?"

"저기 작은 방이 하나 있소. 홍련화 씨는 그곳에서 자면 되고, 우린 여기서 함께 자면 되지 않겠소?"

"그래도……."

"나는 괜찮소만. 왜, 늙은이와 함께 밤을 보내기 불편하오?"

"아뇨, 그게 아니라……."

"그럼 됐소. 이현상 선생님이 최후까지 투쟁한 곳은 여기서 겨우 20
분 거리에 있소."

"아, 그렇습니까?"

"내일 가기로 하고 오늘은 여기서 묵으시오 이야기나 나눕시다. 내
게 더덕으로 담가놓은 술도 있다오. 저 옆집에 살았던 화가가 서울로
가며 주고 간 선물인데 여태 아껴두고 있었소. 아마, 두 사람을 기다
리고 있던 술이 아닌가 싶소."

솔직히 저는 아랫마을로 내려가 편히 쉬고 싶어 내키지 않았지요.
한민주는 눈치가 전혀 아니었어요. 더덕술 이야기를 들어서일까요.
게다가 삼정 마을로 올라올 때 따라왔던 먹장구름이 기어이 비를 뿌
리고 있었지요.

최천민이 저녁을 준비하겠다고 일어났어요. 손사래를 치며 만류했
지만, 딱히 만류만 할 일도 아니다 싶었지요. 한민주와 제가 엉거주춤
도왔어요. 한민주는 뜻밖에도 나물을 잘 무치더군요. 단아했지만 향
내나는 저녁상이었어요. 산더덕 술을 곁들였지요.

이미 밖에선 장대비가 쏟아지고 있었어요. 억수로 비가 퍼붓는 지
리산의 깊은 중턱에서 최천민은 한민주와 끝없이 술잔을 주고받으며
이야기를 나누었어요.

예상보다 최천민은 지식이 풍부했어요. 제가 스웨덴 사회민주당에
가입했고 노동자교육협회에서 일한다는 사실을 반가워했어요. 스웨
덴에 대해, 그리고 사회민주주의에 대해 물어왔어요.

그는 특히 제가 스웨덴에서 살아온 이야기를 듣고 싶어했어요. 하
지만 저는 사생활을 드러내 보이고 싶지 않았어요. 무엇보다 홍기수
가 저의 아버지가 아니라는 최천민의 확실한 증언을 듣고 낙심했지

요. 또 다른 홍씨 성을 지닌 혁명가를 물어보았지만, 한참 창 밖을 바라보며 생각에 잠기더니 고개를 저었어요.

최천민은 거듭 스웨덴에서 살아온 이야기를 듣고 싶다며 먼저 자신부터 고향 이야기를 들려주겠다고 '유인책'을 썼어요. 출생지는 마산. 하지만 부산에서 컸다더군요.

저는 곧 제게 스웨덴에서 살아온 이야기를 물어볼 게 확실해 피로에 지친 듯이 슬그머니 일어났어요. 솔직히 낯선 최천민의 가계에 관심도 없었거니와, 더덕주의 술기운도 시나브로 올라왔지요. 자리에서 일어서자 최천민은 몹시 아쉬운 눈길을 보내더군요. 하지만 최천민은 곧 구석에 있던 이불을 들고 건넌방으로 먼저 건너갔어요. 집에 이불이 애오라지 하나인 것 같아 사양했지만, 최천민은 강권했어요. 자신은 한민주와 이야기로 밤을 지샐 것이라며.

최천민이 다시 한민주와 마주한 뒤, 두 사람의 화제는 벅벅이 이현상으로 넘어갔겠지요. 이불에서 퀴퀴한 냄새가 묻어났지만 곧 포근해지더군요. 이현상 이야기가 궁금했지요. 자리에 누워 두 사람의 이야기를 주의 깊게 듣겠다던 제 속셈은, 하지만 허사가 되었어요. 장대비와 바람 소리에, 지리산 더덕술의 깊은 향기에 귀잠들었지요.

29

서울에서 돌아온 지 두 달쯤 지나서였어요. 작별하기 전에, 스웨덴 주소를 적어달라고 할 때도 별다른 기대를 하지 않았는데 피새 영감이 스톡홀름으로 편지와 함께 소포를 보내셨어요.

머나 먼 서쪽나라에 있을 홍련화에게.

기억하겠소? 지리산에서 연화가 만난 술주정뱅이라오. 이 늙은이가 연화에게 편지를 쓰기로 작심하는 데는 오랜 망설임이 있었다오. 공연히 연화의 행복하고 따뜻한 삶에 음울하고 차가운 비극의 문을 열어주는 게 아닐까 싶어서였지. 하지만 그날 한민주와 찾아온 홍련화의 곧고 검은 눈길을 떠올릴 때마다, 빨치산 이야기만 나오면 한결 더 반짝이던 눈빛을 잊을 수 없었다오. 그것이 친부모를 그리워하는 본능에 뿌리를 둔 그리움임을 잘 알기에 더욱 가슴이 뻐근했소.

그래서라오. 내가 알고 있는 연화의 어머니와 아버지에 대해 최대한 설명해주고 싶소. 한 점 거짓없이 분명히 증언할 수 있소. 결론부터 말하지요. 홍련화의 어머니와 아버지는 모두 깨끗한 혁명가였소. 모든 사람이 자유롭고 평등하게 살면서 사랑과 진실이 넘실대는 세상을 만들고 싶은 열정으로 가득했었소. 그렇소. 바로 그렇기에 사랑의 결실인 연화를, 이 척박한 지상에 단 하나의 혈육인데도, 품안에 키울 수 없었던 게요. 연화가 길러주신 스웨덴의 부모 못지않게, 아니 그 이상으로, 친부모에게 자부심을 지녀도 좋다고 생각하오.

연화는 내게 사진이 아니라 어머니의 실제 모습을 한 번이라도 보았으면 싶다고 했는데, 단언할 수 있소. 어머니의 실제 얼굴을 알고 싶거든 조용히 거울을 들여다보시오.

거울에 나타난 얼굴에서 조금 야윈 모습을 상상해보시오. 그 얼굴이 곧 연화의 어머니 모습이오. 연화를 처음 보았을 때, 난 예전의 금련화 동무를 다시 만나는 착각마저 들 만큼 연화는 어머니와 닮았소.

금련화 동무는 조국을 강점한 일본 제국주의자들과 싸우다가 숨진
혁명가—홍련화에겐 외할아버지가 되겠소—의 외동딸이었소 해방
뒤 평양에 세워진 김일성대학을 다니다가 자원해서 조국해방에 나선
순결한 혁명가였소
　친애하던 혁명가, 금련화의 딸인 홍련화에게, 그리고 저 멀리 '서
쪽 나라'인 스웨덴으로 '추방'되어 살아온 연화에게 먼저 바리데기의
이야기를 들려주고 싶소

　피새 영감은 이어 바리 공주 이야기를 전해주셨어요. 제가 바리데
기 신화를 처음 들은 순간이지요. 편지를 읽어가며 저도 모르게 눈물
이 소리 없이 흘러내렸어요. 왜 제게 바리데기 이야기를 들려주었는
지도 짐작할 수 있었지요. 자상하게 바리데기 신화를 마무리하며 덧
붙였어요.

　그리고 내가 지난 세월에 쓴 보고서 세 개를 동봉하오 우리 현대사
에 연화가 깊은 관심을 보이는 게 참으로 반갑고 또 고마웠소 정작
이 땅에 살아가는 젊은이들은 시나브로 역사를 외면하고 있소 미국
식 자본주의가 마구 퍼뜨리는 소비 문화와 오락, 향락에 젖어가는 후
대들을 볼 때마다 얼마나 가슴이 갑갑했는지 모르오 변명이라고 생
각할지 모르지만, 진심이오 내가 술주정뱅이가 된 까닭이기도 하오
　솔직하게 말하자면 오래 전부터 조울증을 앓아왔소 역사에 대한
낙관에 들뜨다가 어느새 바닥 없는 절망에 잠겼다오 그래서라오
연화가 열정을 쏟는 모습이 이제 살아 있을 날이 얼마 남지 않은 늙
은이에게 얼마나 구원으로 다가왔는지, 연화는 미처 짐작할 수 없을
거요

보고서로 되어 있지만, 나, 최천민이 연화에게 들려주고 싶은 조선의 이야기라 생각해주기 바라오. 연화의 어머니나 아버지가 살아 있다면, 확신하오. 나처럼 세상을 바라보았으리라고. 나, 그리고 연화의 어머니와 아버지는 모두 이현상 동지를 존경했고 그를 따라 혁명 투쟁의 길을 걸어갔기 때문이오.

소포로 보내는 원고들은 이현상 동지에게, 살아남은 혁명 전사로서 보고를 하며 썼던 글이오. 온 정신을 집중해 이현상 동지에 드리는 보고서를 쓸 때마다, 마음 한 자락에서 이 무슨 부질없는 일인가 싶었다오. 조울증이 불러오는 자살 충동을 가까스로 이겨왔소. 하지만 지금 돌이켜보면, 지난 세월 벅찬 감정으로 보고서를 썼던 열정이 모두 오늘을 예비하는 운명처럼 여겨진다오. 예전에 쓴 글들을 조금 첨삭해서 연화에게 다시 보내오. 어쩌면 이 보고서의 주인은 연화일지도 모르겠소. 연화만 읽기 바라오.

소포에서 나온 것은 이현상이라는 빨치산 사령관에 대한 기록이자 그를 추모하는 글이었어요. 언뜻 공문서처럼 보이는 특이한 글들로 제목부터 심상치 않았어요. '조선공산당 재건 15돌 보고'에서 시작해 '30돌', '55돌' 보고까지 세 개의 문건이지요. 모두 편지지에 쓴 것도 특이했어요. 새 편지지인 것으로 미루어 아마도 예전의 원고를 첨삭하며 다시 쓴 게 아닐까 싶어요.

또 하나, 문건의 기록은 모두 9월에 작성된 것으로 나타나 있어요. 이로 미루어 1945년 8월 15일을 계기로 열린 '해방 공간'에서 조선공산당이 재건된 9월 11일을 기념하거나 이현상이 지리산에서 숨진 9월 18일을 염두에 두고 썼던 것으로 보여요.

당신, 어떤 보고서인지 궁금하지 않으신가요? 혹 조선공산당이라는 이름에 관심이 없더라도 간곡히 당부드릴게요. 찬찬히 하지만 꼼꼼히 읽어보세요. 먼저 '조선공산당 재건 15돌과 새로운 혁명에 대하여'라는 제목 아래 쓰인 글을 보내드리지요. 날짜는 1960년 9월로 되어 있네요.

존경하는 이현상 동지.

혁명의 나날을 함께 한 영광과 경모敬慕를 담아 무릎 꿇고 다시 그 호칭을 부릅니다.

선생님.

지금에서야 찾아온 저를, 아니 감히 찾아온 저를, 부디 용서해주시기 바랍니다. 1953년 악몽의 그날 이후 벌써 일곱 해가 흘렀습니다. 변명입니다만, 제 마음 깊이 자리한 죄의식 때문에 찾아올 수가 없었습니다.

동무들이 처참하게 학살당하고 가까스로 살아남은 동무들도 인간성을 말살하는 저들의 야수적 고문으로 폐인이 되었습니다. 오늘 제가 건강한 몸으로 여기 왔다는 사실 자체에 한없이 참담함을 느끼고 있습니다.

선생님.

지난 7년은 저에게 지옥이었습니다. 살아 있다는 바로 그 이유만으로 고통이었습니다. 선생님께서 온 삶을 아낌없이 바친 조선공산당은 남과 북에서 모두 사라졌습니다. 남조선은 폐허가 되었습니다. 물리적으로는 물론이고, 정신적으로도 그렇습니다. 비단 저만이 아닙니다. 남조선 전체에 미 제국주의자들의 악취가 진동하고 있습니다. 저들의 천박한 자본주의 문화가 곳곳에 침투하고 있습니다. 미군기지 둘레에는 젊은 여성들이 미군을 상대로 몸을 팔고 있습니다. 심지어 어린 영혼들까지 미제 초콜릿과 껌으로 타락하고 있습니다.

그런가 하면 미제와 친일 모리배들의 용병으로 싸우다가 부상당한 자들이 대낮에 행패를 부리고 있습니다. 서울 한복판에서 왼손으로 저의 멱살을 잡고 쇠갈퀴 오른손을 내밀며 돈을 요구하는 국방군 앞에서 저는 차라리 슬펐습니다. 몸이 망가진 그와 마음이 망가진 저. 과연 어떤 차이가 있는 걸까 싶었습니다.

선생님.

더구나 가증스럽게도 저들은 순결했던 우리의 여성 전사마저 짓밟았습니다. 끝내 그 아픔을 이기지 못하고 스스로 목숨을 끊는 현실 앞에서 저는 참으로 무력했습니다. 섬진강에 몸을 던진 그 동지를 찾으려고 얼마나 강변을 헤맸는지 모릅니다. 저 아래 화개장터와 쌍계사까지 왔어도, 여기까지 찾아올 수는 없었습니다. 지금도 그렇지만 제 마음속에 선생님은 불에 데인 상처로, 영원히 아물지 않을 고통으로 각인되어 있기 때문입니다.

선생님.

지난 7년을 총화할 이 시점에서 제가 자살한 여성 전사를 거론하는 것을 용서해주시기 바랍니다. 선생님께서 언젠가 혁명의 열정을 동무들의 가슴마다 민들레처럼 퍼뜨려준다고 칭찬을 아끼지 않은 동무가 있지 않습니까. 그 뒤로 우리 모두 "민들레 동무"라 불렀습니다. 눈보라 몰아치는 지리산에서 민들레 동무는 존재만으로 수많은 전사들에게 싸울 의지를 북돋워주었습니다. 혁명의 치열한 투쟁적 언어도 민 동무의 맑은 소리로 들으면 더없이 심금이 울렸습니다.

선생님은 저와 민들레 동무의 사이를 눈치챘으면서도 침묵해주셨습니다. 다른 빨치산 지휘관들은 남녀관계를 엄격히 금하거나 소속

부대를 바꾸어 서로 갈라놓는 명령을 내리기도 했지만, 선생님께선 그렇지 않으셨습니다. 그 관용과 믿음이 저희들을 더 불편하게 했고, 또 그만큼 애틋한 사랑을 느끼게 했습니다. 보급 투쟁을 나섰던 민들레 동무의 전사소식을 저는 선생님과 함께 들었습니다. 그렁그렁 눈물이 고인 선생님이 오열하는 저를 다정하게 안아주시던 기억이 지금도 생생합니다. 일제 강점시기부터 지리산에서 단련된 선생님의 들찬 가슴은 제 눈에서 흐르는 피눈물을 말없이 닦아주었습니다.

30

이현상. 최천민이 '보고서'에서 극존칭을 쓰고 한민주가 존경하는 혁명가. 제가 그를 처음 만난 것은 한민주가 전해준 '이진선의 수기'에서였어요. 스톡홀름에 돌아와 한국에서 출간된 책과 인터넷 자료들로 가까이 다가가면서, 그가 왜 '한국 현대사에서 가장 고독한 영웅'이라는 말을 듣는지 이해할 수 있었지요. '빨치산의 전설적 지도자'로 삶과 죽음 두루 수수께끼를 지닌 인물이더군요.

나라의 외교권이 일본에 빼앗긴 1905년 9월, 금산에서 선비의 넷째 아들로 태어나 1953년 지리산에서 마흔여덟의 나이로 삶을 마친 인물. 대대로 전주 이씨 양반가문이었더군요. 스무 살, 중앙고보 재학 때인 1925년에 조선공산당이 만들어지면서 공산주의 운동에 참여했고 그 뒤 6·10만세운동(1926년)을 비롯해 항일운동으로 감옥을 들락

거려 모두 12년을 복역했지요. 경성을 중심으로 사회주의 활동을 벌이다가 지리산으로 입산했고요. 해방 뒤 지리산에서 나와 박헌영과 함께 조선공산당을 재건(1945년)했어요. 미군 군정이 공산당 활동을 불법화하자 월북했지요. 하지만 대한민국과 조선민주주의인민공화국, 두 나라가 건국(1948년)된 그해에 다시 남쪽으로 내려왔지요. 그리고 지리산으로 들어가 빨치산 투쟁을 벌였어요.

전면 전쟁이 벌어지자 낙동강 전투의 최전선에서 싸웠어요. 조선인민군이 퇴각했을 때도 북쪽으로 가지 않고 남쪽에 남아 빨치산 투쟁에 나섰지요. '조선 인민유격대 남부군 사령관.' 뛰어난 투쟁으로 1951년에 조선민주주의인민공화국 국기훈장 제1급을 받았고, 52년에는 자유독립훈장 제1급을, 그리고 53년 2월에는 영웅칭호를 받았어요. 김일성이 지리산으로 영웅훈장 약장을 보내기도 했지요. 반면에 이승만은 "이현상을 잡지 않고 지리산 빨치산을 토벌했다고 할 수 없다"면서 거액의 현상금을 걸었지요. 실제로 1만8천 명의 군인과 경찰이 지리산을 포위했어요.

숱한 전설을 남겼지만, 1953년 휴전 직후인 8월에 이북에서 벌어진 박헌영 계열 숙청의 거센 파도는 '공화국 영웅'에게도 다가왔어요. 지리산 빗점골에서 열린 빨치산 지도부 회의에서 이현상은 사령관으로서의 모든 권한을 박탈당하고 평당원이 되었지요. 호위대도 물론 해체되었고요. 이어 9월 18일 오전 11시. 지리산 빗점골 너덜지대에서 시신으로 발견되었지요.

그가 죽은 지 15년이 지나 1968년에 조선민주주의인민공화국의 '혁명 애국열사'로 추서받아 혁명열사릉에 1호(열사증 000001번)로 안장(가묘)되었어요. 열사릉 가묘에는 1972년에 숨진 부인 최문기가 묻혀 있지요. 이현상은 1990년 8월에 조국통일상을 추서받았어요. 최문기와 사이에 1남 3녀를 두었지요. 큰딸 무영(1923년), 외아들 극(1927년), 둘째 딸 문영(1934년), 셋째딸 상진(1940년) 모두가 조선민주주의인민공화국에서 활동했어요.

평범한 키에, 언제나 과묵하고 우수에 잠긴 듯한 모습이었고, 늘 솔선수범함으로써 빨치산 대원들의 존경을 받았지요. 심지어 그가 축지법을 쓰고 담을 훌훌 뛰어넘어 날아다닌다는 주장이 전투경찰 부대에서도 나돌 만큼 뛰어난 영웅이었어요.

당신은 어떤가요. 스웨덴의 안락한 '요람'에서 자란 저는 항일 투사이자 사회주의 혁명가인, 투쟁으로 이어진 그의 삶에 경의를 표하지 않을 수 없었어요. 일본 제국주의에 이어 미국 제국주의와 맞서 싸웠던 전설적 게릴라였는데도 죽음의 진실조차 신비에 가려 있지요. 전투경찰 부대가 사살했다는 설이 정설인 가운데, 함께 빨치산이었던 이우태는 '조선로동당 지령설'을 주장했어요. 분명한 사실은 그가 빗점골에서 총탄을 맞아 숨진 시체로 발견되어 화개장터 앞 섬진강변에서 화장되었다는 것이지요. 남쪽에 남아 있던 이현상의 어머니는 "우리 현상이 그렇게 호락호락하게 죽지 않을 것"이며 아흔 살이 넘도록 아들을 기다리다가 1975년에 세상을 떠났어요.

이현상을 사살한 부대로 알려진 전투경찰 연대의 지휘관 차일혁은 태극무공훈장을 받았지만 그 뒤 수영을 하다가 돌연 사망했어요. 그의 아들 차길진이 아버지의 수첩과 일기를 자료로 기록한 '빨치산 토벌대장 차일혁의 수기'는 다음과 같이 기록하고 있어요.

　9월 6일, 빗점골 부근을 수색하던 618부대는 원범리에서 빨치산 송덕룡 부대원 7명이 마을에 나타나 식량을 빼앗아 갔다는 정보를 입수했다. 이창기 1소대장은 이들을 추격해 아침을 먹고 있을 때 기습해, 김진영과 김은석을 생포했다. 심문 결과 두 사람은 제5지구당이 해체되기 전 이현상의 7인조 호위병으로 있었다. 둘에게서 다시 한 번 제5지구당의 해체와 이현상이 평당원으로 강등돼 빗점골에 은신하고 있고, 조만간 경남도당으로 이송될 것이란 정보를 입수했다. 나는 김진영과 김은석을 수색대에 편입시켰다.

　9월 17일, 나는 수색대로 하여금 빗점골 일대의 6개 지점에 매복케 했다. 수색대는 20시께 3~4명의 공비들과 조우해 접전을 벌였으나, 공비들은 순식간에 도주하고 전과는 확인할 수 없었다. 그러나 빗점골에 공비들이 은신하고 있다는 사실이 다시 확인됐고, 이현상의 은신 가능성도 높아졌다. 이미 호위병이 없이 거의 감금 상태에 있는 것이나 다름없는 이현상이지만, 평생을 공산주의 운동에 몸바쳐온 한 인간에 대한 호기심으로 나는 잠을 이루지 못하고 계속 작전 상황을 보고받았다.

　다음날인 18일 상오 11시, 김용식이 지휘하던 수색대로부터 전과 보고가 있었다. "연대장님, 어젯밤에 전투가 있었으나 공비들의 시체를 발견하지 못했는데, 방금 일대를 수색하다가 늙은 시체를 발견했습니다. 김진영과 김은석에 의하면 이현상이 틀림없는 것 같습니다. 엎드려 있는 시체를 발견하고 몇 발의 확인 사격을 하긴 했지만, 이현상은 등에 총을 맞고 죽은 것 같습니다. 어제 야간전투 중 총에 맞아 죽은 것인지는 확실하지 않습니다. 정확하게 뒤에서 가슴까지 관통한 것으로 보아 상당히 가까운 거리에서 총을 맞은 것 같습니다."

　이현상 외 5명의 공비 시체와 노획 무기를 쌍계사로 옮겨 놓았다.

김진영, 김은석에 의해 일차로 이현상을 확인한 바 있으나, 본부 수색
대 양회근 외 여러 명의 재확인으로 이현상이 틀림없다는 판단이 내
려졌을 때 나는 허탈감에 사로잡혔다. 이현상의 시체는 40대 후반 중
늙은이의 모습이었다. 줄이 선 미제 군복 바지와 농구화의 깨끗한 차
림이었다. 군복 안에는 일기와 한시가 적힌 수첩이 있었고, 호주머니
에서 염주가 나왔다. 그리고 허리춤 깊숙이 소련제 권총이 들어 있었
다. 그 권총은 매우 작아서 호신용으로나 쓸 수 있는 것이었다. 보급
이 전혀 없던 빨치산들로서는 그 특수 소제 권총은 실탄을 구할 수
가 없어서 무기로서는 전혀 가치가 없었다.

차일혁의 수기를 보면 이현상이 누구의 총에 의해 사살되었는지
모호했어요. "가까운 거리"에서 다른 사람이 사살했을 가능성에 무게
를 두고 있지요. 그렇다면 누구였을까요. "정확하게 뒤에서 가슴까지
관통한" 총을 쏜 사람은.

31

　　　　게릴라 투쟁, 그 말에 당신은 누가 가장
먼저 떠오르나요? 네, 그래요. 체 게바라(1928~1967)가 아닌가요.
　당신께 고백할 게 있어요. 이현상(1905~1953)을 탐구하며 제게 새로
운 세계가 열렸지요. 이현상이 미국과 맞서 싸웠을 때는 스물네 살의
체 게바라가 라틴아메리카를 여행하고 있을 바로 그 시기였어요.

그러나 스웨덴에서 커왔기에 그럴까요. 체 게바라는 많이 들어보았지만, 이현상에 대해 전혀 알지 못했어요. 이현상은 물론이고 체 게바라와 같은 나이였던 최천민, 아니 수많은 조선의 젊은이들, 여성과 남성들이 실제로 미국과 맞서 총을 들고 싸우고 있었지요.

더구나 최천민의 보고서에 나타난 민들레 동무. 이름부터 어여쁘지 않은가요. 잠시 눈을 감고 떠올려보았지요. 제가 본디 남의 사랑 이야기에 관심이 많거든요.

"혁명의 열정을 동무들의 가슴마다 퍼뜨려준" 동무, "눈보라 몰아치는 지리산에서 그 존재만으로 수많은 전사들에게 싸울 의지를 북돋운" 여성.

정열이 넘실대면서도 깨끗한 얼굴이 떠올랐어요. 지성이 담긴 짙은 눈동자에 높지도 낮지도 않은 코, 그리고 꼭 다문 입술, 그런 얼굴을 그리다가 문득 웃음이 나왔지요. 내가 지금 뭘 하는 걸까 싶었지요. 분명한 것은 피새 영감의 저 을씨년스러운 얼굴 뒤에도 여성 혁명가와의 애틋한 사랑이 숨쉬고 있다는 사실에 가슴이 뭉클했지요.

어떤 분일까요.

최천민의 글에는 그 여성 전사에 대해 구체적인 그림이 나와 있지 않아요. '문학'이 아니라 '문서'가 지닌, 그것도 이미 죽은 동지 앞에서 보고할 때 지닐 수밖에 없을 표현력의 한계이겠지요.

문제는 그분이 자살했다는 문장과 전사했다는 문장이 앞뒤가 맞지 않는 데 있었어요. 하지만 그 의문은 이어지는 보고에서 곧 풀렸지요.

산중에서 전사한 줄로만 알고 있었던 민들레 동무를 제가 다시 만난 것은 서울에서였습니다. 그것이 운명이란 걸까요. 그 넓은 남조선에서 우연히 동무와 재회한 것은. 아니, 어쩌면 우연이 아니었는지도 모릅니다. 저는 민들레 동무에게, 작은아버지가 서울의 보성전문 교수라고 언젠가 들려준 적이 있었습니다. 나중에 들었습니다만 남조선에 전혀 연고가 없던 민들레 동무는 그래도 아는 곳이 그쪽이다 싶었다고 합니다. 어쩌면 민들레 동무는 제가 살아 있으면 그쪽으로 오리라고 판단했는지도 모릅니다. 그 마음을 생각하면 지금도 가슴이 미어집니다.

다치지 않고 산에서 내려올 수 있었던 저는 한동안 삼성산 삼막사에 머물었습니다. 주지스님이 가르쳐준 원효대사의 일심사상一心思想은 당시 무너져가던 저를 추스르는 데 큰 도움이 되었습니다. 그러던 어느 해 가을이었습니다. 더는 견디기 어려울 만큼 누군가 몹시 그리웠습니다. 제 삶 깊숙이 이어진 인연이 저에게 절을 떠나게 했는지도 모르겠습니다.

서울 개운사 근처에 살고 있는 작은아버지 집을 찾았습니다. 승복을 입고 작은 삿갓을 써서였는지 모릅니다. 작은아버지는 화들짝 놀랐습니다. 인민군복을 입고 서울에 입성해 잠깐 찾아보았을 때보다 더 충격을 받은 듯했습니다. 전쟁이 끝난 지 오래였기에 죽은 줄로만 알고 있었던, 또는 다시 월북했으리라고 생각했던 저의 출현은, 게다가 승복을 입은 채 나타난 것은 당혹스러웠을 법합니다.

제가 먼저 말씀드렸습니다. 지리산에서 생포되었습니다만 토벌대장의 '전능한 권한'으로 풀려날 수 있었다는 사실을, 그리고 아예 가호적을 만들어 완전히 독립한 사실을 있는 그대로 말씀드렸습니다. 그제야 작은아버지는 마음을 놓은 듯했습니다. 하지만 곧 얼굴이 굳어지며 물었습니다.

"자네 그럼 아버지 소식 모르는가?"

"네."

작은아버지의 눈시울이 갑작스레 붉어졌습니다.

"참, 자네 부친은 순진한 분이셨어. 내가 그렇게 말렸건만. 박헌영 재판 뒤 궁금해서 견딜 수가 있어야지. 동창 가운데 국방부에 있는 친구가 있어 알아봐 달라고 했네."

불길한 기운이 가슴을 뚫고 지나갔지만, 저는 그럼에도 한 가닥 기대를 가지며 작은아버지의 눈을 바라보았습니다.

"형님은, 자네 아버지도 자신이 온 정성을 바쳤던 당으로부터 미제 간첩의 판결을 받았다네. 처형당했다고 하더군."

눈앞이 캄캄했습니다. 예상은 한 치도 벗어나지 않았습니다. 가슴 깊은 곳에서 뭔가 치밀어 올랐습니다. 눈앞이 가물가물해졌습니다. 작은아버지가 좀 쉬라면서 사촌 아우를 불러 부축하게 했습니다. 침대가 놓여 있는 방에 들어와 쓰러졌습니다.

32

악몽에 시달리다 아침을 맞았습니다.

작은아버지 내외가 밤새 상의를 끝낸 듯이 엄숙한 표정으로 저를 부르더니 제의했습니다.

"자네는 우리 집안의 종손일세. 머리를 깎고 있다니 안될 일이지. 할아버지로부터 물려받은 전답이 있어. 형님이 살아 계시면 마땅히 물려받으셨을 재산이야. 이제 자네가 살아왔으니 우리가 그동안 팔고 남은 땅문서를 주겠네. 우리 집에 정착하게."

작은아버지 내외로서는 최선을 다한 말씀이었습니다. 하지만 저는 그때 문중 유산에 관심을 기울일 만한 처지에 있지 못했습니다. 말씀 고맙습니다만, 그렇게까지 배려해주실 필요는 없다고 밝혔습니다. 어딘가 모르게 어둡던 작은어머니의 얼굴이 밝아지는 모습을 보았습니다.

저는 어머니 소식을 혹 들었는지 물어보았습니다.

"알아보았지. 하지만 저쪽에서도 어머니 소식까지는 모른다고 하더군. 형수님의 여린 성격에 미루어 살아 있기 어려웠을 걸세. 더욱이 아버지 판결문에는 재산몰수까지 있어. 참 잔인한 놈들이야. 형님이 미제 간첩이라니 대체 말이 되는 일인가."

작은아버지는 진심으로 분노하고 있었습니다. 그 분노가 고마웠습니다. 다시 눈물이 울컥 솟아올랐습니다. 제가 모든 걸 바치겠다고 맹세한 당이 그 순간 부끄러웠습니다. 작은아버지 얼굴에서 확연히 느껴오는 아버지의 흔적 때문이었습니다. 바로 떠나려고 했습니다만, 발걸음이 떨어지지 않았습니다. 작은아버지가 학교로 나가면 저는 골목 앞 가게로 가 술을 사왔습니다. 쉼 없이 들이켰습니다. 아버지가 사형판결을 받으셨을 때, 그리고 마침내 사형장에 섰을 때 얼마나 외로웠을까 생각하니 억장이 무너졌습니다. 게다가 어머니께서 얼마나 충격을 받으셨을지 그리고 어떤 고초를 겪었을지 상상만 해도 머리가 터질 듯 부풀어올랐습니다.

작은아버지 내외는 이해할 수 있다는 듯이 얼굴만 찌푸릴 뿐 별다른 간섭은 하지 않았습니다. 빈방에 쌓여만 가는 술병이 부담스러워 슬슬 집을 나와 술을 들이켜기 시작했습니다. 머리도 길렀지만 더는 깎지 않았습니다. 그렇게 안암동 골목길 술집들을 샅샅이 훑으며 돌아다닐 때였습니다. 허름한 것은 마음에 쏙 들었지만 그 앞에 세워놓은 간판이 하필이면 '섬진강'이어서 의도적으로 지나쳤던 술집이 있었습니다. 어쩌면 제 마음 한켠에 아껴두었던 술집일지도 모르지요. 어느 날 작심을 하고 그 집을 찾았습니다. 문을 드르륵 옆으로 밀고 들어갈 때까지도 저는 그 막걸리 집이 깊은 산중에 있던 저를 서울로 끌어당긴 구심력이었다는 사실을 짐작도 할 수 없었습니다.

젊은 대학생들이 많은 그곳 한구석에 앉아 막걸리를 마시던 저는 옆모습이 민들레 동무를 닮은 작부를 발견했습니다. 물론 그 작부가 민들레 동무일 수는 없었습니다. 청초한 민들레 동무와 달리 작부는 농익은 작태로 젊은 대학생들 사이에서 술을 따르고 있었습니다. 그래도 닮은 꼴만이어도 좋아서 한없이 바라보았습니다. 막걸리 기운 탓인지 민들레 동무가 사무치게 떠올라 눈물이 흘렀습니다. 너무나 보고 싶었던 얼굴이었습니다.

저의 눈길을 의식해서였을까요. 작부가 얼굴을 돌려 게슴츠레한 눈으로 저를 흘끗 바라보았습니다. 바로 그 순간입니다. 저는 술김에서도 작부의 눈동자가 동그랗게 커지는 것을 보았습니다. 동시에 저의 숨도 탁 멎었습니다.

작부가 얼굴을 획 돌렸습니다. 하지만 곧 다시 저를 보았습니다. 저의 놀란 눈과 마주치자 곧장 고개를 돌렸습니다.

그렇습니다, 선생님.

참으로 놀랍게도 민들레 동무였습니다.

살아 있었습니다!

물리적으로는 짧았지만 마치 시간이 멎은 듯 긴 시간이 흘렀습니다. 민들레가 비틀비틀 일어나더니 술집 밖으로 서둘러 발걸음을 옮겼습니다. 하지만 기어이 쓰러졌습니다.

반사적으로 저는 날쌔게 일어나 단숨에 민 동무에게 날아갔습니다. 쓰러진 민 동무를 두 팔로 안아 일으켰습니다. 민첩한 저의 서슬에 아무도 뭐라 하지 않았습니다. 주인 아주머니의 도움을 받아 민 동무를 술집 안쪽의 성냥갑 같은 작은 방에 눕혔습니다. 아주머니가 찬 수건으로 이마와 볼을 문지르자 민 동무의 감겼던 눈이 슬며시 열렸습니다. 저와 마주치던 순간 그 눈은 질끈 감겼습니다. 동시에 옆으로 돌아누웠습니다. 아주머니는 저와 민 동무의 얼굴을 번갈아 보더니, 들릴락 말락 혀를 차며 일어나 나가면서 내게 들으라는 듯이 말했습니다.

"무심한 사내 같으니라구. 얼마나 기다렸는데 왜 이제 나타나는 게야."

문을 쾅 닫았습니다.

33

긴 침묵이 흘렀습니다.

옆으로 누운 민 동무의 어깨가 미세하게 흔들렸습니다. 선생님도 잘 아시지 않습니까. 놈들이 여성 동무들을 체포하면 어떤 야만을 저지르는지.

민 동무가 여기로 오기까지 어떤 고초를 겪었는지 마치 제가 본 듯이 주마등처럼 스쳐갔습니다. 하지만 머리칼 끄트머리까지 치솟는 분노나 심장을 에이는 슬픔과는 비교할 수 없을 만큼, 반가움과 기쁨이 저를 흥분하게 했습니다. 민 동무가 살아 있다는 사실, 그리고 지금 내 앞에 돌아누워 있다는 사실, 그것만으로 축복이라고 생각했습니다. 낡은 외투를 벗어 민 동무의 가여운 어깨를 덮어주었습니다. 어깨가 심하게 흔들렸습니다. 당혹스러웠습니다.

"민들레……."

그 순간이었습니다. 단호하게 말을 잘랐습니다.

"아닙니다, 저는! 민들레가 아닙니다!"

"무슨 말이오 민 동무!"

"민들레 동무는, 지리산에서 죽었습니다! 사람을 잘 못 보셨어요"

한마디 한마디가 천의 슬픔과 만의 서러움을 꾹꾹 누른 듯 신음처럼 흘러나왔습니다.

무슨 말을 해야 할지 몰랐습니다. 정적이 이어졌습니다.

"민들레, 난 당신이 살아 있다는 사실만으로 축복받았다는 생각뿐이오"

민 동무는 숨을 죽인 채 아무 말도 하지 않았습니다. 다시 시간이 멎은 듯 흘렀습니다.

"어떤 상처를 받았는지 짐작하지만……."

민 동무가 말을 자르며 외마디를 질렀습니다.

"아니오! 어떤 짐작? 천만에요! 불가능해요 그러니 나가세요! 그렇지 않으면 저 당장 혀를 깨물겠어요"

와락 민들레를 부둥켜안았습니다. 민 동무는 당황한 듯했지만 저항은 없었습니다. 얼굴을 덮은 머리칼을 귀 뒤로 빗어주었습니다. 그리고 감긴 눈에서 샘처럼 흘러나오는 눈물에 입을 맞췄습니다. 콧물에도 그리고 무엇이라고 말하려는 민들레의 입술에도 민들레는 아래 윗니를 꼭 물고 있었습니다. 저 지리산에서 첫 입맞춤 때 그러했듯이. 하지만 그때와 달리 끝내 차가운 입술은 열어주지 않았습니다.

뜨겁게 볼을 타고 내려오는 눈물로 입술을 옮겨갔습니다. 제 안으로 민들레의 눈물을 삼키며 저도 눈물을 흘렸습니다. 저도 모르게 전혀 생각하지도 않던 말이 나왔습니다.

"민들레! 울지 마! 나도 오래 전에 죽었어! 하지만 이제 함께 살아나자! 응?"

두 팔에 힘을 주어 민 동무를 꼭 안았습니다. 민 동무는 얼굴을 제 가슴에 묻었습니다. 소리 없이 울음이 터지더니 이윽고 통곡하기 시작했습니다. 두터운 옷을 뚫고 눈물이 제 가슴까지 따뜻하게 적셨습니다. 아니 살갗을 뚫고 제 심장으로, 아니 심장을 지나 제 온 실핏줄로, 그 눈물은 뜨거운 불로 퍼져갔습니다. 마치 섬진강 잔잔한 물결 아래 흐르는 저 핏물처럼.

선생님.

결국 저는 산으로 돌아가지 않기로 결심했습니다. 찾아뵙기 송구스러워 주지스님께 간단히 편지를 올렸습니다. 제가 불법을 담을 그릇이 되지 못하고 유정의 세계에서 살고 싶다고 짧게 적었습니다. 짧은 세월이었지만 삼막사에서 보낸 수도생활은 그 뒤 제가 만성적인 가슴 통증과 조울증으로 고통받은 내내 저를 그나마 지켜준 밑절미가 되었습니다. 나름대로 마음을 정리한 뒤 작은아버지께 간곡히 말씀드렸습니다.

"저……, 지난번에 제게 유산 일부를 주시겠다고 하셨지요?"

두 분은 잠시 뜨악한 모습으로 마주 보았습니다. 작은어머니가 먼저 말문을 열었습니다.

"자네, 절에서 내려오려나?"

"네. 결혼을 할까 합니다."

작은어머니 표정은 다소 미묘했습니다만 작은아버지 얼굴은 활짝

펴졌습니다. 그랬습니다. 저 나름대로 구상이 있었습니다. 작은아버지가 얼마 정도 필요하냐고 물었습니다. 저는 다부지게 말했습니다.

"작은 책방 하나 차리고 싶습니다."

작은아버지는 몹시 만족스러워했습니다. 아마도 당신이 학자이기에 더 그랬는지도 모르겠습니다.

"이왕이면 우리 학교 앞에서 책방을 내게. 나도 좋은 길목을 알아보겠네."

할아버지가 본디 대지주였습니다. 아버지가 재산을 많이 축냈다고 하더라도 기실 작은아버지 내외가 물려받은 재산은 컸을 터입니다. 책방 차릴 돈 정도를 요구하는 것은 큰 무리는 아니라고 판단했고, 실제로 두 분은 안도하는 모습이 역력했습니다.

그날 오후 저는 민들레 동무를 만났습니다. 대학 앞에 책방을 열 만한 돈을 마련한 사연을 들려주었습니다. 결국 그 돈은 따지고 들어가면 인민들의 피와 땀이니 작은아버지에게 요구해도 된다고 말했습니다. 우리가 그 정도는 받을 자격이 있다고 둘러댔습니다. 민 동무가 부드러운 눈길로 저를 바라보아 더 민망했습니다.

정겨운 눈빛 앞에 말을 어떻게 이어가야 할지 몰라 그저 멋쩍게 웃어 넘겼습니다. 몇 번이나 망설이다가 마침내 말꼭지를 뗐습니다. 책방을 만들어 앞으로 올 동지들을 만나자고 제안했습니다. 책방 이름을 '민들레'로 하겠다고 말하면서 금가락지를 내밀었습니다.

청혼을 받아달라고 속삭였습니다. 잠깐이었지만 그 시간들이 얼마나 길었는지 모릅니다. 총을 들고 싸우던, 까맣게 몰려오는 놈들을 바라볼 때보다 더 가슴이 쿵쿵거렸습니다.

민 동무의 눈빛이 빛났습니다. 고이는 눈물로 더 반짝였습니다. 하지만 끝내 대답은 없었습니다. 그래서였는지 모릅니다. 그날 저는 집에 돌아가지 않겠다고 억지를 부렸습니다. 그리고 민 동무의 방에서 묵었습니다. 아름다운 밤이었습니다.

민 동무가 차려주는 아침을 함께 먹었습니다. 행복했습니다. 꿈엔들 제가 상상할 수 있었겠습니까, 그 순간을. 다만 숟가락을 뜨지 않고 저만 바라보는 민 동무의 슬픈 눈빛이 마음에 걸렸습니다. 민 동무와 저는 그 뒤 보름 동안 책방 자리도 함께 찾아보고 우리가 함께 할 날들에 대해 토론했습니다. 하지만 민들레와 둘만의 사랑이 주는 그 깊은 순간에도 문득문득 얼굴에 서리는 어둠이 가슴을 아리게 했습니다. 지금도 그때 걸리는 마음 자리를 왜 제가 조금 더 짚지 않았을까 천추의 한이 되고 있습니다.

마침내 작은아버지 내외께 결혼 상대를 집으로 초대해 소개하겠다고 말했습니다. 민 동무는 옷 준비와 머리 맵시도 내겠다며 저에게 이틀의 시간을 달라고 하더군요. 저는 선뜻 그러자고 했습니다. 이틀 뒤, 하지만 민 동무는 저녁 약속시간에 오지 않았습니다. 밤이 깊어가도록 오지 않아 집으로 찾아갔습니다.

민 동무가 사는 방은 어둠에 잠겨 있었습니다. 단칸방 쪽마루에 앉아 기다렸지만 오지 않았습니다. 등을 문에 기대는 순간 문이 슬그머니 열리지 않겠습니까. 그 순간 공포감이 엄습했습니다. 벌떡 일어나 방문을 젖혔습니다. 빈방이었습니다. 안도의 숨을 쉬었지요 얼굴을 다시 돌리려는 순간, 어둠 속 방 한가운데 빈 밥상이 눈에 들어왔습니다. 그리고 은은히 빛나는 하얀 봉투가 사부자기 놓여 있었습니다. 떨리는 손으로 편지를 폈습니다.

34

죄송합니다. 당신의 순결한 사랑을 감당하기 어렵습니다. 당신의 품에 안긴 것만으로 저는 더 미련이 없어요. 저를 잊어주십시오.

짐작하셨겠지만, 보급투쟁 때 폭탄 파편을 맞고 쓰러졌습니다. 미처 자살할 겨를도 없었지요. 다행히 폭탄 파편은 발목 바로 위에 박혀 큰 부상은 아니었습니다. 총을 곧 빼앗기고 결박을 당했습니다. 저는 다가올 놈들의 추행에 만반의 태세를 갖추고 있었습니다. 물어뜯으며 저항할 생각이었습니다. 모든 게 운명이었을까요. 제가 꽁꽁 묶여 경찰부대에 넘겨졌을 때, 그 부대에 미군 장성이 방문하고 있었습니다. 아마도 그것이 제가 그나마 다른 빨치산 여성 동무들처럼 만신창이로 고문당하지 않은 까닭이라고 생각됩니다. 전과를 과시하기 위해 저는 부대장에게 보내졌습니다. 증오와 멸시에 가득한 눈으로 살찐 지휘관을 바라보았습니다. 누군가 그 옆에서 집요한 시선을 보내고 있었습니다. 저는 몸을 움츠렸습니다. 나를 넘보면 물어뜯겠다는 결기로 쏘아보았습니다. 마주친 눈은 푸른 눈이었습니다.

미군이었습니다. 철모에 별 하나가 반짝였습니다. 그는 지리산 빨치산들을 학살한 '공로'를 격려한다며 지휘관에게 지프차를 선물하러 왔습니다. 미군 장성이 저를 묘한 눈길로 바라보는 걸 눈치챈 경찰 지휘관이 서슴없이 말하더군요.

"저 빨치산을 데려가셔서 심문해도 됩니다. 다만 아주 독한 여자입니다. 제가 지프차에 대한 보답으로 장군께 드리겠습니다."

그랬습니다. 그렇게 저는 '선물'로 미군 장군에게 넘겨졌습니다. 그는 저를 사뭇 신사적으로 대했습니다. 제가 영어를 들을 수 있다는 사실을 알고는 더욱 친절하게 대했습니다. 하지만 그것이 '술수'라는 걸 모를 제가 아니었습니다. 저에게 독방을 내주며 새 옷과 기름진 음식을 주고 편히 잠잘 수 있게 했습니다. 나흘 뒤였나요 그가 마침내 본색을 드러냈습니다. 완강히 거부하자 폭력을 휘두르더군요 코피가 터지고 온 얼굴에 피멍이 들도록 맞았습니다.

그래도 제가 거세게 반항하니까 그는 권총을 뽑아들고 이마를 겨눴습니다. 솔직히 무서웠습니다. 나흘의 안락함이 빨치산 전사였던 저에게 공포를 느끼게 한 걸까요 스스로 참담한 순간이었습니다. 그는 살기어린 눈으로 조금만 더 저항하면 쏘겠다고 했습니다. 이어 말하더군요 말을 들으면 곧바로 내일 자유롭게 풀어주겠노라고 자신은 그럴 능력이 있다고

아시겠습니까, 당신? 왜 제가 당신 곁을 지금 떠나려는지를.

저는 그날 목숨을 건지고자 제 몸을 버렸습니다. 그것도 미 제국주의자 놈에게! 변명으로 들리시겠지만 그래도 분명히 밝혀드릴게요 그 순간 그의 권총에 저항하지 못한 까닭은 당신을 만날 수 있다는, 꼭 한 번만이라도 당신의 얼굴을 먼발치에서나마 보고 죽고 싶다는, 제 삶의 마지막 미련 때문이었습니다. 저의 순결을 아낌없이 드리고 싶었던 당신을 한 번만이라도 보면, 죽어서라도 제 영혼이 정화되리라는 상상에 잠겼답니다.

하지만 미군 장군은 전혀 장군다운 품위를 지니지 못한 자였습니다. 저를 자유롭게 해주겠다며 떠벌리던 그는 다음날 전혀 모르쇠했습니다. 언죽번죽 웃으면서 제게 사랑을 고백하고 동거를 요구했습니다. 최상의 주거시설에서 여왕처럼 살게 해주겠노라고 언구력을 부리더군요 실제로 그는 다이아몬드 반지와 목걸이를 내밀었습니다. 저는 보석함을 내동댕이치며 차갑게 말했습니다.

"여군을 강간한 뒤 보석을 선물하는 것, 그것이 전쟁 포로를 대하는 아메리카 장군의 방식인가?"

장군이 움찔하더군요. 하지만 잠시였습니다. 평정을 잃더니 길길이 날뛰었습니다.

"좋다. 하지만 똑바로 들어둬라. 네가 날 거부하면 난 널 한국 토벌대에 곧장 돌려보내겠다."

차가운 미소로 바라보았습니다. 실제로 가관 아닌가요. 저의 표정에 질린 듯 그는 마구 을러댔습니다.

"넌 그곳에서 더러운 누렁이들에게 집단윤간을 당한 뒤 사형당할 게 틀림없다."

이어 전화기를 드는 시늉을 하더군요.

왜 그랬을까요. 저도 몰래 냉소를 머금게 되더군요. 쏘아보며 답했습니다.

"나쁜 놈! 네 마음대로 하라. 난 넘겨지는 즉시 네가 내게 한 짐승 같은 짓을 소리소리 지르며 고발하겠다. 내 가슴에 탄환이 박히는 바로 그 순간까지. 자, 어서 날 넘겨라."

장군은 들던 수화기를 다시 깨질 듯이 내려놓더니 눈을 부라리며 협박했습니다.

"골수 빨갱이, 너 정말 사탄이구나."

"흥, 사탄? 뻔뻔한 놈, 바로 네 놈이 사탄 아니더냐! 어서 전화하지 않고 뭐 하는가?"

의외로 그는 단순한 데가 있었습니다. 얼굴이 벌겋게 달아오르더군요. 금발에 벌건 얼굴이 우스꽝스러웠습니다. 분을 더는 참지 못하겠다는 듯이 탁자를 주먹으로 내려치더니 다시 전화를 들었습니다. 부관을 부르더군요.

젊고 건장한 부관이 들어왔을 때, 이미 장군은 사뭇 근엄한 얼굴로 표변해 있었습니다. 눈까지 지긋이 뜨며 명령했습니다.

"부관! 이 여성 빨갱이를 한국의 육군본부로 보내라. 우리 미군이 다 조사했고 협조도 했으니 더는 조사할 필요 없이 징역 5년형에 처하라고 전하게. 단, 이 여자가 혹시 미군을 비난하는 소리를 하면 곧장 사형시키라고 해."

"알겠습니다."

부관이 저의 팔을 나꿔채 나갈 때 장군은 마치 선심을 쓰듯 덧붙였습니다.

"아, 그리고 부관!"

"네!"

"육군본부에 가거든 내가 두 가지를 요구했다고 하게. 5년 뒤에 반드시 자유를 줄 것, 그리고 그때까지 누구도 이 여자에게 손대지 못하게 할 것! 이상!"

끌려가며 내뱉었습니다.

"짐승 같은 놈! 나쁜 놈!"

순간, 부관의 주먹이 제 옆구리로 세게 날아왔습니다. 쓰러졌지요 그래요 꼭 5년 동안을 저는 육군본부 직할 형무소에서 '빨갱이'로서는 '특별 대우'를 받으며 보냈습니다. 참으로 어이없더군요 모든 일이 그의 뜻대로 전개되었습니다. 미군이 식민지로 통제하고 있는 나라임을 새삼 깨달았습니다. 장군은 그 뒤 저를 찾아왔습니다. '추가 조사'할 게 있다며 단독 면회시간을 얻고는 지금이라도 마음을 바꿀 수 없느냐고 물었습니다. 풀어주겠다더군요 이 나라의 법 자체를 유린하는 오만이었지요 저는 싸늘하게 말했어요

"비열한 놈!"

사뭇 슬픔이 어렸던 그의 푸른 눈에 재빨리 노기가 번져가더군요. 그 뒤 다시는 찾아오지 않았어요. 결국 5년 뒤 만기 출소했습니다.

시시콜콜 당신께 말씀드리는 이유는 그래야 제가 마음이 편해서입니다. 어쩌면 당신의 상상과 달리 집단윤간을 당한 건 아니라는 걸 당신께 알려드리고 싶은 '욕심'인지도 모르겠습니다. 하지만 부질없는 짓이라는 것도 잘 알고 있습니다. 더구나 당신이 그토록 증오한 제국주의자 아닙니까.

다만, 터무니없는 망상일지 모르겠습니다만, 감옥 안에서 저는 당신이 죽지 않았으리라는 확신이 있었습니다. 이현상 선생님의 전사 소식이 들려왔을 때도 당신은 살아 계시리라는 확신이 섰지요. 그런데 해방전쟁이 중단되고 지리산이 저들의 손에 넘어간 뒤 몇 해가 흘러도 당신의 소식은 없었습니다. 당신이 지리산에 몸을 묻었다고 생각할 수밖에요. 용케 살아남은 동무들에게 수소문했지만 감옥에도 없고 소식도 몰랐습니다. 자포자기 심경이었어요. 죽고 싶었지만 끝 모를 미련이 남더군요. 일주일을 굶주리며 배회하다가 섬진강이라는 간판을 발견했어요. 시장 상인들과 젊은 학생들이 자주 들르는 그곳에서 밥과 술을 팔았지요. 하지만 맹세하거니와 결코 몸을 팔지는 않았습니다.

그곳에서 당신을 다시 만났을 때, 저는 언젠가 이런 날이 올 것처럼 예정되어 있다는 사실을 알고 몸서리쳤습니다. 죽지 못했던 미련의 정체가 무엇이었는지도 비로소 깨닫게 되었습니다. 제가 어머니의 예지력을 물려받은 사실에 새삼 놀랐지요. 이제 죽어야 할 때가 다가왔다는 느낌에 소름도 끼쳤습니다.

불길한 예감을 애써 지우며 당신의 과분한 사랑을 받아들이려고 노력했습니다. 하지만 아닙니다. 당신과 함께 분홍빛 밤들을 보내며 도저히 제가 행복할 수 없다는 사실을 깨달았습니다. 그리고 아마도 당신께도 그것은 불행의 원천이 되리라고 판단했습니다. 아닙니다. 당신은 아닐 것입니다. 하지만 저는 우리의 사랑이 지옥이 될 수밖에 없다는 사실을, 그 지옥에서 평생 살아야 한다는 사실을 처절하게 깨달았습니다. 그 지옥은 제가 듣던 어떤 지옥보다 더 무서운 형벌을 제게 주었습니다. 가장 행복해야 마땅한 순간에 저는 가장 비참해졌습니다. 아무리 노력해도 불가능했습니다.

오해 없으시기 바랍니다. 저, 이제 이승에 아무 미련이 없습니다. 지금 걸어가는 이 길이 행복합니다. 착한 당신, 부디 슬퍼하지 마세요. 당신과 어울리는 깨끗하고 착한 여자 만나 당신 닮은 아들과 행복하게 사셔야 합니다. 꼭입니다. 저와 약속하신 거예요!

책방을 찾는 젊은이들과 더불어 살아갈 당신을 하늘에서 지켜볼게요. 혹여라도 저를 찾지 마세요. 당신이 이 글을 읽을 때면 저는 이미 섬진강 깊은 곳에 제 몸을 던졌을 게 확실합니다. 수많은 동지들의 피와 눈물이 지리산에 흘러 내려간 그 섬진강으로 저도 하나가 되렵니다. 안녕, 내 사랑.

35

당신, 어떻게 읽으셨나요? 저는 가슴이 아팠어요. 이해하세요. 본디 제 표현력에 한계가 있지 않던가요. 감정의 기복이 심하지 않고 조금은 무덤덤한 편이지요. 그러니 제가 가슴이 아팠다고 하면 그건 정말 가슴이 아픈 것이지요.

그렇다고 모든 걸 이해할 수 있는 것은 아니었어요. 가령 저는 민들레, 그 지혜로웠을 분이 굳이 자살까지 해야 한 이유를 잘 모르겠어요.

맞서 싸우던 외국의 군인에게 능욕을 당한 혁명가의 극한 심경을 제가 헤아릴 수 없어서일지 모르겠어요. 하지만 그건 말 그대로 강간 아닌가요? 과연 그것이 목숨까지 바꿔야 할 일인가요? 이해할 수 없었어요. 아마도 그 시대의, 더구나 순결을 강조하던 한국의 남성중심 문화가 심어놓은 이데올로기가 강력하게 작용했겠지요. 그 기준으로 따진다면, 기실 저도 자유롭지 못해요. 그래요. 혹 누군가 민들레에게 돌을 던지겠다면, 먼저 저에게 돌을 던지세요.

스웨덴 학우들의 시시콜콜한 사랑 이야기를 가슴 한켠 선망해서일까요. 대학 시절, 저에게 늘 친절하게 대해주던 스웨덴 남학생의 집요한 요구로 그와 잠을 잤어요. 그 남학생은 제가 '이국적 아름다움'을 지녔다며 따라다녔는데, 얼마 가지 않아 스웨덴 여학생과 사귀더군요. 허탈했지요. 그러나 후회하지 않았어요. 적어도 그 순간 그를 '사랑'했고, 그만큼 고통을 받으며 성숙했으니까요.

물론, 민들레에게 강간은 큰 충격이었을 게 틀림없어요. 하지만 그것이 진정한 사랑을 스스로 포기하는 이유가 될 수는 결코 없지 않을까요? 어쩌면 제가 그 여성 혁명가만큼 누군가를 진정으로 사랑해보지 못해서일 수도 있겠지요. 솔직히 말해서, 편지를 읽을 때 피새 영감의 꾀죄죄한 모양 어디에 그런 사랑이 깃들어 있었는지 신기하기도 했어요. 중단되었던 곳에서 다시 읽어드릴게요.

선생님.

눈앞이 캄캄했습니다. 그 길로 섬진강으로 내려갔습니다. 기차 안에서 유서를 읽고 또 읽었습니다. 달리는 기차 안에서 발만 동동 굴렀습니다. 다시 버스를 타고 하동으로 찾아갔습니다. 화개장터에서 수소문 사흘째에 생김새가 비슷한 젊은 여성이 밤늦도록 강가에 넋을 잃고 서 있던 모습을 목격한 사람을 만났습니다. 그곳에서부터 하류까지 보름이 넘도록 강 양쪽 기슭을 미친 듯이 찾아다녔습니다.

이윽고 화개장터 사람들이 동정 어린 눈길로 한마디씩 거들어 주었습니다. 섬진강에 빠져죽는 사람이 한두 사람이 아님을, 물살이 요즘은 세차 몸이 가벼운 여자라면 아마도 바다로 이미 떠내려간 게 틀림없음을, 이제 "앞날이 창창한" 젊은이가 기운 차리고 살 궁리를 해야 함을.

선생님.

민 동무의 이야기가 너무 길었습니다. 죄송합니다. 하지만 저로서는 그 이야기부터 전해드릴 수밖에 없었습니다. 비록 민 동무는 선생님이 그랬듯이 섬진강과 하나가 되었지만, 민 동무로 인해 저는 서울에 터를 잡게 되었습니다.

물론, 책방을 바로 열지는 못했습니다. 또다시 술로 삶을 탕진했습니다. 비단 민 동무 때문만은 아니었습니다. 선생님께서 인정하지 않으셨던 조봉암, 진보정당을 만들어 대통령선거에 나선 그를 이승만은 기어이 사형시켰습니다. 정치 깡패들이 마구 설쳐대는 남조선에서 제가 무엇을 해야 하는지, 참으로 굴욕감을 느낄 수밖에 없었습니다. 작은아버지의 우려가 컸음에도 매일매일 술에 취했습니다. 섬진강을 다시 찾아가 제 몸을 던지고 싶을 때도 많았습니다. 하지만 선생님과 민들레 동무의 순결한 넋이 잠든 그 거룩한 강을 저 같은 놈이 더럽힐 수 없다는 생각이 그때마다 이어졌습니다. 술에 대취해 쓰러져 잠든 날이 이어졌습니다.

1960년에 들어서면서 이승만 정권의 폭정이 더는 눈뜨고 못 볼 상황에 이르렀습니다. 삶의 의욕을 모두 잃었을 때, 마산 앞바다에서 미제 최루탄이 눈에 박힌 어린 학생의 주검이 떠올랐습니다.

저의 절망은 더 깊어갔습니다. 분노를 표출할 수 없기에 더 했습니다. 술을 들이켜며 마산 앞바다를 그려보았습니다. 붉은 배를 타고 집채만한 파도를 뚫고 가는 꿈도 수없이 꿨습니다. 술에 취해 길거리에 쓰러졌던 어느 날이었습니다. 누군가 제 옆구리를 군화로 걷어차는 순간, 우악스런 통증을 느끼며 눈을 부스스 떴을 때, 바삐 걸어가는 경찰의 뒷모습이 보였습니다. 눈부신 햇살 아래 제 몸은 밤새 들이켠 막걸리로 찌들어 있었습니다. 군내가 입 안 가득 텁텁했습니다.

경찰은 멀어지고 대학생들의 아우성이 시나브로 가까이 들려오기 시작했습니다. 저는 길 위에 널브러져 있었습니다. 부끄러움이 엄습했습니다. 타락, 아니 전락한 혁명가. 문득 죽고 싶다는 생각이 들었습니다.

괴로움으로 누운 채 얼굴을 돌렸을 때였습니다. 바로 제 앞에 노란 민들레가 들어왔습니다. 갈라진 담장의 작은 틈새였습니다. 흙 향기가 담긴 민들레에서 민들레 동무의 은은한 체취를 강렬하게 느꼈습니다.

그랬습니다. 저는 민들레를 두 눈으로 감싸안았습니다. 이윽고 눈을 꽃잎에 비비고 코로 그리고 입술로 보듬었습니다. 화살표처럼 돋아 있는 민들레 잎새에도 입술을 맞췄습니다. 다시 경찰 군화를 신고 다급하게 지나가는 무리가 내뱉었습니다.

"이 자식 미친 놈 아냐?"

"내버려둬! 버러지 같은 놈에 신경 쓸 때가 아니잖아."

"나중에 집어넣자고."

"새끼, 운 좋은 날인 줄 알아라."

운 좋은 날. 사실이었습니다. 민들레를, 역사의 민들레를 보았으니까요 1960년 4월 19일이었습니다. 그날 제가 만취에서 깨어나 민들레를 본 순간에, 화살표 잎새는 혁명을 가리키고 있었습니다. 마침내 사월혁명의 새날이 열리고 있었습니다.

미 제국주의자와 손잡고 우리 동무들을 수없이 학살한 살인마, 몽양 여운형과 백범 김구조차 암살한 민족반역자, 조국해방전쟁에도 살아남아 진보당의 조봉암을 살해한 파시스트 이승만이 마침내 눈빛도 맑은 젊은 대학생들 힘에 무너지고 있었습니다.

선생님.

쫓겨난 이승만은 결국 미국의 품에 안겼습니다. 저의 절망이 부르주아의 값싼 사치였음을 제가 외면해온 젊은 후배들이 단숨에 깨우쳐 주었습니다. 제가 총을 내리고, 그리고 자학을 일삼고 있을 때, 새로운 세대들은 조용히 자라나고 있었습니다.

물론, 학생들의 한계는 뚜렷했습니다. 이를테면 학생들이 뿌린 선언문에는 다음과 같은 글귀가 들어 있었습니다.

"존경하는 고대 학생 제군! 우리 고대는 과거 일제하에서는 항일투쟁의 총본산이었으며 해방 후에는 인간의 자유와 존엄을 사수하기 위하여 멸공전선의 전위적 대열에 섰으나 오늘은 진정한 민주이념의 쟁취를 위한 반항의 봉화를 높이 들어야 하겠다"

어떻게 들으셨습니까. 선생님께서 학생운동에 나서셨던 바로 그 학교에서 후배들은 선생님께 '멸공전선'의 비수를 꽂는 선언문을 내놓았다고 개탄하시겠습니까? 아니시지요 아마 제가 그렇게 말씀드리더라도 선생님은 넉넉한 웃음을 지으시며 제 등을 토닥이셨을 터입니다.

"동무, 혁명가는 무엇보다 품이 넓어야 하오."

그렇습니다. 전쟁의 짙은 상흔은 비단 고려대생들의 첫 선언문에만 묻어나지 않습니다. 가장 잘 썼다고 평가받은 서울대 선언문도 "한국의 일천한 대학사가 적색 전제에의 과감한 투쟁에 거획을 장하고 있다는 데 크나큰 자부를 느끼는 것과 똑같은 논리의 연역에서, 민주주의를 위장한 백색 전제에의 항의를 가장 높은 영광으로 우리는 자부한다"고 주장했습니다.

선생님. 하지만 그것은 젊은 세대의 잘못이 아님을 저 또한 잘 알고 있습니다. 중요한 것은 실패한 해방전쟁으로 모든 조직이 무너진 1950년대의 폐허에서 젊은이들이 민들레처럼 여기저기서 피어나고 있었다는 사실입니다.

저는 목이 메여 다짐했습니다.

'새로 시작하자, 혁명을. 새롭게 역사로 걸어나오고 있는 저 동지들과 더불어.'

제가 할 일이 무엇인지도 분명해졌습니다. 무한한 열정과 가능성으로 넘치는 젊은이들에게, 앞으로도 끊임없이 다가올 젊은이들에게 '반공의 세뇌'를 벗겨주자. 더 나아가 새로운 혁명의 지도자들이 커나가는 모습을 가장 가까이서 지켜보자. 내 작은 이 한 몸, 어차피 죽었던 목숨, 조금이라도 도움을 주자. 수많은 이현상을 만들어보자. 그렇게 결론 내렸습니다.

부끄럽습니다만 저는 그것을 대학 앞에 책방을 내는 것으로 착수했습니다. 역사를 길게 보지 않을 수 없다는 각성 때문입니다. 저의 책방, 아니 저의 진지 이름은 무엇이겠습니까.

민·들·레.

그렇게 민들레 동무는 책방으로 부활했습니다. 1960년 오월의 햇

살 아래 책방을 연 저는 행복했습니다. 섬진강에 몸을 섞어 바다로 흘러가고 이윽고 하늘로 올라갔을 민 동무가 혁명의 빗방울로 저에게 쏟아져 내렸습니다. 제가 연 책방을 찾는 모든 젊은이들을 민 동무는 지켜보지 않겠습니까.

선생님.

책방에 들어와 책을 사는 젊은이들을 보며 저는 혁명의 가장 맨 끝에서 저들을 돕겠다고 맹세했습니다. 그리고 그 결의를 선생님께 보고해야겠다고 판단했습니다.

1960년 9월 18일. 지금 시각은 오전 9시입니다.

옹근 7년 전, 선생님의 비극적 최후를 기리며 저 여기 빗점골 너덜지대에 서 있습니다. 감히 찾아올 수 없었습니다만 저 여기 왔습니다. 스스로 정직하자고 얼마나 다짐했는지 모릅니다. 자살의 언저리를 얼마나 배회했는지 모릅니다, 여기에 오기까지. 가서 선생님께 석고대죄하고 용서를 구하자고 발걸음이 떨어지지 않는 저를 재촉했습니다.

그렇습니다. 선생님께 보고하려고 '조선공산당 재건 15돌과 새로운 혁명에 대하여'란 보고문을 엉성하게나마 작성해보았습니다. 선생님, 새날이 열리고 있습니다. 선생님이 살아 계신다면, 지금 어디서 무엇을 할까. 바로 그것을 지금 고심하고 있습니다. 민들레 동무와 더불어 저 새 길을 열어가는 데 제 남은 삶을 온새미로 바칠 것을 선생님 앞에 맹세합니다. 다시 선생님을 찾을 때는 이제 혁명의 진전을 보고하러 오겠습니다. 아무런 전진이 없을 때 결코 찾아오지 않겠습니다. 적어도 그럴 자격이 저에겐 없다는 것을 심장으로 알고 있습니다.

36

__조선공산당 재건 30돌 보고서(1975년 9월)

존경하는 이현상 동지.

다시 15년이 흘렀습니다. 혁명에 아무런 진전이 없다면 결코 선생님을 찾아뵙지 않겠다는 제 다짐이 참으로 참담한 오늘입니다. 영원히 선생님을 뵐 수 없다는 강박관념에 사로잡혀 있습니다. 용기를 내어, 아니 만용으로 지리산을 찾아 다시 이렇게 섰습니다.

서울에서 이곳을 찾아 내려오며 선생님께서 빨치산 투쟁을 지도하신 나이에 제가 이미 접어들고 있다는 사실을 깨닫고 소스라치게 놀랐습니다. 더없이 제 자신이 초라했습니다. 달리는 기차의 차창으로 스쳐가는 산하에 한 사람 두 사람이 떠오르다가 사라져갔습니다. 혁명의 새날을 함께 맞자고 다짐했던 청년 동지들이었습니다. 전은식·정수철·송민영·한규현·한영민·윤정식·김은주·배재민·김영균·강순교·안철택·황민호……. 지금 어디서 무엇을 하고 있을까요

돌이켜보아도 한결같이 착한 얼굴들입니다. 눈빛이, 그리고 이마가 얼마나 맑고 빛났던가요 그 얼굴을 떠올리는 것만으로 조용히 힘이 솟아오른다는 사실을 새삼 알았습니다.

존경하는 이현상 동지.

15년 전 속죄의 심경으로 동지를 찾았을 때 저는 새로운 혁명에 확신이 서 있었습니다. 4월의 젊은이들이 나날이 성숙해가던 모습은 혁명의 새날을 전망하기에 충분했습니다. 비록 개량주의 정당에 지나지 않았지만 '혁신정당'들도 생겨났습니다. 동지께 다녀간 뒤 〈민족일보〉라는 신문도 발간되었습니다.

그런데 제가 미처 파악하지 못했던 일이 있었습니다. 조국해방전쟁으로 모든 조직이 무너진 뒤 새로운 세대가 자라나면서 학생운동이 다시 전면에 나섰다는 제 판단은 중대한 과오였습니다. 학생운동이 전면에 나선 것은 옳았습니다만, 전쟁으로 모든 조직이 무너진 게 결코 아니었기 때문입니다. 오히려 전쟁으로 더 강력한 조직이 생겨나 있었습니다. 바로 미 제국주의자들이 키워놓은 국방군의 존재입니다. 60만 명에 이르는 군사조직이 모든 게 무너진 남조선에서 확고하게 군림하고 있다는 사실을 잊고 있었다는 것은 저의 혁명정신이 얼마나 주관적인가를 깨우쳐준 아주 소중한 경험이었습니다.

게다가 우리 빨치산들을, 한 명도 남김없이 추적해 집요하게 살해하거나 감옥에 가둔 거대한 조직을, 왜 제가 놓치고 있었는지 부끄럽습니다. 모든 당 조직이 붕괴된 상황에서, 민들레 동무를 발견하고 책방을 연 그 시절에 제가 지닌 낭만과 열정이 빚어낸 착오가 아니었나 싶습니다.

그랬습니다. 사월혁명—엄밀하게 말하자면 혁명은 아니었습니다만, 지금 이 순간 학생운동을 펴나가는 젊은이들이 그렇게 쓰고 있습니다. 저는 그것을 혁명의 새로운 시작이라는 뜻에서 선생님께 '사월혁명'으로 보고하겠습니다—이 선언문에서 보였던 한계를 시나브로 벗어나 민족문제를 근본적으로 제기해나가자 마침내 미 제국주의자들과 그들이 심어놓은 폭력기구는 좌시하지 않았습니다. 또다시 폭력적 탄압에 나섰습니다.

총칼을 들고 민주주의를 짓밟는 반역의 길에서 맨 앞에 선 자, 그 자는 이현상 동지도 아는 인물입니다. 박정희입니다. 그의 인물됨에 관해서 언젠가 평양에서 아버지로부터 들은 기억이 납니다. 군대 안에 남로당 당원들은 물론, 조금이라도 민족기상이 있던 젊은 장교들

이 모두 처형당했다고 큰 한숨을 토하며 박정희의 밀고 때문이라고
분개하셨습니다. 아버지는 일본군 장교였던 박정희가 당에 들어와
보이는 '출세주의자 태도'가 미덥지 못했는데, 기어이 일을 저질렀다
고 무릎을 쳤습니다.

당시 동지들을 팔아 넘기고 혼자 살아남은 박정희. 그가 다시 사월
혁명을 엎어버리는 군 쿠데타에 나섰습니다. 미국의 마수는 다시 남
쪽 곳곳에 깊은 곳까지 뻗어갔습니다.

혁명의 조직이 모두 무너져 있었다는 사실이 새삼 안타까웠습니
다. 맹렬하게 싹트던 혁명의 씨앗들은 미국을 업은 박정희와 김종필
일당의 군화에 짓밟혀 으깨어졌습니다. 사월의 학생시위로 정권을
잡은 한민당의 후예들은 쿠데타 앞에 무능하고 비겁했습니다. 더구
나 그들은 박정희와 대통령선거를 치르는 과정에서 어처구니없게도
'사상공세'를 폄으로써, 박정희를 '좌파'로 오해한 민중이 표를 몰아
주는, 웃지 못할 사태가 벌어졌습니다.

그래서입니다. 저는 새삼 당의 중요성을 절감했습니다. 군부정권
이 일본 제국주의자들과 벌인 굴욕적 협상으로 대학생들이 다시 일
어섰습니다만, 역부족이었습니다. 박정희는 일본 자본을 다시 끌어들
인 의도를 충실히 집행해갔습니다. 재벌을 키워 노동자들을 포섭하
는 한편으로 언론을 매수했습니다. 지식인들이 돈 벌며 잘 살 수 있
는 자리가 끊임없이 늘어났습니다. 그들은 그 자리에 앉아 세상을 거
꾸로 읽으며 돈과 명예와 권력을 좇았습니다.

존경하는 이현상 동지.

저는 하릴없이 지켜만 보았습니다. 저와 비슷하게 당의 부재를 개
탄한 몇몇 동무들이 당을 만들려다가 모두 체포됐습니다. 올해 사월
에는 인민혁명당 재건에 나섰다는 이유로 고문수사 끝에 8명의 진보

인사들이 형장의 이슬로 사라졌습니다. 일본군으로 시작해 기회주의적으로 좌파운동에 동참했다가 동지들을 밀고해 살아남은 박정희는 제 권력욕을 위해 대구·경북지역, 자신의 고향 후배들마저 가차없이 죽이고 나섰습니다. 저는 1953년 선생님께 전사하신 날 이미 죽었기에, 그리고 김일성대학 출신의 정규 인민군이었기에, 이남에서 함께 당을 만들어갈 만한 연결고리가 전혀 없었습니다.

37

당신께 보내드린 지난 편지에서 최천민의 회고를 제 마음대로 중단했지요. 원고가 너무 길어서도 그랬지만, 중단한 그 지점에서 저의 읽기도 멈췄어요. 최천민에 깊어가던 믿음이 갑자기 안개처럼 가시고 있었기 때문이지요. 그는 저에게 김일성대학에 다녔다는 사실을 말하지 않았어요. 저의 어머니가 김일성대학에 다녔다는 사실을 알려주면서도 자신이 동문이었음을 이야기하지 않은 것이지요.

더구나 민들레 동무까지 같은 대학에 다녔고 서로 소문날 만큼 사랑했다면, 최천민은 자신을 통해서든 아니면 민들레를 통해서든 어머니 금련화에 대해 더 많은 것을 알고 있을 게 틀림없으니까요.

당장 피새 영감을 찾아가 따지고 싶었지만, 스톡홀름과 지리산은 너무 멀었지요. 한 가지 흥미로운 사실은 최천민이 민들레 동무의 죽음으로 절망하던 가운데 민들레꽃을 발견한 시점이었어요. 그날은,

입양서류에 따르면, 바로 제가 태어난 생일이기도 해요. 우연의 일치였을까요.

저는 인내심을 갖고 최천민의 보고서를 마저 읽기로 했어요. 피새 영감이 감추고 있는 진실을 파헤치기 위해서라도, 먼저 그의 글을 정독해야 했으니까요.

이현상 동지.

그러나 문제는 언제나 그랬듯이 내부, 그러니까 제게 있었습니다. 설령 당을 만들자는 제의를 저에게 했다고 하더라도, 나설 준비가 전혀 안 되어 있었기 때문입니다.

뜻밖이라고 생각하시겠습니다만, 아니, 제게 실망과 분노를 터뜨릴지도 모르겠지만, 제 마음속의 방황마저 한 점 감춤 없이 정직하게 보고드리겠습니다. 그 시기, 저는 혁명의 앞길에 깊은 회의를 품게 되었습니다. 바로 그렇기에 제가 찾아뵙는 발걸음이 더 힘들었는지도 모릅니다. 선생님 앞에 혁명의 진전을 보고하겠다고 맹세한 저 자신이 혁명에 의문이 들었기 때문입니다.

민들레 책방으로 돌아가 다시 보고를 시작하겠습니다. 책방을 열면서 내심 저 자신에게 기대가 있었습니다. 읽고 싶은 책을 한껏 읽을 수 있다는 기쁨이었습니다. 저는 '민들레 동무'―책방을 저는 그렇게 생각하고 있습니다―와 단 둘이 살기 때문에 굳이 책방에서 돈을 많이 벌 이유도 없었습니다. 유서에서 민들레는 제게 착한 여자와 결혼할 것을 바란다고 했지만, 저는 민들레만을 사랑하겠다던 약속을 지키기로 다짐했습니다. 민들레 동무의 유서는, 그리고 비극적 최후는, 저로부터 성적 욕망을 원천적으로 앗아갔습니다. 어쩌다가 스멀스멀 올라오는 욕망에도 저는 죄의식을 느낄 수밖에 없었습니다.

그때마다 민들레 동무와 선생님께 참회했습니다.

어쩌면 그래서인지도 모르겠습니다. 싱그러운 삶의 현장에서 멀어져 책에 갇힌 탓으로 제가 결국 관념적 윤똑똑이가 되어간 걸까요 혁명의 미래가 흐릿해지기 시작했습니다.

거듭 죄송합니다, 이현상 동지.

끝없이 혁명정신을 되살려 성찰해보았지만, 아무리 털어버리려고 해도 제 앙가슴에 앙금으로 침전된 문제가 있습니다. 역사는 거리가 멀수록 조금은 더 총체적으로 볼 수 있나 봅니다. 15년 전 보고했을 때, 미처 그 역사적 의미를 온전히 파악하지 못했던 사건들이 새롭게 다가왔습니다.

박헌영 선생이—동지께서 예감하신 대로—비극적 최후를 맞은 것은 1956년입니다. 솔직히 저는 동지가 박 선생님의 생명이 위태롭다고 걱정하셨을 때 실감나지 않았습니다. 설령 이승엽과 안영달은 혐의를 인정할 수 있다손 치더라도, 설마 조선공산당의 최고 지도자였던 항일혁명가를 '미제의 간첩'으로 살해할 만큼 저들이 부도덕한 인사들이라고 생각할 수가 없었습니다.

하지만 실제로 그런 일이 현실로 나타나고 그것을 책으로 확인하면서, 저는 과연 저 사람들이 진정한 사회주의자인가 의문이 들지 않을 수 없었습니다. 물론, 저의 의문 뒤에는 아버지의 억울한 죽음이 깔려 있겠지요 항일혁명가가 미제의 간첩으로 동족, 그것도 동지의 손에 총살당할 때, 아버지의 마음은 얼마나 절망했을까요 어머니는 또 얼마나 세상이 저주스러웠을까요

지리산에서 제국주의자들과 싸워온 빨치산 동지들의 송환을 '휴전협정' 과정에서 모르쇠한 것도 사실이었습니다. 신문과 잡지 그리고 책을 통해 단편적이나마 진실에 시나브로 다가서면서, 누군가의 송

곳이 제 가슴을 후벼파는 고통에 시달렸습니다. 이현상 동지의 심장에 박힌 총알이 튀어나와 저의 이마로 부메랑처럼 날아오는 악몽이 반복되어 나타나기도 했습니다.

그랬습니다. 세상을 정확하게 읽어야 한다는 강박관념이 엄습해왔습니다. 현실을 정확하게 인식하려면 사상 탐색이 필요하다는 사실도 깨달았습니다. 관념에 매몰되는 게 아닐까, 스스로 경계하면서도 책에 몰입하게 된 까닭입니다. 일어난 현실보다 뒤늦게, 저 변증법의 철학자 헤겔이 전한 '미네르바의 부엉이'처럼 날개를 편 저의 사상적 편력을 간추려서 보고드리겠습니다.

존경하는 이현상 동지.

조선공산당의 최고 지도자였던 박헌영 동지가 평양에서 '미 제국주의의 간첩두목'으로 총살당한 1956년, 그해는 세계 공산주의 혁명운동사에서 상징적인 일이 많이 일어났습니다. 여러모로 전환점이라고 생각합니다.

먼저 소련공산당의 새로운 지도자가 된 흐루시초프가 당대회에서 스탈린을 강력하게 비판해 큰 파장을 일으켰습니다. 제가 김일성대학을 다닐 때 스탈린 대원수를 어떻게 생각했는지 되돌아보면, 그리고 지리산에서 스탈린 대원수의 서거를 우리 빨치산들이 어떻게 받아들였는지 성찰해보면, 소련공산당의 스탈린 비판은 뒤통수 얻어맞은 것 같은 충격이었습니다.

게다가 스탈린을 비판한 흐루시초프가 헝가리 공산당의 개혁을 저지하겠다며 소련군 탱크와 동유럽의 군대를 동원해 바르샤바로 들어간 것은 세계 혁명운동의 전망에 큰 회의를 느끼게 했습니다. 차라리 스탈린 시기라면 또 모르겠습니다. 하지만 그의 과오를 드러내 비판한 소련공산당이 '형제 공산당'에 군사력을 행사한 것은 국제 사회주의운동의 배신이 아닙니까.

미국의 시사잡지와 반공 서적들을 뒤적거리며 진상을 더듬어갈 때만 하더라도 저는 사실 여부가 의심스러웠습니다. 하지만 사태의 핵심이 진실로 확인되었을 때, 명치끝이 아파왔습니다. 1953년 선생님의 '비극적 최후' 뒤부터 저를 괴롭혀왔던 가슴 통증이 더 심해졌습니다.

이현상 동지.

소련군은 그로부터 12년이 지난 1968년에는 다시 체코슬로바키아의 프라하로 들어갔습니다. '인간의 얼굴을 한 사회주의'를 내건 체코 공산당의 지도자 두브체크를 자리에서 몰아냈습니다. 스탈린과 흐루시초프를 거쳐 브레즈네프에 와서도 소련공산당의 모습은 달라지지 않았습니다.

소련공산당과 세계 혁명운동에 대한 저의 회의는 제가 책방에만 파묻혀 있어서 지니게 된 한계일 수도 있습니다. 하지만 저는 자신에게 정직하자고 다짐했습니다. 과연 소련 공산주의가 여전히 제게 인류의 희망인지 불투명해졌기 때문입니다. 혁명의 동지이자 선배인 박헌영 선생을 처형한 조선로동당에 대한 실망을 가까스로 이겨낼 수 있었던 것은, 어쩌면 소련의 존재 때문이 아니었나 싶습니다.

위대한 레닌 동지가 이끌었던 소련공산당이 열어가는 사회주의 혁명은 갈 길을 정확하게 걸어가고 있다는, 그래서 조선로동당도 시간의 문제만 있을 뿐 언젠가 길을 찾을 수 있으리라는 믿음이 가슴 깊숙이 자리하고 있었습니다.

하지만 부다페스트와 프라하를 피로 물들인 소련을 보며 저는 절망하지 않을 수 없었습니다. 박헌영 선생을 처형한 공산주의자, 이현상 동지를 평당원과 죽음으로 내몬 공산주의자, 그들이 비단 이 땅에만 존재하는 게 아니라면, 소련에도 있는 거라면, 거기에는 뭔가 본질적인 무엇이 숨어 있는 게 아닐까라는 생각이 들었습니다.

존경하는 이현상 동지.

저의 회의는 소련과 중국이 사상논쟁을 거쳐 국경 충돌까지 일으키는 풍경에서 극에 달했습니다. 대체 저들이 과연 혁명을 하자는 공산당 지도자들인지 이해할 수 없었습니다, 동지. 이는 비단 저만의 회의나 물음이 아닐 터입니다. 세계 곳곳에서 살아가는 진보적 민중의 실망이기도 합니다.

1967년 10월 남아메리카에서 총을 들고 싸우다 체포되어 총살당한 체 게바라에 세계의 젊은이들이 시나브로 열광해 가는 까닭도 바로 거기에 있지 않을까 싶습니다. 하지만 저는 체 게바라에 대한 찬가를 들으며 되레 자괴감에 들었습니다. 게바라보다 앞서 이 땅에서 혁명의 열정을 불태운 빨치산들, 더구나 조선민주주의인민공화국에서 정부 고위인사로 얼마든지 호의호식할 수 있었는데도 스스로 남하해 빨치산 투쟁의 험로를 걸어간 이현상 동지의 역사적 평가를 온전히 내오지 못했다는 자책감이 저의 가슴 통증을 격화시켰습니다.

심장이 곧 멎을 듯한 통증이 찾아올 때마다 이현상 동지를 역사의 캄캄한 무덤에 매장한 채 죽을 수 없다는 결기를 세웠습니다. 그래서였습니다. 병원을 찾아가 가슴 통증을 진단해보았습니다만, 예상대로 제 몸은 '정상'이었습니다. 간헐적으로 가슴을 서서히 압박해오는 통증은 물리적 심장 문제가 아니라 저의 '심장'에 날카롭게 새겨진 비극 때문이란 걸 조금이나마 부정하려 했던 저 자신이 또다시 비참해졌습니다.

이현상 동지.

미 제국주의자들에 맞선 투쟁은 쿠바에 이어 베트남에서 타올랐습니다. 여리게만 보이는 베트남의 민중은 호치민 동지의 지도 아래 혁명전쟁을 줄기차게 벌였습니다. 마침내 올해 봄에 저 미 제국주의를 물리치고 민족해방전쟁에 성공했습니다. 제가 베트남 해방전쟁 앞에 참담했던 까닭은 세 가지입니다.

하나는 북과 남의 공산주의자들이 힘을 모아 끝내 통일을 이룬 베트남 혁명가들에 대한 경의에서 비롯된 것입니다. 남쪽 동지들을 '미제의 간첩'으로 처형한 권력투쟁의 역사가 베트남에서는 없었습니다. 선생님의 비극을 생생하게 목격한 저로서는 속절없이 부러울 수밖에 없었습니다.

저를 또 참담하게 만든 것은 베트남 민중의 해방전쟁에 우리 민족이 저지른 죄입니다. 이 땅의 청년들이 미군의 용병으로 총을 들고 싸웠습니다. 민족사에 길이 남을 수치이자 앞으로 비슷한 상황이 오면 다시 저지를 '전례'를 만들었다는 점에서 중대한 과오입니다.

마지막으로 조선로동당이 1968년에 남쪽으로 보낸 유격대가 저를 참담하게 했습니다. 베트남 전쟁에 한국군이 참전한 죄를 묻는 응징이었는지, 아니면 체 게바라와 같은 게릴라 투쟁의 시도였는지 모르겠습니다. 하지만 한 번은 청와대로, 한 번은 울진·삼척으로 유격대가 아무런 조직적 준비없이 내려왔습니다. 남쪽의 신문과 방송은 한결같이 '공비'와 '무장 간첩'들이 벌인 '민간인 학살'을 대대적으로 부각하며 '반공·반북 소동'을 벌였습니다. 참으로 무모한 전략이었습니다. 남쪽에서 올라간 공산주의자들을 "간첩"으로 처형한 조선로동당다운 '용기'요, 모험주의였습니다.

신문에, 그리고 텔레비전에 언뜻언뜻 보이는 시신들을 보며 가슴이 저릿저릿했습니다. 저 모욕받고 있는 주검들은 당과 민족 그리고 혁명을 위해 아낌없이 자신의 생명을 바친 혁명가의 몸이 아닙니까.

얼마나 깨끗한 청년들이었겠습니까. 얼마나 혁명의 열정을 불태웠던 몸이었겠습니까. 저 젊은이들을 사랑한 조선의 처녀들은 지금쯤 얼마나 눈물을 삼키겠습니까.

존경하는 동지.

그렇습니다. 저는 전시되어 손가락질받고 있는 시신들에서 문득 저의 주검을 보았습니다. 부둥켜안고 싶었습니다. 그들 가운데 분명 제가 다닌 김일성대학의 총명한 후배도 분명 있을 터입니다.

하지만 저 전사들의 혁명적 죽음은 어떤 '전진'도 이루지 못했습니다. 되레 미 제국주의와 그 앞잡이인 파시스트들이 날뛸 명분만 주었습니다. 반공의 이데올로기 아닌 이데올로기는 어린 영혼들에까지 깊숙이 파고들었습니다. "나는 공산당이 싫어요"라고 말했다가 '공비'에게 입을 찢겼다는 얼토당토않은 주장이 신문과 방송, 극장을 통해 마구 퍼져갔습니다. 무조건 반공을 세뇌하는 교육이 조직적으로 자행되었습니다. 깨끗한 청년 혁명가들의 주검 위에서.

무엇보다 기회주의자, 박정희. 그는 '공비 소동'을 명분으로 1969년에 들어서면서 대통령 3선이 가능하도록 헌법 개정에 나섰습니다. 이미 박정희로부터 특혜를 받아온 신문사 사주들은 헌법개정에 찬성 여론을 몰아갔고, 실제로 국민투표 결과가 그렇게 나왔습니다.

동지.

군부에 대한 혁명적 분노와 회의에 젖어드는 혁명사상 사이에서 제가 길을 찾은 것은, 이 땅의 젊은 노동자를 발견하면서였습니다. 1970년 11월 13일이었습니다. 청년 노동자 전태일이 스스로 몸을 불살랐습니다. 스물두 살 전태일의 죽음은 총을 들고 제국주의자들과 싸웠던 저를 더없이 참담하게 했습니다.

책방을 운영하는 소시민으로 그날의 혁명전사가 전락한 반면에,

혁명전사가 사회주의자의 길을 걷기로 결심했을 시기에 아직 태어나지도 않았던 젊은이가 죽음으로써 위대한 프롤레타리아로 부활했습니다. 그것은 옹근 10년 전에 대취하여 길바닥에 쓰러진 다음날 햇살 아래 피어난 민들레를 발견했을 때 못지않은 거룩한 발견이었습니다. 한낮을 환하게 밝힌 불꽃, 그것은 불붙은 민들레였습니다. 두고두고 불씨를 날릴 불꽃이었습니다.

38

지난 편지에서 당신께 전해드린 최천민의 '1975년 보고서'를 읽으며 저는 전태일의 무덤을 떠올렸어요. 지리산에서 최천민 선생을 만난 뒤였지요. 한민주의 차를 타고 서울로 올라오다가 금산 휴게소에 내려 점심식사를 했어요.

한민주가 창가로 가 앉자마자 창 밖을 둘러본 뒤 말했어요.

"여기가 금산이오."

무슨 의도인지 몰라 바라만 보았지요.

"이현상의 고향이오. 그가 태어난 곳이 여기서 멀지 않아요."

그러고는 다시 꿈꾸는 듯한 눈길로 창 밖을 바라보았어요. 그의 눈가에 다시 물기가 살짝 오르다가 가라앉았어요. 공연히 저도 마음이 젖어들었지요.

"고향이 어디신데요?"

"내 고향이 어딘가는 중요하지 않소."

“말해주기 싫으세요?”

“홍련화 씨 고향이 의미가 없듯이, 저도 그렇다는 뜻이오.”

“아버지께서 돌아가신 산이 민주지산이라고 하지 않으셨나요?”

“그걸 기억하네요?”

“그럼요? 제게 말해준 것은 빠짐없이…….”

말을 멈췄지요. 제가 그에게 은근히 추파를 보내는 건 아닐까 싶어서였지요.

“민주지산도 여기서 가깝다오. 남녘의 세 개 도가 몰린 곳이지요. 충청도·경상도·전라도가 꼭지점으로 통일되어 있는 산이오.”

“아버님 얼굴도 모르신다고 하셨죠?”

“그렇소.”

한민주가 희미하게 웃었어요.

“지금…… 가족하고는 행복하세요?”

“그건…… 왜 묻소?”

“쓰신 소설을 읽어보면, 뭐랄까……. 작가의 외로움이 묻어나서요.”

그 말을 하는 순간, 얼굴이 화끈거렸어요. 가까스로 얼굴이 붉어지는 것을 막을 수 있었지요. 저의 내면에서 일어나는 그런 변화를 모른 채 한민주가 엷은 미소를 그리며 되물었지요.

“소설을 작가와 곧장 대비하는 것은 무리 아니오?”

“그래도 소설에 주인공이 연정을 품은 애동대동한 여성 노동자가 나오던데요. 경험이 있어야 하지 않나요?”

전 그 말을 꺼내며 온 정신을 한민주의 표정 변화에 집중했어요.

“그게 그렇게 궁금하오?”

“글쎄요. 궁금하다기보다 왠지 작가가 걱정되어서요.”

"허허허……, 걱정이라……."

한민주가 오랜만에 소리내어 웃었어요. 하지만 웃음소리에도 허탈감이 묻어나더군요.

내친김에 말했지요.

"오해 마세요. 한민주가 아직도 사춘기 소년처럼 여성에 대해 터무니없는 환상에 젖어 있는 것 같고, 그만큼 상처받기 쉬운 사람 같아서 드린 말씀입니다."

그의 얼굴이 진지해지며 어두워졌어요.

"자, 쓸데없는 이야기 그만하고 갑시다."

한민주가 자리를 털고 일어났지요. 하지만 전 집요한 데가 있거든요. 운전대 옆에 앉아 굳게 닫힌 그의 성채를 공략했지요.

"역시 제 추측이 맞군요."

"무슨 말이오?"

"무슨 말이겠어요? 상처!"

한민주는 더는 대꾸하지 않았지요. 말없이 운전대를 잡고 나가던 한민주가 말을 꺼낸 것은 그로부터 반 시간이 지난 뒤였어요. 앞만 바라보면서 기습하듯 묻더군요.

"홍형은…… 사랑이 무엇인지 아오?"

"……."

한민주는 운전대 앞의 정면만 응시하면서 잔잔하게 말했어요.

"누군가를 위해 자신을 온전히 바칠 수 있는 것, 그것이 사랑이 아닐까 싶소. 서로에 대한 깊은 이해가 전제되어야겠지요. 그 점에서 본다면 모든 걸 상품화한 사회에서 과연 진정한 사랑이 가능할지 회의적이오. 상품은 헌신과 정반대인 자기 과시가 속성 아니오? 성 자체가 상품이 된 세상이 되었소. 더구나 인간의 기본적인 생존권이 보장받지 못하는 한국 사회에선 더욱 그렇소. 그러다 보니 정반대로 도덕론이 이데올로기로 강조되지요. 스웨덴 사회와는 전혀 다르오. 이중적이지요. 그런데 엄격한 도덕론과 현실적 쾌락주의, 그 이중성은 사실 동전의 양면이라고 생각하오. 그런 상황에서 나 같은 사람이 누군가에게 사랑의 감정을 느꼈다고 하더라도 그것이 진전되기는 어려운 일이지요.”

“나 같은 사람이라는 게 어떤 사람이지요?”

“누군가 자신 있게 날 규정짓더군요. 여성에 대해 터무니없는 환상에 젖어 있는 것 같고 그만큼 상처받기 쉬운 사람이라고.”

“흠, 제가 당했네요.”

한민주는 한 번도 눈길을 돌리지 않은 채 앞만 보고 운전했어요. 이대로 물러날 수 없다는 생각이 들어 다시 물었어요.

“참 힘들게 사시는 것 같아요. 좋아요. 그럼 소설 속의 질문을 던져보지요. 살아가는데 어디서 힘을 얻으세요?”

“궁금하오?”

“네.”

한동안 말이 없다가 불쑥 물어왔어요.

“그럼 내일 오후에 만날 수 있소?”

“데이트 신청인가요?”

“글쎄, 내게 그럴 자격이 있을까? 어쨌든 내가 오후 2시까지 호텔 로비로 가겠소. 괜찮겠소?”

“좋아요.”

저는 조금은 들떴어요. 호텔에 도착해 어떻게 옷을 입을까, 오랜만에 마주친 고민조차 즐거웠지요. 다음날 아침 하늘이 싯푸르게 맑았지요. 화사하게 차리고 내려갔을 때, 한민주는 검은 바바리에 검은 정장을 하고 있었어요. 뭔가 제가 잘못 짚었다는 느낌이 들었지요. 지난밤 어떤 기대감으로 열이 오르던 제 몸으로 썰렁한 한기가 밀려왔어요.

"걷는 것 좋아하오?"

저는 애써 명랑한 말투로 답했어요.

"그럼요. 제가 전공이 산책입니다."

"오늘 차를 갖고 오지 않았소. 그곳으로 가는 길이 좁기도 하고……."

한민주와 호텔 바로 앞에 있는 시청역으로 내려가서 서울 동쪽의 청량리역까지 함께 탔어요. 역에서 나와 한민주가 꽃집을 찾더니 저에게 잠깐 기다리라고 했지요. 그리고 하얀 국화를 한 송이 들고 나왔어요.

"저 주시려고요?"

"갖고 싶소?"

"그럼요! 청초한데요."

"그럼 받아요. 다만 한 시간 뒤 만날 사람에게 건네야 하오."

"누굴 만나는데요?"

한민주는 묻는 말에는 대답없이 버스를 더 타야 한다며 정류장으로 갔지요. 버스에 올라 나란히 앉았을 때 물었어요.

"어디 가세요?"

"내가 살아가는데 힘을 얻는 곳."

짧은 답변은 제게 더는 묻지 말라는 강한 시사였지요. 저도 침묵하기로 했어요. 어디일까. 곰곰 생각하며 저는 마침내 정답을 알아냈다고 내심 미소를 지었지요. 한민주의 분위기로 보아 아마도 휴전선이 틀림없다고 생각했지요. 한 시간 남짓 지나 내린 곳은, 그러나 휴전선이 아니었어요. 경기도 마석의 모란공원이었지요.

버스 정류장에서 내려 미술관을 지나 공원으로 들어섰을 때 한민주가 다시 말문을 열었어요.

"조금 지친다 싶을 때 찾아오는 곳이오. 어머니 무덤과 달리, 여기는 서울에서 가깝기에 찾아오는 데 부담도 없소."

얼굴 표정이나 말투 두루 엄숙해 농담을 던지려다가 목 끝에서 멈췄어요. 모란공원에 들어서면서 얕은 산으로 둘러싸인 곳 가득 무덤들이 보였어요. 곧 민주열사 추모비가 보이더군요.

"노동운동과 민주화운동에 헌신한 분들이 묻힌 곳이오. 한 분, 한 분, 모두 사람에게 사랑이 무엇인가를 우리에게 온 몸으로 증언하는 삶을 살아갔소. 모두 참배해야겠지만 먼저 갈 곳이 있소."

39

무덤 사이를 한민주가 앞서서 걸었어요. 발맘발맘 따라가며 저는 가슴이 우릿했어요. 비석에 적힌 '노동운동가'나 '노동열사' 또는 '민주투사'라는 묘비명들 때문만은 아니었어요. 무덤 앞 유리상자에 놓인 고인의 영정들이 한결같이 젊고 맑은 얼굴이었어요. 저 눈부신 젊은이들이 모두 삶을 떠났다는 사실이 앙가슴을 아프게 파고들었지요.

무덤과 묘비들을 보며 걸어가던 저는 공원 가운데 있는 무덤 앞에 한민주가 서 있는 걸 보았어요. 가장 먼저 눈에 들어온 것은 지금도 제 가슴에 꽂혀 있는 슬픈 동상이었어요. 무덤 왼쪽에 가슴으로 서 있는 검은 동상. 책을 한 권 들고 팔짱을 낀 모습이었지요. 동상의 까만 얼굴 위에는 붉은 띠가 묶여 있었어요.

"단결·투쟁."

숯처럼 검은 동상을 보며 전 무덤 아래 묻힌 스물두 살 노동자가 자신의 몸을 불살랐다는 사실을 새삼 절감했어요. 아, 어떻게 그럴 수가 있었을까요. 스웨덴에서 자라난 저는, 어쩌다가 칼로 손가락을 베일 때도 쓰라림에 소름이 끼치는 저로서는, 꿈에도 상상할 수 없는 일이지요. 1970년 11월 13일 평생 배불리 먹어보지 못했다는 청년이 주린 창자를 불사르던 그 시각에 저는 행복한 동화의 나라에 살고 있었으니까요. 추모하는 저의 마음까지 담아드렸지요. 한민주는 바바리 주머니에서 팩소주와 종이컵을 꺼냈어요. 전태일 열사에게 술잔을 올렸지요. 저는 하얀 국화를 드릴 사람이 누구인지 알 수 있었어요.

남은 술을 제게 권하며 물었어요.

"칼 마르크스…… 그 무덤에 가보았소?"

"아직요."

"그 막강한 스웨덴 사회민주당이 당원 교양을 제대로 함양시키지 않는군요."

한민주가 슬며시 웃더군요. 전 부끄러웠어요. 런던과는 정반대인 곳에 사는, 그것도 '빨갱이 사냥'이 여전한 나라에 살고 있는 언론인이 간 곳을, 정작 가까운 거리에 있는 스웨덴의 저는 가보지 않았으니까요. 양부모님과 런던을 여행할 때도 미처 가볼 생각조차 못했지요.
아니 그곳에 마르크스의 묘가 있다는 사실조차 기실 몰랐어요.

　"마르크스의 가슴상과 전태일의 가슴상은 언뜻 보면 전혀 다르지
만 한 가지 아주 중요한 점에서 닮았소. 보세요, 여기 위를."

　한민주가 가리키는 곳에는 '내 죽음을 헛되이 하지 말라'가 새겨
있었어요.

　"마르크스 가슴상 바로 아래에도 간명한 글귀가 새겨 있어요. 뭐겠
어요?"

　"음, 제 교양의 수준을 밑바닥까지 드러내려고 작심하셨군요. 가보
지 않은 '죄'를 졌으니 묵묵히 인내해야겠지요. '철학자들은 세계를
다양하게 해석해왔을 뿐이다. 그러나 중요한 것은 세계를 변혁하는
것이다'일까요?"

　한민주가 부드럽게 눈웃음을 보내기에 맞다고 생각했지요. 그런데
아니었어요.

　"홍형, 역시 지식인의 한계를 벗어나지 못하는군."

　싱그레 웃으며 말하더군요.

　"절반의 합격이오. 그 명제는 동상 아래에 적혀 있소. 여기 전태일
열사상에는 '불꽃으로 살았어라!! 해방으로 이뤘어라!!'가 새겨 있지
요? 마르크스 동상 바로 아래에 새긴 글은 '만국의 노동자여, 단결하
라'이오."

　"저 전태일 열사가 들고 있는 책은 그럼 공산당선언인가요?"

　"그렇지 않소. 한국 사회는, 아직 공산당선언조차 마음놓고 읽을 수
없는 사회라오. 전태일이 들고 있는 것은 노동법 책이오. 자신의 몸과
함께 불태웠소. 기초적인 노동법조차 지켜지지 않았던 사회에 온 몸

202

을 다해 던진 항거였소.”

무덤 오른쪽에 선 '전태일 동지 추모비'의 비문을 읽었어요.

세월이 흐를수록 더욱 생생하게 되살아나는 죽음이 있어 여기 한 덩이 돌을 일으켜 세우나니, 아, 아 전태일. 우리 민중의 고난의 운명 속에 피로 아로새겨진 불멸의 이름이여.

이어진 비문에서 그가 1948년 8월 26일 대구의 한 가난한 노동자 집안에서 태어난 사실을 알았어요. 대한민국의 '나이'와 같은 노동자의 분신은 당시는 물론이고 그 뒤에 노동의 길을 걸어간 대다수 사람들에게 엄청난 충격이 아니었을까 싶어요. 비문의 다음 내용은 침착한 저의 감성까지 흔들었으니까요.

스스로 몸을 불살라 스물두 해의 짧은 생애를 마쳤다. 이 폭탄과 같은 죽음이 사람들의 억눌린 가슴가슴을 뒤흔들어 저 숨막히는 분단독재의 형틀에 묶여 있던 노동운동의 오랜 침묵을 마침내 깨뜨렸고…….

한민주가 회고하듯 말했어요.

“난 그때 대학 2학년이었소. 순박하기만 했던 문학청년을 학생운동의 길로 전환시킨 결정적 사건이었소.”

“그런데 왜 기자를 하셨어요?”

“혁명을 하려면 먼저 독재정권과 자본의 이익만 대변하는 언론을 바꿔야겠다고 생각했소.”

"그럼 그만두신 이유는 이미 언론을 바꿨다고 생각한 건가요?"

"그건 아니오. 언론을 바꾸고 싶은 게 어느 정도는 이뤄졌고, 앞으로 내가 할 일은 언론사 밖에 있다고 생각했소."

"언론사 밖?"

"그렇소. 언론운동도 그 자체가 목적일 수는 없지 않소? 두 나라로 갈라진 조국을 하나의 진정한 민주주의 공화국으로 거듭나게 하는 데 언론이 공론장으로서 제 구실을 해야 한다고 생각했소."

"아직도 혁명을 꿈꾸세요?"

"홍형은 어떻소?"

"저는 혁명가라기보다 개혁주의자입니다. 스웨덴 사회민주주의가 그렇듯이."

"나도 무장봉기로 혁명을 이루겠다는 생각은 없소."

"그렇다면 사회민주주의자 아닌가요?"

"하지만 유럽의 사회민주주의자들은 오래 전에 혁명의 꿈을 잃지 않았소?"

"그럼, 이제 혁명을 이루는 데 나설 셈인가요?"

"이루는 데 밑돌이 되고 싶다는 게 정확하겠지요."

"무슨 일을 할 생각인데요."

"역사를 조금은 더 길게 보고 있소. 교육의 중요성을 갈수록 절감하고 있소. 서울로 올 때 청년학교 이야기를 들려주지 않았소? 청년들이, 그리고 노동자들이, 현실을 정확히 보고 실천할 수 있게 하는 데 조금이라도 기여해볼 생각이오."

"그러세요?"

"고백하자면 스웨덴의 노동자교육협회와 비슷한 일이오 홍련화 씨와 거의 같은 일을 하는 셈이오.”

“네, 저도 그 생각을 했어요. 하지만 스웨덴에선 그것을 전국단위의 노동조합과 사회민주당 정부가 적극 도와주지만, 여기서는 어렵지 않은가요?”

“어렵기에 누군가는 시작해야 하는 것 아니오?”

“그렇군요.”

한민주가 힘들 때 자주 찾아오는 곳이 왜 모란공원인지도 어렴풋이 짐작할 수 있었지요.

“소설은 더 안 쓰시나요?”

“꼭 다루고 싶은 주제가 있는데 진전이 안 되오.”

“어떤 소설인가요?”

“한국 현대사의 진실을 소설로 담아내고 싶소.”

“제가 좀 도발적 질문을 해도 괜찮겠지요?”

“허허, 왜 그러시오?”

“혁명의 꿈을 잃은 지 오래인 유럽 사회민주주의자로선 몹시 궁금해서요.”

“그 말에 마음 상했소? 미안하오.”

“아니, 옳은 지적이라고 생각해요. 그래서 묻는데요. 혁명을 꿈꾸는 사람이 의자에 앉아서 소설을 쓴다는 게 조금 이상하지 않아요?”

“그렇죠? 나도 그렇게 생각하오.”

한민주는 짧게 말하고 입술을 다물었어요.

“제가 너무 심했나요?”

“나도 하나 물어봅시다.”

“네, 좋아요.”

“그럼 뭘 해야 한다고 생각하오?”

“민중 속으로 들어가야 하지 않나요. 조직도 하고.”

“민중 속으로 어떻게 들어갈까요?”

“소설로 들어가시겠다는 거 아닌가요?”

“꼭 그렇지는 않소. 하지만 소설은 모든 걸 담을 수 있는 그릇이오. 혁명도 그렇소. 더구나 혁명은 찌든 사회에서 해방된 새로운 감수성을 요구하고 있소. 자극적 오락과 정보 홍수로 잃어버린 감성, 그 감성을 되살리는 데 난 소설 이상의 무기를 발견하지 못했소.”

“소설이 그럼 수단이란 말인가요?”

“그런 말은 하지 않았소. 단순하게 수단이나 목적을 따질 문제가 아니오. 잃어버린 진실을 발견하고 순결한 감성을 되찾는 일, 소설의 힘은 그곳에 있다고 생각하오. 혁명은 역사적 진실과 감성을 되찾은 사람들이 선택할 문제이고, 작가의 몫도 바로 거기까지 아닐까 싶소.”

“좋아요. 소설이 모든 걸 담을 수 있는 그릇이라는 말에 전적으로 동감해요. 실은 저도 요즘 소설 습작을 하고 있어요.”

“짐작하고 있었소.”

“네? 어떻게요?”

“홍형은 세상에 하고 싶은 이야기가 많은 사람 아니오? 그걸 비우지 않으면 가슴앓이가 점점 심해질 거요.”

“저를 잘 아시는 듯 말씀하시네요.”

“일종의 직업병이지. 기자란 남들이 숨기고 싶어하는 걸 꿰뚫어보는 게 하는 일이오.”

저는 말문이 막혔어요. 조금은 어색해서 말을 돌렸지요.

“솔직히 저는 오늘 휴전선으로 가는 게 아닐까 싶었어요.”

“그랬소? 휴전선을 보러가기는 쉽지 않아요. 그리고 더 중요한 것은 휴전선이 다른 데 있지 않다는 사실이오. 바로 여기가 휴전선이오.”

40

다시 최천민의 보고서로 돌아가지요. 그의 보고서를 당신께 모두 보내드리는 것은 결례라는 생각이 들어요. 더구나 전태일의 불꽃을 민들레의 연장선에서 바라보았던 최천민이 저의 예상과 달리, 아니 정반대로, 책 속으로 걸어갔기 때문이지요. 아마도 1970년대의 엄혹한 군사독재가 그런 길을 선택하게 은연중에 강제하지 않았을까 싶어요. 한민주에 따르면 전태일의 죽음으로 불타오르던 노동운동은 1972년의 유신체제로 극도의 탄압을 받게 되었다고 해요. 최천민이 행동보다 책에 매몰된 이유도 거기에 있지 않을까 싶었지요.

그런데 자신이 책 속으로 들어간 까닭을 최천민은 조금 다르게 설명하고 있었어요.

이현상 동지.

전태일의 불꽃은 한국 노동계급의 부활, 해방공간의 그것과 달리 폭넓은 사회경제적 기반 위에서 세찬 부활을 알리는 신호였습니다. 기실 박정희의 경제성장 정책 배후에는 미국이 있었습니다. 미국으로서는 ‘자본주의의 쇼 윈도’인 남쪽이 북쪽보다 경제가 뒤지는 것을 좌시할 수 없었습니다. 당시 조선민주주의인민공화국의 경제는 인민의 노동과 땀으로 눈부신 성과를 일궈내고 있었기 때문입니다. 미국과 군사정권은 남쪽의 조급한 경제성장을 위해 수출주도형 개발 정책을 무리하게 펴나갔고, 그 결과 저임금 노동자들이 쏟아지기 시작했습니다. 노동자들에 대한 독재정권의 폭력적 탄압은 자연스럽게 노동자들로 하여금 초보적인 계급의식을 지니게 했습니다. 칼 마르크스가 일찍이 갈파한 명제를 빌리자면, 결국 미국과 군사독재가 자신들의 무덤을 팔 노동자들을 만든 셈입니다.

이현상 동지.

그러나 저는 여기서 고심하지 않을 수 없었습니다. 절망을 불태운 불꽃, 부활한 희망을 안고 제가 할 일은 무엇일까 의문이 들었습니다. 앞서 보고했듯이 소련공산당과 중국공산당 그리고 조선로동당에 두루 실망한 저에게 그 문제는 한낱 이론의 문제이거나 사변적 관념의 문제는 결코 아니었습니다.

그래서였습니다. 책방에 오는 젊은이들에게 사회과학 서적을 권하는 동시에 저 스스로 칼 마르크스의 원전을 다시 파고들기 시작했습니다. 책방에 자주 들리는 정치학과 대학원생을 통해 복사본을 확보했습니다. 새삼스럽게 마르크스 사상의 위대성을 깨우쳐가고 있습니다. 그리고 혁명적 진리의 깨달음만으로 동지께 보고할 수 있다고 생각했습니다. 어차피 군사독재의 수명은 오래 가지 않을 것이 확실합니다. 대학생들의 반군부독재 운동이 나날이 퍼져가고 있습니다. 지금 제가 할 일은 또다시 사월의 비극을 되풀이하지 않는 일입니다. 젊은 학생들과 노동자들의 피와 죽음을 더는 헛되게 할 수 없기 때문입니다. 바로 그것은 전태일의 유언이기도 했습니다.

최천민의 1975년 보고서는 여기서 조금 더 나아갔어요. 마르크스의 사상과 블라디미르 레닌 그리고 마오쩌둥의 혁명사상을 비교하더군요. 그 대목은 과감히 줄일게요. 제가 당신께 드리는 편지에서 사회과학이나 사회주의 이론을 교양하고 싶은 것은 결코 아니니까요. 당신이 정녕 관심이 있으시면, 나중에 다시 보내드리기로 약속하지요.

다음 보고서는 마지막 문건으로 '조선공산당 재건 55돌 보고서'(2000년 9월)였어요. 최천민은 그 보고서에서 25년 동안 자신이 침묵했던 이유를 들머리에 담았더군요.

존경하는 이현상 동지.

천하에 이 몹쓸 놈을 알아보시겠습니까. 어느덧 일흔의 늙은이가 되어 있습니다. 참으로 뻔뻔스럽게도 고비늙은 나쎄까지 살고 있습니다. 그것도 욕된 목숨을. 10년 전까지만 하더라도 해마다 동지를 찾아뵙고 흔들리는 저를 추슬렀습니다만, 그때마다 보고서는 미룰 수밖에 없었습니다.

급변하는 세계의 혁명정세와 한국 사회의 역사적 흐름을 총괄해서 보고해야겠다는 생각이 사반세기 동안이나 계속 저의 보고서 작성을 가로막았습니다. 결국 시대를 정확히 읽지 못하는 무능과 게으름으로 1985년과 1995년을 건너뛰고 말았습니다.

하지만 조선공산당 재건 55돌을 맞은 올해는 더는 보고서를 미룰 수 없다고 판단했습니다. 제가 노쇠해지면서 언제 어떻게 될지 모른다는 불안감이 올해 초부터 보고서를 쓰도록 재촉했습니다. 거기에 더해 올해 2000년은 새로운 천년이 시작된 해입니다. 다행히 보고서를 쓰기에 적합할 만큼 세계사적으로 그리고 민족사적으로 여러 가지 일들이 매듭지어졌습니다.

동지.

무엇보다 가장 놀라운 세기말의 변화는 소련공산당과 소비에트 사회주의공화국연방의 붕괴입니다. 동지께 그 사실을 보고하는 것만으로도 저는 송구스럽습니다. 미하일 고르바초프라는 인물이 소련공산당 서기장에 취임한 뒤 "레닌으로 돌아가자"는 주장을 폈을 때만 하더라도, 저는 인류사에 새로운 사회주의의 미래가 열릴 수 있다는 기대로 내심 환호했습니다.

하지만 그가 치밀한 정책의 준비 없이 한낱 구호로만 '레닌 회귀'를 내세웠다는 사실이 드러나면서 실망할 수밖에 없었습니다. 혁명 뒤의 사회에서 태어나 공산당 지도자가 된 인물의 과오로 소련이라는 혁명국가의 역사적 실체가 사라지게 되었습니다. 공산당의 붕괴 뒤 해일처럼 밀어닥친 자본과 상품 속에 소련은 저 차르 시대의 이름인 '러시아'로 되돌아갔습니다.

더러는 소련이 본디 국가자본주의 체제였기 때문에 그것이 무너짐으로써 오히려 진정한 사회주의 혁명의 가능성이 열렸다고 주장하지만, 그것은 현실의 냉엄함을 모르는 섣부른 판단이라고 생각합니다. 무너지더라도 누구에 의해 어떻게 무너졌느냐가 중요하기 때문입니다. 소련은 붕괴가 아니라 진정한 혁명사회로 거듭나는 길로 나아가야 했습니다. 하지만 소련공산당에 이은 소련의 붕괴로 미국의 세계 패권은 공고화되었습니다.

결국 미국의 제국주의적 세계 재편이 노골화되기 시작했습니다. 경제적으로는 신자유주의가, 군사적으로는 미국 패권주의가 21세기 세계사에 어두운 그림자를 길게 드리우고 있습니다. 인류가 미국의 제국주의 질서를 벗어나려면 얼마나 험난한 투쟁의 길을 걸어야 할지 솔직히 난감할 때가 많습니다. 물론, 언젠가 인류는 그 길을 찾겠지요 이현상 동지.

두 번째 보고드릴 변화는 조선민주주의인민공화국 김일성 주석의 사망입니다. 그의 사망은 천수(1912~1994)를 누렸기에 호상이었습니다. 하지만 김 주석 다음의 공화국과 당을 이끌 지도자가 주석의 큰아들이라는 사실에 이르면 당혹스럽습니다. 어쩌면 동지께서도 평양에 계실 때 어린 김정일을 보았을지 모르겠습니다. 어떤 공산주의 국가에서도 없었던 일이 처음으로 공화국에서 일어났습니다.

물론, 김정일이 뛰어나서 지도자에 올랐을 수도 있습니다. 정작 문제는 '부자 세습'이라는 대단히 자연스럽지 못한 과정에서 김일성 주석에 대한 개인숭배가 극도로 커졌다는 데 있습니다. 마침내 조선민족을 '태양민족'이라든가 '김일성 민족'이라 부르고 김일성 동지의 출생연도를 기준으로 연호를 쓰는 사태까지 이르렀습니다.

단순한 사상의 문제가 아닙니다. 소련의 붕괴 뒤에도 조선민주주의인민공화국은 경직된 주체사상에 입각한 정책으로 인민 경제가 황폐화했습니다. 자본주의 국가를 넘어선 현대 사회주의를 지향하는 국가에서 최소 수십만 명에 이르는 아사자가 발생하는 참극이 일어났습니다.

사회주의 궤도에서 벗어난 이 모든 이탈은 어쩌면 저 1953년 초가을 지리산 아지트를 내려오던 비극의 날에 이현상 동지의 마음속에 짙게 드리운 어두운 그림일지도 모르겠습니다.

이현상 동지.

하지만 1990년대 말의 대량아사라는 참극은 조선민주주의인민공화국에도 큰 변화를 불러오고 있습니다. 조선로동당도 인민의 아사라는 객관적 현실을 결코 무시할 수 없었을 터입니다. 저는 그 결과가 2000년 6월 15일에 발표된 남북 공동선언이라고 생각합니다. 나라

가 갈라진 지 55년 만에 남과 북의 최고 정치책임자가 만나 합의한
선언문을 보고드리겠습니다.

1. 남과 북은 나라의 통일문제를 그 주인인 우리 민족끼리 서로 힘을
합쳐 자주적으로 해결해 나가기로 하였다.
2. 남과 북은 나라의 통일을 위한 남측의 연합 제안과 북측의 낮은
단계의 연방제안이 서로 공통성이 있다고 인정하고 앞으로 이 방
향에서 통일을 지향시켜 나가기로 하였다.
3. 남과 북은 올해 8 · 15에 즈음하여 흩어진 가족, 친척 방문단을 교
환하며 비전향 장기수 문제를 해결하는 등 인도적 문제를 조속히
풀어 나가기로 하였다.
4. 남과 북은 경제협력을 통하여 민족경제를 균형적으로 발전시키고
사회 · 문화 · 체육 · 보건 · 환경 등 제반 분야의 협력과 교류를 활
성화하여 서로의 신뢰를 다져 나가기로 하였다.
5. 남과 북은 이상과 같은 합의사항을 조속히 실천에 옮기기 위하여
빠른 시일 안에 당국 사이의 대화를 개최하기로 하였다.

어떻습니까, 동지. "남측의 연합제안과 북측의 낮은 단계의 연방제
안이 서로 공통성이 있다고 인정하고 앞으로 이 방향에서 통일을 지
향시켜 나가기로" 합의한 것은 '자주적 통일'의 큰 진전이 아닙니까.
남과 북의 경제협력과 민족경제의 균형적 발전도 마찬가지입니다.
남과 북, 북과 남이 연합－연방제로 평화적 통일에 합의한 것은 민족
통일의 큰 그림을 그렸다는 데 의미가 있습니다.
　문제는 남북 공동선언 실현에 외세가 걸림돌이 될 수밖에 없다는
데 있습니다. 공동선언을 온전히 실천해 나갈 주체를 올바르게 형성

하는 것이 핵심적 과제인 까닭이 여기 있습니다.

바로 그 지점에서 세 번째로 대한민국 내부의 변화를 보고드리겠습니다.

41

이승만에 이어 박정희도 마침내 무너졌습니다.

그 시작은, 미국에 가발을 수출하는 공장의 여성 노동자들이 생존권 보장을 요구하며 제1 야당인 신민당 당사에서 벌인 농성이었습니다. 경찰의 폭력적 진압으로 여성 노동자 김경숙이 숨진 뒤 야당까지 탄압하자 학생과 시민들이 군부의 독재에 맞서 일어났습니다. 폭압적인 독재체제에 맞서 거리로 나섰습니다.

부산과 마산에서 일어난 대규모 시위는 군부독재 내부의 분열을 불러왔습니다. 그 결과 민주화 시위를 탱크로 진압하려 했던 대통령 박정희와 경호실장 차지철을 중앙정보부장 김재규가 권총으로 사살했습니다. 조직폭력배 세계에서 일어날 법한 일들이 벌어진 셈입니다. 일본군 장교로 일본 왕에게 충성을 맹세한 박정희, 동지들을 밀고하고 배신한 뒤 쿠데타를 일으켜 독재권력을 누린 박정희는 결국 젊은 여자를 동반한 술자리에서 측근의 총을 맞고 세상을 떴습니다.

자신의 아내까지 총을 맞아 비명에 갔으니, 어찌 보면 가련한 인물일지도 모르지만, 박정희가 저지른 해악을 떠올리면 너무 오래 살았다고 할 수밖에 없습니다. 더러운 제 한 목숨 살고자 수많은 동지들

을 밀고해 사형장으로 보냈습니다. 쿠데타로 권력을 잡은 뒤에도 애
국지사들을 죽였고 감옥에 갇혀 있던 빨치산 동지들에게는 '사상 전
향'을 강요하며 사람으로 차마 저지를 수 없는 고문을 자행했습니다.
손윤규 동지를 비롯해 숱한 혁명가들이 목숨을 잃었습니다. 인두겁
을 쓴 박정희가 비명에 간 것은 업보임에 틀림없습니다.

민중의 온전한 승리가 아니었기에 귀결은 군부독재의 연장이었습
니다. 권력투쟁을 거치면서 김재규는 체포되고 국군보안사령관 전두
환이 정권을 장악했습니다. 그 과정에서 위대한 오월항쟁이 일어났
습니다.

빨치산 투쟁 뒤 처음으로 이 땅에서 민주시민들이 총을 들고 싸웠
습니다. 하지만 미국의 방조 아래 자행된 학살로 수백여 명의 민중이
생때같은 목숨을 빼앗겼습니다.

사월의 비극이 오월의 학살로 반복되어 나타났습니다. 투쟁을 지
도할 당이 없었기 때문입니다. 1970년대에 투쟁적인 운동가들이 남
조선민족해방전선을 결성했으나 아직 대중적 영향력을 지니지 못한
채 모두 검거되었습니다. 오월항쟁이 일어나기 일곱 달 전이었습니
다. 감옥에서 옥사한 이재문과 사형당한 신향식 앞에 저는 부끄러웠
습니다.

하지만 학살과 탄압의 서슬을 뚫고 학생들과 노동자들은 싸워나갔
습니다. 마치 해방전쟁의 폐허에서 사월혁명의 새싹들이 자라났듯이,
오월의 핏빛 무덤 위에서 민주주의를 실현하려는 운동이 시나브로
퍼져갔습니다.

그 시기에 저를 가장 고무했던 변화가 있었습니다. 대학생들이 저
임금에 시달리는 노동현장으로 들어가 노동운동을 벌여나갔습니다.
민들레 책방에서 아르바이트를 하거나 자주 들르던 젊은 친구들 가

운데도 기득권을 버리고 공장으로 들어간 얼굴들이 지금 이 순간에도 떠오릅니다. '민들레'를 찾아오는 젊은이들에게 사상서적들을 권하면서 자연스럽게 다가갈 수 있었습니다.

그런데 1980년대 중반에 접어들면서 학생운동이나 노동운동이 현실과 동떨어져 급진적으로 나아가면서 저의 우려는 커져갔습니다. 러시아 혁명시기의 볼셰비키 혁명이론과 소련공산당의 교조적인 '공식 철학'을 그대로 운동에 도입하는 교조주의적 경향이 나타났습니다. 다른 한편으론 조선로동당의 주체사상이 퍼져갔습니다.

하지만 두 사상이 지닌 한계를 이미 인식한 저로서는 혁명의 전망이 또렷하게 떠오르지 않았습니다. 혁명적 정세는 성숙해가고 있는데 정작 혁명의 사상은 혼란을 맞고 있었습니다. 현실과 거리가 먼 혁명이론들은 넘쳐나는데 실제로 혁명적 현실을 내올 이론은 궁핍했습니다.

그런 가운데 전두환 정권은 노동현장에 들어간 여대생을 성 고문한 데 이어 남학생을 고문 살해함으로써 제 무덤을 팠습니다. 1987년 6월항쟁에 이은 7·8월의 노동자 대투쟁은 한국 사회에서 군부의 권력을 결정적으로 약화시켰습니다. 군부독재에 맞서 민들레처럼 퍼져가고, 불꽃처럼 타오른 학생과 노동자 힘으로 한국 사회의 민주주의는 괄목할 만한 진전을 이뤘습니다.

이는 일본은 물론, 중국에서도 찾아볼 수 없는 역사적 경험입니다. 동아시아 3국 가운데 대한민국에서 아래로부터 민주주의가 성숙해오고 있는 것은 대단히 주목할 만한 '사건'입니다.

물론, 아쉬움도 있습니다. 민주주의가 김영삼과 김대중이라는 두 보수정객의 울타리에 다시 갇히고 말았기 때문입니다. 6월항쟁과 7·8월 노동자 대투쟁의 성과를 또다시 보수정당에 빼앗긴 채 민중은 다시 소외되는 상황으로 내몰리게 되었습니다. 자신을 대변할 정당을 지니고 있지 못하기 때문입니다. 더구나 두 사람은 각각 영남과 호남에 지역적 기반을 두고 있어 사회주의 정당이 발전하는 데 걸림돌이 되었습니다.

이현상 동지.

칼 마르크스는 일찍이 『루이 보나파르트의 브뤼메르 18일』에서 말했습니다.

"인간은 그들 자신의 역사를 만든다. 하지만 즐거이 그들이 원하는 대로 그것을 만들지는 못한다. 인간은 그들 스스로 선택한 환경에서 역사를 만드는 것이 아니다. 과거와 직접 마주치고 과거로부터 주어지고 전수된 그러한 조건 아래에서 역사를 만든다."

나이가 들면서 그 말을 갈수록 더 음미하게 됩니다. 그래서입니다. 소련이 무너진 오늘, 저는 조선공산당 재건에 열정을 쏟았던 그 시대 혁명가들이 오늘 존재한다면 어떤 길을 찾을까 고심해왔습니다. 진보정당을 만들고 민중에게 투표로 호소하지 않았을까요. 선생님이 지금 사셨다면 민중과 함께 호흡하는 진보정치인으로 민중의 사랑을 받으며 새로운 사회 건설에 앞장서지 않을까 싶습니다. 아마도 선생님이라면 스웨덴의 사회민주당보다 더 미더운 진보정당을 열정적으로 일궈가셨으리라 생각합니다.

다행스럽게도 이 땅에서 진보정당이 맹아처럼 솟아나고 있습니다. 민중에 뿌리를 둔 진보정당을 튼실하게 내오는 일, 바로 그것이 혁명의 길이요, 통일의 길이라고 생각합니다.

존경하는 이현상 동지.

천벌을 받아 마땅한 제가 노년에 행복의 호사를 누리고 있습니다.

민들레 책방을 민들레 동무처럼 눈이 맑은 조카에게 물려주면서였습니다. 작은아버지의 막내손녀로 어릴 때부터 총명하고 귀여웠습니다. 모든 게 인연일까요 유치원 다닐 때부터 이상하게 저를 따르더군요 대학에 들어가 기어이 학생운동에 가담하고, 노동현장에 들어갔을 때, 저는 대학교수인 작은아버지 가족들로부터 '의심'을 받아 두 분 내외는 물론, 의사 부부인 사촌동생 내외로부터도 '의절'을 통고받았습니다.

조카 선영이 서울 구로공단에 들어가 활동하다가 수배중일 때 저의 집에서 함께 지냈습니다. 그 시절 저와 선영은 실로 많은 이야기를 나누었습니다. 선영은 레온 트로츠키를 존경했습니다. 만일 그가 레닌의 뒤를 이었다면 세계사가 바뀌었을 것이라고 열변을 토할 때는 거의 반세기 전 김일성대학에서 금련화를 보았을 때 다가오던 열기가 겹쳐졌습니다.

선영은 저보다 혁명에 더 열정적입니다. 때로는 저에게 쁘띠 부르주아의 한계라는 지적까지 서슴지 않습니다. 결혼 적령기가 지났는데도 혁명적 사업에 몰두하겠다며 책방 운영을 밑절미로 여러 가지 활동을 벌여가고 있습니다. 처음 선영이 책방을 경기도의 한 공단으로 옮기겠다고 했을 때, 어떤 상실감에 젖어 반대했습니다만, 막상 조카를 따라 이사한 곳에서 저는 이제 제가 늙었다는 사실을 깨닫게 되었습니다. 선영의 판단이 옳았기 때문입니다.

어느 시기부터인가 점점 매끄러워지는 대학생들의 얼굴과 달리 그곳에서 참으로 깨끗한 얼굴들을 만나게 되었습니다. 가령 넉넉하지 못한 주머니 사정 때문인지 날마다 책방에 찾아와 선 채로 하염없이 책을 읽다가 가는 노동자가 있었습니다. 그가 책방을 나간 뒤 어떤 책을 보았는지 가보았습니다. 칼 마르크스의 생애와 혁명적 사상을 분석한 책이었습니다.

다음날 저녁 무렵에 어김없이 다시 찾아와 다음 대목을 읽어가는 모습이 안쓰러워 그 책을 선물해주었습니다. 앳된 소녀티가 아직 볼에서 가시지 않은 그는 겨우 책 한 권 선물에 감동해 눈물을 글썽였습니다. 저는 언제든 읽고 싶은 책을 꺼내 눈치보지 말고 편하게 읽으라며 책방 한 귀퉁이 자리를 가리켰습니다. 그 일이 계기가 되어 선영이 꾸려가는 모임에 나오게 되었고 우리는 친해졌습니다. 저는 그 똑똑한 노동자, 고수련의 할아버지가 되기로, 그리고 수련은 제 손녀가 되기로 약속했습니다.

선영의 뛰어난 판단력에서, 수련의 혁명적 잠재력에서, 저는 민들레의 부활을 봅니다.

42

최천민의 보고서는 여기서 머물렀습니다. 솔직히 저도 민중이 자신의 이익을 대변하는 진보정당에 표를 몰아주지 않는 게 납득할 수 없었어요. 비이성적인 반공사회에서 그가 얼마나 외로웠을까 미루어 짐작할 수 있었지요. 그가 조선공산당 재건에 평생을 연연한 까닭도 이해할 수 있었지요. 그리고 재건된 조선공산당의 현재적 형태를 보고서에서 스웨덴의 사회민주당과 비교한 대목을 읽을 때는 왜 그가 저에게 스웨덴 생활을 꼬치꼬치 물었는지 이해할 수 있었어요.

야긋 보고서를 다 읽었을 때 저는 무엇보다 궁금한 게 있었어요. 아니, 더 정직하게 말하자면 화가 나 있었지요. 조카를 언급하며 "열변을 토할 때는 거의 반세기 전 김일성대학에서 본 금련화를 보았을 때 다가오던 열기가 겹쳐졌습니다"는 대목에서 눈이 번쩍 뜨였기 때문입니다. 곧장 최천민에게 편지를 보냈지요.

존경하는 최천민 선생님께.

지리산에서 베풀어주신 후의에 깊이 감사드려요. 지금 막 선생님의 웅장한 보고서를 모두 정독했어요. 보고서에 대한 '감상문'은 훗날 기회가 닿는 대로 다시 보내드릴게요

다만, 지금 저는 참을 수 없는 궁금증에 시달리고 있답니다. 저의 어머니와 김일성대학 동창생이라는 사실을 왜 숨기셨습니까? 제가 평양에 간 이야기를 꺼낼 때도 아무런 내색이 없으셨지요 그건 선생님의 사정이 있을 터이니 더는 묻지 않겠습니다.

하지만 저는 선생님께서 저의 어머니에 대해 더 알고 있다는, 그러면서도 뭔가를 숨기고 있다는 직감을 지울 수가 없습니다. 그것은 저의 일방적인 예감인가요 아니면 선생님이 미처 말씀해주시지 않은 이야기들이 있는 것인가요 궁금해서 편지드립니다. 시간이 걸리더라도 꼭 답해주시기 바랍니다.

　　　　　　　2004년 12월 13일 스톡홀름에서 홍련화 드림.

최천민의 편지를 기다렸지요. 하지만 달포가 지나도록 답장이 오지 않았어요. 서울에 다녀온 뒤부터 저는 한민주와 전자우편으로 자주 안부를 주고받기 시작했어요. 전자우편으로 최천민이 보내온 보고서 이야기를 꺼냈더니, 한민주는 보고서 전문을 꼭 읽어보고 싶다고 간

청했어요. 복사해서 보내기 전에, "신문에 기사화하지 않겠다"는 약속부터 하라고 조건을 달았지요. 한민주가 곧장 답장을 보냈어요. 특유의 농담이 깃들어 있어 웃었지요.

"홍 선생, 이제 저는 기자가 아니오. 저를 작가로 인정하기 싫은 게군요. 서운하오."

제가 뭐라고 답했겠어요?

"작가라면 저에게 무서운 경쟁자가 되니 싫겠지요. 작품 소재로 활용하는 것은 더더욱 '엄금'입니다."

그 사이에 저는 최천민의 보고서를 다시 읽어보고 또 한 사람에게 편지를 보냈어요. 그 보고서를 조선로동당은 어떻게 읽을까 궁금했지요. 평양을 떠나기 전에 강민철이 궁금한 게 있으면 언제든지 연락하라고 한 말을 떠올렸기 때문이어요.

망설임 끝에 명함을 찾아 평양으로 편지를 보냈지요. 남쪽을 방문했던 이야기를 간단히 적은 뒤에 물었어요.

"이남에선 빨치산의 운명을 이북이 모르쇠했고, 더구나 이현상의 죽음에는 이북의 암살 지령설까지 퍼져 있어요. 그런 주장이 어디서 비롯되었는지 모르겠지만, 그것이 오해라면 그 근거를 제시해주시면 고맙겠어요. 가능한 조선로동당의 공식 의견을 받고 싶습니다. 이 요구는 남쪽에서 빨치산 활동을 벌인 혁명가의 딸로서는 물론이고, 스웨덴 사회민주당원으로서 진실을 알고 싶은 엄중한 요구이니 결코 무시하지 마십시오."

물론, 평양의 강민철에게 최천민의 보고서까지 보낼 수는 없었지요. 서울과 달리 그것이 평양에선 대단히 민감한 정치적 행위일 수 있으니까요.

강민철 선생이 답장을 보낼 수 있을까, 아니, 그 이전에 내가 보낸 편지를 받아볼 수는 있을까, 걱정이 되었지요. 답이 없어 포기할 무렵에, 그러니까 보름 뒤에 강민철의 두툼한 편지가 도착했어요. 얼마나 반가웠는지요.

홍련화 선생.

홍 선생의 편지를 받고 몹시 반갑고 동시에 몹시 놀랐소 이남에서 빨치산과 우리 공화국 사이에 이간질을 하려는 세력이 있는 것은 어제, 오늘의 일이 아니오. 우리는 그것이 반공사상의 세련된 변종이라고 생각하고, 여기에는 미 제국주의자들의 또 다른 음모가 있다고 생각하오.

홍 선생. 그런 반공화국, 반북 소동은 우리 현실에 비춰보더라도 명백한 거짓말임을 똑똑히 알 수 있소

위대한 수령 김일성 동지와 위대한 령도자 김정일 동지는 지리산 빨치산 대장 리현상을 혁명렬사릉에 안장한 것에 더해 그 가족들에게 깊은 은혜를 베풀었소 외아들 리극은 김일성 수령의 직접 지시로 유학을 다녀와 김일성종합대학 교원으로 일하며 '인민사서'라는 명예칭호를 받았고, 정년을 넘어서도 인민대학습당의 국제도서교환처장으로 일했소 큰딸 리무영은 중앙당 학교를 졸업하고 조선인민군 징치부와 로동딩에시, 둘째딸 리문영은 혁명 유자녀들이 다니는 만경대 혁명학원을 졸업하고 중앙의 한 기관에서 일하다가 김일성 수령의 배려로 당중앙위원회에서 일했소 막내딸인 리상진은 대학졸업 후 외교관으로 활동했고, 위대한 령도자의 배려에 힘입어 2000년 북남정상회담에서 김대중이 평양 만수대 의사당(국회의사당)을 방문했을 때, 안내를 했었소

만일 우리 당이 리현상을 암살하라는 지시를 내렸다면 그렇게 할 수 있겠소? 위대한 김일성 수령이 영도하던 시기에 우리 당은 이미 저 반동들의 소동에 대해 아주 확실한 대답을 내놓은 바 있소 그 자료를 첨부하니 더는 이간질에 넘어가지 말기 바라오.

홍 선생에 이 글을 쓰고 있는 지금 해방 60돌의 찬란한 햇발이 백두산 영마루에서부터 공화국을 비추고 있소 하지만 이 뜻깊은 해에 미 제국주의자들은 우리 공화국을 침략할 구실을 찾기 위해 눈에 핏발을 세우고 있소 공화국은 지상에 마지막 남은 사회주의를 압살하려는 제국주의자들에 맞서 우리가 지닌 모든 힘을 결집해나갈 생각이오 우리는 북과 남 그리고 해외에 사는 모든 우리 민족이 단결함으로써 비로소 민족위기를 벗어날 수 있다고 생각하오 위대한 수령님의 교시와 결단으로 과거에 깨끗하게 사라진 종파주의 전통을 애써 되살리려는 것은 누구를 위해서도 도움이 되지 않소 홍 선생은 그런 패배주의자들의 사고에 오염되지 않길 바라오.

2005년 1월 1일 평양. 강민철

강 선생이 보내온 당의 의견은 "1992년 10월 7일(수요일) 〈로동신문〉 2면"에 공표되었다고 해요. 실제로 신문을 복사해서 동봉했더군요. 신문 제목은 "멀리 세월은 흘러도 변함없는 숭고한 혁명적 의리/ 지리산 인민유격대 대장이었던 리현상 동지와 그의 유가족에게 베푸신 신임과 배려"였어요. 다음 편지에 당신께 전문을 보내드리지요.

43

온 나라가 사회주의 건설에서 새로운 혁명적 대고조로 들끓고 있던 1968년이였다. 이해 여름 어느 날 평양시의 한 회의실에서는 엄숙한 분위기 속에 우리 당과 인민의 위대한 수령 김일성동지께서 혁명렬사들과 애국렬사 유가족들에게 보내시는 렬사증을 수여하는 행사가 있었다.

이날 렬사증을 수여받기 위하여 맨 처음으로 이름을 불리운 유자녀가 주석단 앞에 나섰다. 기침 한 점 없이 숙연한 가운데 행사를 주관하는 항일의 로투사가 렬사증을 펴들고 기재된 내용을 읽어나갔다.

≪번호 000001. 렬사 성명 리현상 생년월일 1905년 9월 27일…….≫

순간 장내에는 격정의 파도가 갈기를 날리며 일었다.

리현상, 남조선 혁명가인 그는 그 땅에서 미제의 식민지통치를 청산하고 분렬된 조국을 자주적으로 통일하기 위한 싸움에 총을 잡고 나선 지리산 인민유격대 대장으로서 1953년 9월에 격전장을 더운 피로 물들이고 장렬하게 전사하였던 것이다.

위대한 수령님께서 보내시는 렬사증을 받아 안고 격정을 터뜨리는 렬사의 아들을 바라보는 사람들은 세월의 풍상 속에 변함없이 베풀어지는 숭고한 의리에 감동을 금치 못해 하였다.

리현상 렬사와 그 유가족에게 근 반세기에 걸쳐 베풀어지고 있는 신임과 의리 깊은 사랑에 대한 이야기, 그것은 조국의 운명, 민족의 운명을 놓고 심장과 심장을 마주 비빈 전사 모두를 끝까지 이끌어 내세워주며 그 유가족들도 선렬의 뜻을 따라 혁명의 핏줄기를 줄기차게 이어나가도록 보살피는 위대한 어버이 품에 대한 감동깊은 이야기이다.

1946년 초여름의 어느 날이였다. 위대한 수령 김일성 동지께서는 이날 집무실에서 남조선에서 온 한 혁명가를 맞으시였다. 중키에 다부진 몸매, 검은 테 안경에 총이 센 머리카락을 단정히 갈라 넘긴 40대의 그가 서울에서 온 리현상 동지였다.

문가에까지 마주 나가시여 그를 반가이 맞아주신 위대한 수령 김일성 동지께서는 《동무를 다시 만나게 되니 반갑습니다. 그사이 별다른 일은 없었습니까?》라고 하시며 다정히 손잡아 방 안으로 이끄시였다.

근 반세기에 걸치는 일제식민지 노예의 멍에를 벗어 던지고 광복의 새날을 맞은 조선 인민에게 민족이 둘로 갈라지는 비극적인 운명이 강요되였다. 자주의 기상이 넘치는 조국 북반부 인민들과는 달리 남조선 인민들에게는 일제통치시기를 릉가하는 식민지노예의 멍에가 또다시 들씌워지고 있었다. 국토분단, 민족분렬의 위기가 짙어갈수록 리현상 동지의 생각은 오직 북으로만 쏠리였다.

(민족의 위대한 령수 김일성 장군님을 다시 만나뵙자. 그분께서만이 민족분단의 이 난국을 타개할 유일무이한 방략을 안고 계신다.)

이렇게 마음을 굳힌 리현상 동지는 겨레가 당하는 비운을 통탄하며 또다시 총성이 잦은 38선을 넘었다.

위대한 수령님께서는 사선을 뚫고 온 그를 피바다, 불바다를 함께 넘어온 혁명전우와도 같이 뜨겁게 맞아주시였다.

항일의 20성상 눈바람 헤치시며 이국의 산야에 부모형제들을 묻으시고 열혈의 투사들이 피를 뿌린 것은 결코 나라의 절반 땅만을 위한 것이 아니였다. 이것으로 하여 언제나 아픈 가슴을 안고 계시는 위대한 수령님께서는 나라가 분단되고 그 절반 땅이 영영 미제의 식민지로 먹히우느냐 마느냐 하는 때에 혈로를 뚫고 다시 찾아온 리현상 동지가 못내 대견하시였다. 위대한 수령님께서는 그를 자리에 앉혀주시며 그대 건강은 어떻습니까 하고 다심한 심정으로 물으시였다. 그를 처음 만나신 그때에 한 일군으로부터 그가 연 12년 8개월간이나 일제놈들의 감옥살이를 하면서 모진 고문을 당한 사실을 들으신 것을 잊지 않고 계시다가 물으시는 말씀이였다. 리현상 동지는 갑자기 눈물이 글썽해졌다. 그 한마디 말씀에 실린 어버이 심정이 마음의 금선을 드세게 흔들어놓은 것이였다.

≪제가 진정 걱정되는 것은 장군님의 건강입니다. 장군님을 모시여 조국광복의 새날을 맞은 겨레는 장군님께서 계시여 통일조선의 새날도 맞게 된다는 신심에 넘쳐 있습니다. 이 신심이 없다면 남조선 인민들이 어찌 항쟁의 거리에 오늘처럼 떨쳐나설 수 있겠습니까.≫

위대한 수령님께서는 자신의 건강은 걱정말라고, 통일위업을 앞두고 민족의 기대가 어깨에 실리여 그런지 잠을 잊고 일해도 힘이 솟는다고 하시며 호탕하게 웃으시였다. 리현상 동지도 그이의 웃음에 이끌리여 소리내어 웃었다.

이윽고 리현상 동지는 자기가 알고 싶었던 문제들, 조국통일의 방도며 애국과 통일을 부르짖으면서도 주의주장이 서로 다른 정당, 단체들과의 사업, 급변하는 국제정세의 추이에 대처하기 위한 전략문제 등 수많은 문제들에 대하여 정중히 말씀드리였다.

위대한 수령님께서는 그에게서만이 아닌 남조선에서 찾아오는 수많은 정치인들이며 학자들, 청년학생들에게서 자주 듣게 되시는 이 물음에 하나하나 구체적인 가르치심을 주시였다.

리현상 동지는 천리혜안의 비범한 예지로 착잡하게 얽힌 대세를 몇 마디 말씀으로 쭉 갈라 흑백을 분명히 헤쳐보이시면서 민족자주

정신과 민족단합의 사상을 펼치시고 애국애족의 숭고한 리념으로 겨레가 나아갈 길을 환히 밝히시는 경애하는 수령님을 시종 감격과 감동에 넘친 얼굴로 경건히 우러렀다. 그는 칠흑같이 어두운 밤 풍랑 사나운 망망대해를 돛대도 삿대도 라침판도 없이 표류하다가 문득 눈부신 등대를 발견한 느낌이었으며 10년을 파헤쳐야 터득할 리치를 순간에 깨닫게 되는 심정이었다.

(아! 정녕 이분이시구나! 항일혁명투쟁사에서 천출위인으로 칭송되여오신 이분께서만이 겨레가 운명을 의탁하고 높이 받들어야 할 통일의 구성이시고 민족의 어버이시고 위대한 령도자이시다. 내 이분을 따라, 이분을 받들어 이 땅에 근로인민이 복락을 누리는 통일조국을 일떠세우는 데 몸바쳐 싸우리라.)

경애하는 수령님을 만나뵈올 때마다 한없이 고매하고 출중한 인간상에, 사상과 리념을 초월하여 조국과 민족을 우위에 놓으시는 투철한 애국애족의 그 넋에 감탄하고 매혹되곤 하는 그는 걸출한 수령을 모신 조선민족의 행복, 위대한 스승, 위대한 령도자를 따르게 된 자신의 행운이 절감되면서 가슴이 벅차올랐다.

오랜 시간에 걸쳐 위대한 수령님의 가르치심을 받게 된 그는 자기 한 몸을 태워서라도 조국통일의 새날을 안아오는 길에 한 점의 불꽃으로 타오르리라는 결심을 품고 수령님께 작별인사를 올리였다.

위대한 수령님께서는 어려운 걸음을 걸어 찾아왔으며 인제 떠나면 언제 다시 만날지 기약할 수도 없는 그 길로 떠나가는 그와 작별하게 되는 것이 가슴쓰리시였다. 하지만 남조선혁명가로서 그 땅에 외세도 파쑈도 없는 새 세상을 일떠세우고 통일의 그날을 기어이 안아오려는 결심을 그의 눈빛에서 다시 읽으신 위대한 수령님께서는 격정의 파도를 애써 누르시며 리현상 동지에게 하고 싶은 말이 있으면 마저 다 하라고, 부탁이 있으면 서슴지 말고 어서 다 말하라고 하시였다.

리현상 동지는 흘러내리는 안경을 바로잡으며 생각에 잠기더니 위대한 수령님을 경건히 우러르며 뜨덤뜨덤 말씀을 올리였다.

≪저의 아들딸 4남매의 앞날을 오직 장군님께 의탁하고저 합니다.≫

경애하는 수령님께서는 그러는 그의 손을 잡으시고 어서 아이들을 보내라고, 아들도 보내고 나라의 동량이 될 유망한 청년들도 뽑아보내라고 말씀하시였다.

그날 밤이였다. 북향길에 품었던 만가지 소망을 다 푼 리현상 동지는 대동강변에 나섰다. 때는 망종을 앞둔 계절이여서 여름기운이 완연하였다. 굼니는 강물에 드리운 수양버들가지를 잡고 대동문이며 부벽루 쪽을 바라보는 그에게는 지나온 생애가 더듬어졌다.

<을사5조약>이 강박 속에 날조공포된 1905년에 전라북도 금산군 산골농가에서 출생한 리현상 동지는 일찍부터 반일독립운동 대렬에서 싸웠다. 보성전문학교 등에 다니던 시기 6·10만세시위투쟁과 광주학생시위투쟁에 참가하여 청년학생들의 선두대오에서 싸운 그는 한때 조선공산당재건운동에도 관계하였었다. 이러한 리현상 동지에게 있어서 삼천리를 진감한 보천보의 총소리와 그 몇 해 후에 서대문형무소에서 항일혁명투사들인 권영벽, 박달 동지들과 상종하게 되면서 전해듣게 된 위대한 수령님의 저민항쟁방침은 그의 인생 행로에서의 전환점으로 되었다. 이 시기부터 애국의 피로 끓는 그의 가슴속에는 조선혁명의 령수는 절세의 애국자이시며 항일의 전설적 영웅이신 경애하는 김일성 장군님이시며 오직 장군님을 따라야 도탄에 빠진 나라와 민족을 구원하고 3천리 강산에 인민의 새 나라를 세울 수 있다는 확고한 신념이 뿌리내리게 되었다.

1943년 서대문형무소에서 들것에 실려 고향에 돌아온 그는 절망에 우는 가족들에게 이렇게 말했다고 한다.

≪우리 민족의 령수는 오직 한 분밖에 안 계신다. 그분은 백두산의 천출장수 김일성 장군님이시다. 너희들은 다른 그 누구도 믿지 말라. 오직 한 분 김일성 장군님만을 하늘처럼 믿고 살아야 한다.≫

그것은 그 자신의 신념이었으며 필생의 좌우명이기도 하였다.

이러한 그였기에 8·15 후 홍명희, 허헌, 리국로 선생들과 함께 '김일성 장군 환영위원회'사업에 발벗고 나섰으며 진보적 인사들을 만나 련공, 련북이야말로 애국애족의 길이며 민족통일의 길임을 력설하면서 수많은 애국자들과 량심적인 지성인들이 위대한 수령님의 품을 찾아 북향길을 걷게 하였던 것이다. ……

리현상 동지가 평양을 떠난 때로부터 두 달이 되어오던 그해 8월이였다. 위대한 수령님께서는 리현상 동지의 아들과 감격적인 상봉을 하시였다. 위대한 수령님께서는 리현상 동지의 아들과 서울에서 같이 온 몇 명의 청년들을 만나주시고 먼길을 떠나오느라고 고생을 많이 했겠다고, 오는 도중에 별다른 일은 없었는가고 하시며 나이도 얼굴모습도 어슷비슷한 그들 속에서 리현상 동무의 아들이 누구인가고 물으시였다.

리극이 일어나 정중히 인사를 드리자 위대한 수령님께서는 그의 얼굴을 띄어보시며 미소를 담으시고 동무가 리현상 동무의 아들이라…… 그래 이름이 무엇이요 하고 다정히 물으시였다. 이름이 리극이라는 대답을 들으신 위대한 수령님께서는 ＜이길 극＞ 자를 쓴다는 것까지 헤아리시고 ≪항상 이긴다는 뜻이구만, 이름이 좋습니다≫라고 말씀하시였다.

위대한 수령님께서는 이날 오랜 시간에 걸쳐 정세에 대해, 통일의 전망에 대해 말씀하시고 나서 어서 류학갈 수 있는 수속들을 하라고 이르시고 나라사정이 곤난한 조건에서 동무들 모두를 공부시킨다는 것을 잊지 말고 하나를 배우면 열씩 알기 위해 노력하라고 간곡히 타이르시였다. 그러시고는 우리는 동무들을 나라의 기둥감으로 생각한다고, 언제나 조국의 현실에 대해 잊지 말고 조선혁명에 써먹을 수 있는 지식을 소유하기 위해 노력하라고 뜨겁게 말씀하시였다.

리극이 먼저 일어나 감격에 목메이며 감사의 인사를 올리였다. 이 순간 위대한 수령님께서는 리현상 동지의 잊지 못할 얼굴이 더듬어지시는 듯 그의 어깨를 자애로운 손길로 쓸어주고 다시 쓸어주시였다.

＿산야에 뿌려진 령혼에 붉은 기폭 덮어주시려는 심정으로

위대한 사랑이 수놓아지던 때로부터 세월은 흘렀다. 1950년 6월 미제와 남조선 괴뢰도당은 오래 전부터 준비해오던 전쟁의 불집을 터뜨렸다. 리현상 동지는 그때 이미 지리산에 들어가 인민유격대를 지휘하고 있었다. 지하투쟁의 나날을 이어가던 그는 미제와 그 괴뢰도당에 의하여 피비린 파쑈의 광풍이 온 남녘 땅을 휩쓸자 손에 무장을 잡았다.

지리산으로 말하면 일제말기부터 리현상 동지와 인연이 있는 산이였다. 서대문형무소에서 항일혁명투사들로부터 위대한 수령님께서 제시하신 전민항쟁방침을 전해들었을 때 그는 기어이 살아 나가서 장군님의 령도를 받들고 싸울 결심을 품었었다. 그는 20여 일간이나 단식을 하여 병보석으로 가석방되는 데 성공하자 지리산에 깊이 들어갔으며 그곳에 비밀근거지의 터전을 잡고 애국적 청장년들로 전민항쟁조직을 꾸려나갔다. 이러한 지리산이여서 산의 생김새며 계곡과

바위홈타기에 이르기까지 손금보듯 알고 있은 리현상 동지는 그곳에서 항쟁의 총소리가 울리자 곧 지리산으로 달려가 유격대장으로서 항전을 계속하는 가운데 조국해방전쟁을 맞이한 것이였다.

전체 인민과 인민군대를 전쟁승리에로 이끄시는 나날에 위대한 수령님께서는 남반부의 인민유격대 앞에 나서는 과업을 제시하면서 ≪남녀 빨찌산들은 적후에서 유격전을 강화하여 적의 통신수단을 파괴하며 적의 참모부와 전투기재를 분쇄하라≫라고 호소하시였다.

위대한 수령님의 호소에 접한 리현상 동지는 반공격의 길에 오른 인민군부대들이 전쟁 후 3일 만에 서울을 해방한 데 이어 수원, 청주, 대전을 해방하고 대구에로 육박해오고 있는데 고무되면서 대오를 이끌고 락동강계선으로 뛰쳐나왔다.

이 시기 조선인민군 최고사령부 보도들에서는 인민군부대들의 진격에 호응하여 경상남북도의 여러 지역들에서 유격대원들이 적후방을 계속 교란시키고 있는 소식들이 전해졌다. 〈로동신문〉에는 〈지리산의 용사 리현상 유격대〉라는 제목 밑에 거창, 함양, 합천 등지에서 적 군용렬차와 경찰관서를 습격하였으며 1950년 8월에는 대구 근방의 달성군에서 미군의 무선전신대를 기습하고 창녕군에 있던 미군사령부를 습격소탕한 전과보도가 실리였다.

지리산의 인민유격대원들이 ≪락동강 시절≫이라 부른 이 시기의 투쟁은 리현상 동지가 위대한 수령님의 명령지시에 얼마나 충실했는가를 잘 말해주고 있다. 리현상 동지가 충청북도 소재지인 청주시에 대한 습격전투를 단행하여 씨아이씨 본부와 도청, 경찰서, 형무소, 은행 등을 점거하고 형무소에 감금되었던 애국자들을 탈환한 사실은 오늘도 남녘 인민들 속에 전설처럼 전해지고 있다.

위대한 수령님께서는 조국과 민족, 혁명에 다진 일편단심이 철석 같은 리현상 동지가 대견하고 자랑스러우시여 기회가 있을 대마다 그를 내세워주시였다. 위대한 수령님께서는 한 외국의 통신사일군이 제기한 적후에서의 인민유격대활동정형에 대한 질문을 받으시였을 때에도 해방전과 해방후 종파의 오물과 온갖 사이비공산주의의 탁류 속을 헤쳐오면서도, 철창 속에 10여 년씩이나 갇혀 있으면서도 혁명가의 지조와 량심을 지켜냈으며 오늘도 오직 조국의 통일과 민족의 운명해결을 위해 유격전의 총소리를 높이 울리고 있는 그를 생각하시였다.

위대한 수령 김일성 동지께서는 질문에 주신 대답에서 ≪……지리산을 중심으로 전라남북도에서 활동하는 유격대들은 대련합부대로 되었습니다≫라고 하시면서 적들은 수개 사단을 동원하여 유격대를 ≪토벌≫하지만 그들의 맹렬한 활동을 도저히 막아내지 못할 것이라고 말씀하시였다.

이 크나큰 신임과 기대에 전사는 보다 큰 충성으로 보답해 나섰다.

인민유격대가 소백산 줄기에서 활동할 때였다. 부대는 그때 제2전선부대와 같이 행동하면서 북상했다가 다시 지리산을 향해 소백산 줄기를 타고 진군하고 있었다. 민주지산에 들어섰을 때 부대는 거듭되는 전투로 많은 희생자를 낸데다가 이름 모를 전염병으로 전투력은 절반으로 약화되고 적들의 포위공격은 날로 우심해졌다. 이런 때 일부 지휘관들은 북상하여 대오를 수습한 다음 다시 진군하자고 제기했다. 리현상 동지는 별빛 밝은 북녘 하늘가를 이윽토록 바라보고 있었다. 그의 마음은 위대한 수령님께로 달리고 있는 것이였다. 그는 대답을 기다리는 지휘관들에게 천근의 무게가 실린 목소리로 말했다.

≪우리는 남으로 가야 할 사람들이요.≫

그는 지리산으로 가는 것이 사는 길이라고 주장했다. 그것은 전쟁의 승리를 위한 길, 조국의 통일을 위한 길이였다. 리현상 동지는 정황이 아무리 어렵고 설사 모두가 지리산을 베개삼고 쓰러진대도 그곳이 자기들이 지킬 땅이며 자기들이 설 초소라고 인정했던 것이다.

적을 치고 로획한 미국식 무기, 미국식 복장으로 무장한 인민유격대원들은 갈잎으로 전신을 위장하고 계곡을 넘고 숲 속을 누비며 지리산을 향해 질풍같이 행군해갔다. 어제날의 ≪국군≫ 병사도, 의용군출신 청년도, 도수안경을 낀 작가도, 야장간의 풀무공도, 제주도 해녀출신인 비바리도……

그날 밤 리현상 동지는 산죽으로 지붕을 씌운 막사에 남은 몇몇 지휘관들과 호위대원들에게 이런 말을 했다.

≪날보고 고집불통이라는데 그건 사실이요 혁명의 원칙, 다진 맹세, 나라의 통일을 위한 길에서 나는 앞으로도 영원히 고집불통일 거야. 어쩌겠소 나는 이 길에서 물러설 수 없는 사람인걸.≫

리현상 동지는 ≪화산≫이라는 그의 호가 말해주듯이 분출하는 활화산같은 열정과 강철같은 의지를 품고 있으면서도 평소에는 과묵하고 좀해서는 속심을 내비치지 않는 성미였다. 그러나 이런 날이면 민족의 위대한 령도자 김일성 장군님을 만나뵙던 이야기며 저택에까지 가서 김정숙 동지의 사랑어린 구수한 된장국을 땀흘리며 대접받던 이야기, 아들딸 4남매를 자애로운 품에 안아 키워주시는 이야기들을 감격에 넘쳐 말하였다. 그러면서 때없이 눈앞에 어리는 인자한 어버이모습, 어머니의 젖가슴마냥 포근한 그 품이 못견디게 그리워지는 심정을 깊은 감회에 젖어 피력하군 하여 전투원들의 가슴속에 충성의 불씨를 심어주군 하였다.

조국과 인민을 위한 길, 통일을 위한 길에서 변하지도 않고 굽어들지도 않고 억세게 싸워가는 그에 대한 위대한 수령님의 신임과 배려는 날을 따라 깊어지고 두터워갔다.

위대한 수령님께서는 조국해방전쟁에서 위훈을 세워가는 리현상 동지에게 1951년에 국기훈장 제1급을 수여하도록 하신 데 이어 1952년에는 자유독립훈장 제1급을, 1953년 2월에는 공민의 최고영예인 조선민주주의인민공화국 영웅칭호를 수여하시고 적구에 있는 그에게 훈장의 략장까지 보내주시는 크나큰 온정을 베푸시였다.

1952년 겨울, 항쟁의 지리산에 준엄한 시련이 닥쳐왔다. 적들의 두 겹, 세 겹의 포위, ≪토벌≫군 초소에서 피우는 모닥불은 지리산 백여리 산릉선과 아흔아홉골 안을 불바다로 변하게 하였다. 천둥소리 같은 눈보라의 울부짖은, 허리치는 눈길을 헤치며 유격대는 며칠 몇밤 자지도 먹지도 못하고 휴식도 없이 행군과 전투를 계속해야 하였다.

어느 날 행군대오는 주릉선에서 골짜기로 얼마쯤 내려온 곳에서 멎어섰다. 산비탈면의 후미진 곳에 우등불 흔적이 있고 그 주변에 총에 맞아 희생된 인민유격대원의 시체 5구가 꽁꽁 얼어붙어 있었다. 고무신발을 전선줄로 동여맨 녀대원도 있었고 지휘관도 있었다.

오직 민족지상의 파업인 조국통일을 위하여 부모형제도 다 버리고 투쟁의 길에 나섰다가 지리산 이름없는 골안에서 쓰러진 유격대원들, 그 광경을 말없이 보던 리현상 동지는 ≪미국을 통째로 준대도 바꿀 수 없는 보배들이 아깝게 희생되었다≫라고 말하면서 얼어붙은 락엽의 긁어오고 청솔가지를 꺾어다가 시체를 고이 덮어주었다. 그러면서 비장한 어조로 말했다. ≪이들의 죽음을 누구도 모른다고 말하지 마오, 이 땅이 알고 조국이 알고 우리 장군님께서 알고 계시오, 이들도 그것을 알기에, 그것을 굳게 믿고 있었기에 이렇게 싸움에 나섰고 통일의 밑거름으로 된 것이 아니겠소≫

그것은 통일의 제단에 한몸 바칠 각오를 하고 나선 그 자신의 가슴

속에 서린 일편단심이었다.

《소백-지리전구 〈공비〉〈토벌〉전에서 교전회수 실로 10,717회》,
《7월 18일부터 8월 31일까지 지리산에 대한 공군비행기 출격회수
68회》, 이것은 남조선 출판물에 보이는 자료의 한 토막이다. 이처럼
간고한 투쟁 속에서도 리현상 동지는 영웅적 항전을 계속하여 적들
을 공포에 몰아넣고 전과를 확대해나갔다.

참으로 리현상 동지는 경상남도 일폭과 전라남북도 일폭을 눈 아
래 바라보는 지리산과 소백산 줄기의 험한 산발을 넘나들며 적을 유
인, 매복, 기습소탕하는 유격투쟁을 힘있게 벌리어 조국해방전쟁승리
에 커다란 기여를 하였다.

1953년 9월, 조국해방전쟁승리의 축포가 오른 때로부터 달포가 지
난 어느 날 새로운 전구로 향하던 리현상 동지는 지리산 빗점골에서
불의에 맞다들린 적 《토벌》대와의 힘겨운 전투를 벌리다가 장렬한
최후를 마치였다.

그 무렵에 리현상 동지가 가슴속에 뜨겁게 차넘치는 애국충정을
토로한 시 한편이 남아서 오늘까지 전해지고 있다.

　바람세찬 지리산에 서니 앞은 일망무제한데
　칼을 짚고 남쪽 천리를 달렸구나
　내 한시인들 조국을 잊은 적 있었던가
　가슴엔 필승의 지략 심장엔 끓는 피 있도다

이때 그의 나이 48살이였다.

지리산의 《호랑이》로 원쑤놈들을 전율케 하던 리현상 동지가 전
사했다는 비보를 받으신 위대한 수령님께서는 애석한 심정을 금치

못해 하시였다. 위대한 수령님께서는 일군들에게 그에 대한 추도식을 거행하도록 이르신 다음에도 어둠이 짙어가는 창가에 이윽토록 서시여 바야흐로 단풍이 물들기 시작할 지리산 말기의 어느 자락을 붉은 피로 적신 전사와 그가 벌린 싸움의 나날을 추억하시였다.

간고한 싸움은 계속되고 대오는 한 사람 두 사람 희생되여갈 때 리현상 동지는 평양으로 가는 한 동지에게 이렇게 절절히 부탁했다.

≪경애하는 김일성 장군님을 만나뵙고 악수를 나누게 되면 부디 그 손을 씻지 말고 여기 지리산 쪽을 향해 흔들어주오!≫

그가 어찌 천여 리 적구에서 손 흔드는 것을 볼 수 있으랴만 하늘땅 끝까지 위대한 수령님 모시고 따르려는 전사의 절절한 심정이 이 몇 마디 말에 참으로 뜨겁게 압축되여 있는 것이였다.

이런 충렬하고 용감한 전사를 다시 볼 수 없는 그 길에 보내시면서도 산야에 뿌려진 령혼에 붉은 기폭조차 덮어주지 못하는 위대한 수령님의 심정은 너무도 애달프시였다. 신미리에 애국렬사릉이 건립된 그때 위대한 수령님께서와 친애하는 지도자동지께서는 리현상 동지를 이곳에 안치하도록 하시여 조국과 더불어 영생하는 삶을 주시였다.

__사랑은 대를 이어 영원히

세월이 흐르면 모든 것은 망각의 보자기에 싸인다고 흔히 말들을 한다. 하지만 위대한 수령님께서와 친애하는 지도자동지께서 지니신 한없이 고결한 혁명적 의리의 세계에는 세월의 흐름에도 영원히 변색을 모르며 그것은 년륜과 더불어 더욱 뜨거워지고 깊어지는 것이다.

1990년 8월 조국해방 45돐에 즈음하여 만수대의사당에서는 민족의 자주권과 조국의 자주적 평화통일의 실현을 위한 성스러운 위업에 크게 공헌한 렬사들과 애국인사들에게 <조국통일상>을 수여하는 모임이 진행되었다.

이날 모임에서는 수많은 애국렬사들과 함께 지리산인민유격대 대장이던 리현상 동지에게 <조국통일상>이 수여되였다. 수여식에서는 유가족을 대표하여 리현상 동지의 둘째딸 리문영 동무가 결의토론을 하였다. 연단에 나선 그는 북받쳐오르는 오열을 삼키면서 통일성업에 한목숨 바치고 이름 모를 산중에 한줌의 흙이 되었어도 우리 수령님과 친애하는 지도자동지의 기억 속에 간직된 이름들은 세월이 갈수록 영생하는 이름으로 더욱 빛을 발하며 길이길이 남아 있을 것이라고 가슴속에 소용돌이치는 진정을 절절히 토로하면서 이렇게 계속하였다.

≪세상이 넓다고 해도 지경이 있고 대양도 가고 가노라면 기슭이 있건만 통일성업에 목숨바치고 떠나간 렬사들을 보살펴주시고 내세워주시는 어버이 수령님과 친애하는 지도자동지의 하늘보다 높고 바다보다 깊은 의리의 세계에는 정녕 끝도 없고 한계도 없습니다.≫

그날 리현상 동지의 유가족들은 리극 동무가 사는 중구역 경림동의 한 아빠트의 한방에 모여앉아 근 반세기에 걸쳐 자기네 일가에게 베풀어진 크나큰 사랑의 력사를 더듬어갔다.

위대한 수령님께서 아버지를 대신하겠다 하시며 류학의 길을 떠나보내셨던 아들 리극 동무는 귀국하여 김일성종합대학 교원으로, 중앙의 주요기관 일군으로 사업하였으며 친애하는 지도자동지의 배려에 의하여 환갑이 넘은 다음에도 공훈사서로서 인민대학습당 국제도서교환처장으로 사업하고 있었다. 렬사의 맏딸 리무영 동무는 지난 전쟁시기 공화국의 품에 안긴 후 중앙당학교를 졸업하고 조선인민군

정치일군으로, 당일군으로 사업하였으며 진갑을 앞둔 나이에도 정정하여 당의 배려 속에 행복한 여생을 보내고 있었다. 만경대혁명학원을 졸업하고 중앙의 한 기관에서 일하던 둘째딸 리문영 동무는 친애하는 지도자동지의 배려에 의하여 당중앙위원회에서 사업하여왔다. 친애하는 지도자동지께서는 그러는 그를 현지지도의 길에도 수행시키고 자주 만나주시며 주요행사가 진행되는 영광의 자리에도 불러주시였으며 얼마 전에는 아버지의 뒤를 이으라고 또다시 새 초소를 마련해주시였다.

유가족들이 더듬는 우리 당의 끝도 없고 한계도 모르는 그 숭고한 의리의 세계가 바로 이 집, 이 방에서부터 펼쳐지기 시작했었다. 그것은 지금부터 30여년 전인 1961년 4월 어느 날이였다.

이날 렬사의 가족을 찾으신 친애하는 지도자동지께서는 물문은 손을 미처 닦지도 못하고 마중나온 렬사의 안해 최문기 녀성을 보시고 ≪안녕하십니까? 처음 뵙겠습니다≫라고 따뜻한 인사말씀을 건네시였다. 최문기 녀성은 그이의 따뜻한 인사에 너무도 황송하여 어쩔 줄 몰라하며 정중히 큰절을 올리였다. 그이께서는 ≪어머니, 이러지 마십시오≫라고 하시며 그의 두 손을 잡아일으키시여 앞세우시고 방으로 들어서시였다.

이날 그이께서는 가족들이 내여드린 평범한 의자에 허물없이 앉으시여 막내딸 리상직 동무가 어떻게 되어 병을 앓게 되었는가고 다정히 물으시였다. 최문기 녀성은 그이께서 다정히 물어주시는데 이끌려 자신들에게도 터놓지 않았던 마음속의 이야기도 다 말씀드리였다. 남편이 늘 나가 있어서 삭빨래, 식모살이, 온돌쟁이 노릇까지 하면서 자식들에게 하루 한끼 깡비지밥도 못먹이던 이야기며 그 나날의 고생이 병으로 되어 막내딸이 심한 위탈에 걸린 이야기……

그가 하는 이야기를 끝까지 다 들어주신 친애하는 지도자동지께서는 병을 고칩시다, 꼭 고칩시다라고 하시며 몸도 마음도 강철로 벼려 아버지가 못다한 일을 하게 하자고 뜨겁게 말씀하시였다.

친애하는 지도자동지께서는 귀중한 약을 구해가지고 이튿날에도 렬사의 집을 다녀가시였다. 온 방 안에 향긋한 냄새를 풍기는 꾸레미를 풀어보니 귀한 약들과 함께 두 장의 종이쪽지가 나왔다. 한 장은 약처방이고 또 한 장에는 친애하는 지도자동지께서 활달한 필체로 쓰신 다음과 같은 글발이 적혀 있었다.

≪식후에 두 알씩 먹을 것.≫

그이께서 쓰신 아홉 자의 글발을 들여다보며, 사랑의 약이 담긴 힘을 어루만지고 쓸어보며 어머니도 딸도 눈물을 흘렸다.

그날부터 그는 자리에 눕지 않았다. 그것이 어찌 약의 효과라고만 하겠는가. 그것은 위대한 수령님을 우러러 인생전환을 일으키고 그 길에서 조국과 더불어 영생하는 길을 걸은 렬사의 충성심을 귀중히 여기시고 혁명가의 후대를 아버지가 못다한 그 길에 세워주시려는 인민의 지도자의 숭고한 의리와 사랑이 불상의 령약으로 되었던 것이다.

그후 몇 년 친애하는 지도자동지의 온정깊은 보살피심과 때로는 준절한 타이르심 속에서 렬사의 딸은 성장했으며 주체조선의 영예와 존엄을 빛내이는 어엿한 외교일군으로 자랄 수 있었다.

그러던 1971년 3월 17일이였다. 언제나 렬사의 유가족들의 생활에 깊은 관심을 돌려오시는 친애하는 지도자동지께서는 이날 차를 보내시여 리상진과 리문영 두 자매를 집무실로 부르시였다. 그이께서는 그 얼마 전에 차를 타고 가시다가 동평양 쪽으로 가는 자매를 만나시였을 때 그들과 하신 약속을 잊지 않으시고 이날 모처럼 시간을 내시여 자매를 만나주시려는 것이었다.

친애하는 지도자동지께서는 그날 자매의 사업에 대하여 세세히 알아보고 나시여 당에서는 언제나 동무네 가족에 대하여 잊지 않을 것이라고, 혁명가의 자식답게 높은 긍지를 가지고 살며 일해야 한다고 일깨워주시였다.

그러시면서 친애하는 지도자동지께서는 ≪위대한 수령님께서는 동무들의 아버지가 남조선혁명을 위하여 목숨바쳐 잘 싸웠다고 높이 평가하시였소 그러니 동무들은 누구보다도 위대한 수령님께 충실한 혁명전사가 되어야 하오≫라고 육친의 정이 넘치는 절절한 음성으로 힘주어 말씀하시였다.

이렇게 말씀하시는 그이의 안광에는 강렬한 빛이 어려 있었다. 그때 그이께서는 리현상 동지의 자매를 앞에 두고 목에 수만금의 현상금까지 걸려 있으면서도 끝까지 혁명의 지조를 지키고 죽어서도 영생하는 길을 택한 그들의 아버지를 생각하고 계시였다. 야수와도 같은 인간백정들은 장렬한 최후를 마친 렬사의 시신에서 목을 잘라내여 그의 고향마을에 매여달았고 그가 전사한 곳에 <공산비적 리현상이 죽은 곳>이라는 말뚝까지 박았다.

친애하는 지도자동지께서는 원쑤들에게 공포의 대상이였던 지리산의 영웅과 함께 한라산과 태백산, 오대산과 덕유산의 유격전구와 항쟁의 거리에 붉은 피 뿌리며 장렬하게 전사한 유명무명의 용사들, 원쑤들의 감옥에서, 단두대에서 굴할 줄 모르고 싸워 조국과 더불어 영생하는 수많은 렬사들과 그 유가족들을 생각하고 계시였다.

시간이 흘러 친애하는 지도자동지께서는 자리에서 일어서는 자매에게 나는 동무들을 생각하면 잠이 오지 않습니다. 수령님께서 잊지 못하시고 우리 당이 두고두고 추억해가는 리현상 동무인데 동무들을 위해서 무엇을 아끼겠습니까라고 절절히 말씀하시였다. 친애하는 지도자동지께서는 못내 헤여지기 아쉬우신 듯 천천히 자리에서 일어서시며 동무들을 만날 때마다 오래 이야기를 나누고 싶지만 늘 시간이 모자란다고 하시면서, ≪아무리 바쁜 가운데서도 혁명적 의리만은 간직하고 있으니 어려운 일이 있거나 도움을 받을 일이 생기면 서슴지 말고 찾아오시오≫라고 하시며 혁명적 의리의 한없이 숭고한 세계에 대하여 절절하게 말씀하시였었다. ……

한 렬사가족에 대한 사랑의 력사가 시작된 그 방에 앉아 지나온 나날을 돌이켜보는 일가족들의 감회는 참으로 깊었다.

친애하는 지도자동지께서는 최근에도 렬사의 유가족들의 생활을 료해하시고 10여년 전에 세상을 떠난 혁명가의 안해 최문기 녀성의 유해를 애국렬사릉에 안치된 남편의 묘에 합장하도록 배려하시였으며 맏딸 리무영 동무에게도 온정깊은 조치를 취해주시고 통일거리의 새집에서 근심격정 모르는 여생을 보내도록 크나큰 사랑을 베푸시였다.

위대한 수령님께서와 친애하는 지도자동지께서 베푸시는 혁명적 의리에 대한 전설 같은 이야기는 북과 남은 물론 해외교포들 속에서도 불멸의 메아리가 되어 울려퍼지고 있다.

어느 날 만수대의사당을 찾은 재일교포 강로인이 이곳에서 부총국장으로 사업하고 있는 렬사의 막내딸과 면담하다가 그가 지리산인민유격대장의 딸이라는 것을 알고는 그 자리에 넋을 잃고 주저앉았다.

≪리현상 선배님의 혈육이 살아 있었단 말인고!≫

주름잡힌 두 볼을 뜨거운 눈물로 적시며 리상진 동무에게서 렬사의 모습을 더듬고 있는 강로인은 1929년 가을 광주학생사건 때 리현상 동지와 어깨겯고 학생들의 앞장에서 투쟁을 지도했었다. 렬사와 운명을 달리한 지금에도 로인은 그를 잊지 않고 있었다. 그런데 다 죽어없어진 것으로 알려졌던 리현상 렬사의 후손이 공화국의 어엿한 간부일군이 되어 눈앞에 서 있는 것이였다.

놀라와하는 강 동포에게 그는 친애하는 지도자동지께서 친히 불러주시어 사업정형도 료해하시고 식사도 차려주시며 대외에 나가 조국의 영예를 빛내이라고 고무해주신 이야기들과 함께 1977년에 있었던 못잊을 이야기도 들려주었다. 이해 3월 27일 친애하는 지도자동지께서는 일군들과 중요한 사업을 토의하는 자리에서 그의 남편을 만나시자 왜 리상진 동무와 같이 오지 못했는가고 나무라시며 어서 가서 데려오라고 차까지 내주시였다. 이날 친애하는 지도자동지께서는 병약하던 그가 어엿한 일군으로 성장한 것이 마음 흐뭇하신 듯 만면에 환한 웃음을 담으시고 ≪이 동무가 바로 지리산빨찌산 대장이였던 공화국영웅 리현상 동무의 딸입니다. 리현상 동무의 딸이 우리나라에서 첫 녀성 1등서기관이 되었습니다≫라고 소개해주시였었다.

감격과 감사의 정에 못이겨 흐르는 눈물을 걷잡지 못한 채 위대한 령도자를 경건히 우러르는 렬사의 딸, 잘된 자식을 내세우고 싶어하는 친어버이의 심정으로 렬사의 딸을 여러 일군들 앞에 내세우시고 환히 웃으시는 친애하는 김정일 동지!

그 장면은 진정 혁명의 길에서 먼저 간 렬사의 혈육을 친어버이가 되시여 키워오신 위대한 인간의 혁명적 의리의 숭고한 세계에서만 볼 수 있는 불멸의 화폭이였다.

렬사의 딸은 이야기를 계속했다.

≪원쑤들은 아버지를 학살하고 그가 영원히 죽었다고 그 자리에 말뚝까지 박아놓았다고 합니다. 그러나 아버지는 죽지 않았으며 어버이 수령님과 친애하는 지도자동지의 따사로운 품속에서 수많은 남

조선혁명가들과 함께 조국과 력사와 더불어 영원히 살아 계십니다. 그리고 그 후손들이 위대한 수령님만을 믿고 따르라고 가훈처럼 외우시던 아버지의 뜻을 이어 조국의 번영과 통일위업을 위한 투쟁의 길에 굳건히 서 있습니다.≫

아버지도 아들딸들도 모두 사랑의 한품에 안아키워 내세우시고 이끌어주시는 이 숭고한 혁명적 의리의 세계가 바로 우리 민족, 우리 겨레가 안겨사는 위대한 어버이 품임을 우리는 소리높이 자랑한다.

우리는 이야기를 끝내면서 한마디 부언할 것이 있다. 몇해 전 남조선에서는 지리산인민유격대의 한 관계자가 쓴 장편수기가 출판되었다. 이 수기의 출판에 부치여 한 작가는 머리글에 이렇게 썼다.

≪우리 현대사 속에서도 40년 전에 꽃다운 나이로 숨져간 저 수많은 남한 유격대원들과 그 지도자 리현상 같은 사람을 우리 력사의 제자리에 자리잡게 할 날은 언제일까. 물론 아직은 그때가 아닐는지 모른다. 그러나 언젠가는 그렇게 되어야 하고 반드시 그렇게 될 날은 온다.≫

작가의 이 호소는 애국이 매국에 의하여 란도질당하는 남조선사회에 대한 지탄의 목소리이며 앞서간 애국선렬의 넋이나마 후세에 전해주고 싶어하는 량심의 웨침이라고 보아야 할 것이다.

우리는 그 작가가 통일위업에 바친 리현상 영웅의 위훈이 조국의 력사, 공화국의 력사에 빛나고 있으며 애국렬사릉 높은 언덕우에, 우리 인민의 가슴속에 영생하고 있는 엄연한 현실을 너무나도 모르고 있는데 대해 놀라움을 금할 수 없다. 그러나 우리는 필자의 몰리해를 탓하기 전에, 한지맥, 한피줄로 이어진 조국과 민족의 분단을 영구화하려고 책동하면서 북남겨레의 의사소통마저 못하게 하여 이런 몰리해를 낳게 한 미제와 남조선당국자들을 규탄하게 되며 리현상 렬사

를 비롯한 선렬들이 그것을 위하여 피흘린 우리 겨레의 지상의 소원
인 조국통일을 어서 빨리 앞당겨와야겠다는 것을 생활적으로 더욱
절감하게 되는 것이다.

44

최천민의 답장은 오지 않았어요. 그 사
이에 저는 한민주에게 강민철의 답장 내용과 이현상에 대한 조선로동
당의 시각을 알려주었지요. 이어 "한민주나 최천민 선생이나 지나치
게 남로당 시각에서 역사를 바라보는 과오를 저지르는 게 아닌가" 물
었어요. 한민주의 답장은 다소 가시가 돋쳐 있었지요. 〈로동신문〉에
실린 이현상 기사를 이미 읽었다면서, 주의 깊게 읽어보면 무엇이 문
제인지 짐작할 수 있을 것이라고 했어요. 아주 짧은 답장이었지요.
　성의가 전혀 보이지 않는 답장이 눈에 거슬려 도발적으로 전자우
편을 보냈어요. 한 줄이었지요.
　"선문답하세요?"
　며칠 뒤에 '조금은 긴' 답장이 왔더군요.
　"내 생각을 홍형에게 강요하고 싶지 않았소. 평양도 다녀오신 분이
니 스스로 판단하기 바라오. 다만, 그것이 과거의 문제가 아니라 현실
의 문제이자 미래의 문제라는 사실만은 숙고하기 바라오. 홍형은 내
가 북로당과 남로당 사이의 정파싸움으로 접근한다고 생각하오? 아니
오. 정반대라오. 누가 그렇게 생각하는지 찬찬히 돌이켜보시오. 북쪽

이 그러하지 않소? 한쪽을 '미제의 간첩'이라며 근본적으로 부정하고 있지 않나 말이오.

이진선의 수기와 최천민의 보고서, 서로 적대시했던 북과 남에서 각각 살아간 두 사람의 삶과 사상에서 발견할 수 있는 공통점은 결코 우연이 아니라고 생각하오. 최천민과 이진선, 두 영웅—영웅이란 말에 홍형은 동의하지 않을지 모르지만 난 전혀 손색이 없다고 생각하오—의 삶을 발견했을 때, 내가 전율했던 까닭이오. 기실 두 영웅에게 영웅이란 말은 오히려 거추장스러울지도, 더 나아가 모욕일지도 모르오.

그렇소. 곧장 본론으로 들어가겠소. 나는 평양이 '미제의 간첩'으로 처형한 남녘의 사회주의자들을 당 차원에서 복권해야 한다고 생각하오. 아니, 나는 언젠가 그렇게 되리라고 확신하오. 그들에 대한 복권 없이 진정한 의미의 화해는 가능하지 않기 때문이오. 북로당과 남로당의 화해, 그때 비로소 조선로동당이 참다운 사회주의당, 진정한 주체정당으로 거듭나리라고 생각하오. 6·15 남북 공동선언을 밑절미로 남과 북이 하나로 거듭나는 길에 그 지점은 결코 우회할 수 없는 길목이오."

한민주의 어투가 불쾌했지만, 그의 진정성을 알고 있기에 참았지요. 강민철 선생이 보내온 글을 찬찬히 다시 정독해보았어요. 하지만 저로서는 역사적 진실을 파악하기가 새삼 쉽지 않다는 사실만 깨달았어요. 다만 과연 그랬을까라는 의문과 더불어 쓸쓸하게 느껴진 대목들은 눈에 띄었어요. 가령 "친애하는 지도자동지께서" 인사를 건네자 이현상의 아내가 너무도 황송하여 정중히 큰절을 올리었다는 부분이 그랬어요. 당시 김정일의 나이는 열아홉 살이고 이현상 아내는 최소한 쉰여섯 살이었거든요. 더구나 이현상이 "때없이 눈앞에 어리는 인자한 어버이 모습, 어머니의 젖가슴마냥 포근한 그 품이 못견디게 그리워지는 심정을 깊은 감회에 젖어 피력하군 하여 전투원들의 가슴속에 충성의 불씨를 심어주군 하였다"는 대목은 아무리 보아도 비현실적이지요. 이현상은 1905년생인 데 비해, 김일성은 1912년생으로 일곱 살 연하라는 사실 때문만은 아니었어요. 가부장제적 수령 중심 사고가 빨치산 투쟁의 평가에까지 깊숙이 침투해 있는 엄연한 현실 때문이지요. 그것이 과거만의 문제가 아니라는 한민주의 말에 제가 부분적으로 동의할 수밖에 없는 까닭이기도 해요.

한민주와 강민철.

같은 민족으로 같은 해에 태어났지만 서로 다른 나라에 살고 있는 두 사람을 비교하고 있을 때, 국제전화가 걸려왔어요. 바로 한민주였어요. 깜짝 놀랐지요.

한민주는 어머니는 물론이고, 아버지와 관련해 중요한 단서를 찾았는데 시간이 없다면서 곧장 서울로 오라고 종용했어요.

"무슨 일인데요?"

"아버지를 찾는 데 중요한 단서를 지닌 분이 있소. 그분이 돌아가시려고 하오. 시간이 없어요. 최대한 빨리 들어와야 하오."

한민주는 서울로 오는 비행기 도착시간을 알려주면 공항까지 마중 나오겠다고 덧붙였어요. 서울행을 기정사실화한 셈이지요. 저는 평소 흥분하지 않는 한민주의 성품으로 보아 충격적인 일이거나 그럴 만한 일이 일어났다고 생각했어요.

곧장 아이를 다시 양어머니께 맡기고 암스테르담으로 가는 비행기를 탔지요. 암스테르담에서 서울로 가는 비행기를 끊은 뒤 한민주에게 연락했어요.

비행기 안에서 곰곰 생각해보았어요. 내가 지금 서울로 가는 까닭을. 어쩌면 내가 한민주를 사랑하는 게 아닌 걸까 싶었어요. 곧 아니라고 고개 저었지요. 하지만 뭘까요. 왜 가끔씩 그가 생각나고, 그럴 때마다 가슴이 저려오는 걸까요. 둘 다 비극적으로 삶을 마친 빨치산의 아들이고 딸이라는 사실이 제게 공감을 느끼게 한 걸까요.

하지만 다시 고개 저었지요. 저 자신이 싫었어요. 감정이 너무 헤픈 걸까요. 빨치산의 후손이 한민주만 있는가 스스로 물었지요. 가령 강민철만 보더라도 그렇지요. 주체사상의 굳센 의지로 가득 찬 사람. 그는 평양 고려호텔의 1층에 있는 술집에서 술을 한잔 사주며, 자신이 혁명가의 유복자임을 밝혔지요. 얼굴도 모르는 그의 아버지는 낙동강 전투에서 장렬하게 전사했대요. 무엇보다 저에게 충격은 그가 남조선에 몇 차례나 내려갔다 올라왔음을 시사했을 때였어요. 남쪽에서 혁명사업을 벌이다가 낙동강을 처음 보았을 때, 어찌나 아버지 얼굴이 보고 싶었는지 흐느꼈다고 하더군요. 눈 둘레가 붉어지는 강민철이 지금도 생생하게 떠올라요.

그랬어요. 한민주가 기자로 생활할 때, 그는 죽음을 각오하고 남쪽으로 잠입했지요. 남쪽에서는 '간첩'이라 부르고 북쪽에서는 '혁명가'라 불리는 투쟁에 나섰지요. 한민주가 언젠가 토로했듯이 아들 혁의 세대와 빨치산 아버지 세대 사이에서 무엇을 할 것인가를 고뇌하고 있을 때, 강민철은 온 몸으로 '빨치산'의 길을 실제 걸었으니까요. 강민철의 삶과 견주어볼 때, 한민주의 삶은, 더구나 내 삶은, 얼마나 호사를 누렸는가요.

깡마른 강민철의 얼굴이나 설핀 말투에서 언뜻언뜻 느꼈던 여린 마음을 떠올리면 어느 순간 그가 가엾게만 다가와요. 바로 그 점에서 강민철과 한민주가 이어질까요. 자기 앞에 놓여 있는 삶을 최대한 살아가겠다는 진정성으로 가득 찬 사람들이지요. 아름다운 사람들. 그 가운데 한 명을 다시 만나러 난 지금 먼길을 찾아가고 있고요.

따지고 보면 한민주와 저의 삶은 닮은 점이 많아요. 빨치산의 후예라는 사실만이 아니지요. 한민주의 외할머니도 그렇거니와, 저의 외할머니도 무당이었어요. 아니, 그것은 한국의 근대사에서 숱한 젊은 이들과 무당이 혁명운동에 몸을 던졌기에 얼마든지 가능한 일이지요. 무엇보다 한민주와 저를 이어주고 있는 것은 문학이라는 공통된 삶의 열정이 아닐까 싶어요. 물론, 문학을 두고 깊이 있는 대화는 아직 나누어보지 못했지만요.

문득 그의 분위기가 죽은 남편과 비슷하다는 생각이 갑자기 들었어요. 아니지요. 그를 먼저 만났으니까, 죽은 남편이 그와 비슷한 분위기였다는 게 맞겠지요. 미처 몰랐던 사실이었어요.

약속한 대로 한민주는 인천공항에 나와 있었지요. 차를 타고 나서도 그가 더없이 침통한 표정이기에 물었어요.

"대체 무슨 일이세요?"

"놀라지 마시오. 최천민 선생이…… 돌아가셨소."

"네?"

"갑작스런 일이어서 실은 나도 몹시 당황했소"

"……"

"그런데 문제가 있소."

난 그게 뭐냐는 질문을 한민주의 얼굴을 바라보는 것으로 대신했어요. 언제 보아도 진지한 사람이라는 걸 새삼 느꼈어요.

"사인을 분명하게 밝히려면 부검을 해야 합니다. 그러려면 가족이나 친지의 동의와 입회가 필요하오. 아시다시피 최 선생은 이곳에 아시는 분이 없소."

"서점을 하는 조카분이 있지 않나요?"

"연락이 되지 않소."

"부검을 꼭 해야 하나요?"

"그분 책상에서 쓰고 있던 원고를 발견했소. 남긴 원고를 읽어보니 자살인지 아닌지 진실을 가려야 할 것 같소. 그리고 그럴 가능성은 나도 없다고 보지만, 혹 타살일 수도 있지 않겠소? 타살이든 자살이든 선생의 생애 마지막이 무엇이었는지 알아야 한다고 판단했소."

"그렇다고 스톡홀름에 있는 저까지 부르는 것은⋯⋯."

"전혀 지나치지 않소. 최천민 선생이 홍형에게 보내주신 원고들을 읽어보았으니 짐작했을 것 아니오? 선생은 홍련화를 남달리 생각하고 있었소. 아마 홍형이 장례에 참석한다면 선생의 영혼도 행복하실 거예요. 어차피 온 참에 부검결과를 직접 확인하는 게 미련이 없다고 생각했소."

"미련?"

"그렇소. 그분의 자살 여부를 확인해야 할 사람은 사실 내가 아니라 홍형이오."

"왜 그렇죠?"

"자, 다 왔소. 마음을 다부지게 가다듬으시오."

차가 들어갈 때 들머리에 있는 현판을 보았어요. 국립과학수사연구소. 차에서 내려 들어가며 저는 미묘한 호기심이 일었어요. 한민주는 연구소 담당자를 잘 아는 듯했어요. 간단히 신원확인을 거친 뒤, 철문을 열고 지하 계단으로 내려갔어요. 칸막이도 없이 넓은 방에 침대 크기의 긴 탁자들이 보였어요. 부검의들이 한민주와 저를 흘깃 보았어요. 아무런 감정도 읽을 수 없는 차가운 눈길이었지요. 그때 넓은 공간 한쪽에서 바퀴 달린 침상이 다가오는 소리가 들렸어요. 그랬어요. 최천민 선생의 시신이었어요.

순간 저는 숨이 탁 막혔지요. 남편의 죽음을 확인하던 그 순간이 떠올랐어요. 현기증이 나며 명치끝이 아파왔어요. 하지만 눈을 크게 뜨고 심호흡을 했지요.

부검의가 날카롭게 벼린 칼을 손에 들었어요. 얇은 고무장갑을 낀 오른손엔 서슬 푸른 칼을 들고 왼손으로 우악스레 하얀 머리칼을 헤쳐가더군요. 저에겐 비디오 테이프를 느리게 돌릴 때처럼 떠오르지만, 모든 것이 순간이었어요. 뇌에 이어 심장도 속절없이 도마에 올랐지요.

부검결과가 곧 나왔어요. 자살도 타살도 아니었지요. 심장마비로 결론이 나왔어요. 부검의가 한민주와 저에게 부검결과를 설명하고 동의를 받은 뒤 갈기갈기 파헤친 몸을 수습했어요. 조각조각으로 잘라진 골을 다시 두개골 속에 넣었고, 내려진 이마와 앞 머릿살을 다시 끌어올렸지요.

최 선생의 얼굴이 비로소 나타났어요. 가까스로 참고 있던 눈물이 한 줄기, 두 줄기 계속 흘러내렸어요. 토막토막난 심장과 위 그리고 간을 다시 갈라진 배 안으로 집어넣었어요. 이어 쇠꼬챙이 같은 굵은 바늘로 머리와 가슴 그리고 배를 듬성듬성 꿰매었지요.

부검실을 나와, 한민주는 다시 저를 차에 태웠어요. 국립과학수사연구소를 벗어날 때, 저는 나침반을 꺼내 보았어요. 어김없이 북쪽을 가리키며 떨고 있었어요. 한민주는 차를 한강변으로 몰고 갔지요. 차에서 내리지 않은 채 흐르는 강물을 하염없이 바라보더군요. 저는 이분도 충격을 받았겠구나 싶었어요. 저 또한 감정을 다스리며 차분함을 되찾았지요. 얼마나 지났을까요. 한민주가 웅숭깊은 눈길을 던지며 말을 꺼냈어요.

"부검, 처음이지요?"

"네, 그래요."

"난 일선 취재기자 시절에 수많은 부검을 보았소."

"그랬군요."

"충격받지 않았소?"

"괜찮아요. 충격받은 건 사실 부검보다 최천민 선생의 죽음이지요."

"그렇소. 홍련화 씨는 최천민 선생을 어떻게 생각하오?"

"어떻게 생각하다니요?"

"……."

"참, 아까 최 선생 댁 책상에서 원고가 발견되었다고 했었지요?"

"그렇소."

"무슨 내용이었어요?"

"그렇지 않아도 여기 가져왔소. 유서처럼 보여서 자살이 아닌가 의심도 했었소."

"그랬군요."

"호텔로 잠깐 갑시다. 그곳에서 전해드릴게요."

"길어요?"

"그렇게 길지는 않으나 홍련화 씨가 정신을 집중해서 정독해야 할 원고요."

한민주가 다시 차를 돌렸어요. 호텔도 예약해두었더군요. 호텔 들
머리에서 한민주가 제법 도톰한 원고뭉치를 주며 말했어요.

"읽어보시오. 그리고 다 읽은 뒤엔 꼭 전화주시오."

45

한민주의 얼굴이 너무 진지해 방 안에
들어오자마자 원고뭉치를 열어보았어요. 편지지에 쓴 글들이었어요.
한민주의 필체부터 눈에 띄었어요.

홍형에게.

여러 가지 의문이 풀리지 않아 처음부터 다시 추적해보았소 사회
복지원을 찾아가 서류철부터 다시 찾아보았소 그곳에서 전혀 뜻하
지 않게 금련화 선생의 유품을 발견했소 담당 직원이 내가 건네는
서류철을 실수로 떨어뜨렸소 참으로 우연이었지만, 저는 그렇게 생
각하지 않소 어떤 운명의 끈이 사회복지원의 무심한 직원에게 실수
를 유발한 게 아닐까 싶을 정도요

내가 서류철을 집어 전해주려고 들었을 때였소 앞뒤로 서류를 넣
어 보관하던 비닐 사이에서 접힌 채 누렇게 변색된 편지지가 삐쭉 나
와 있었소!

그 편지를 집어 꺼내보았소 그것은 바로 45년 전에 돌아가신 홍련
화 씨 어머니 편지였소 출산 때 비극을 당하신 뒤, 아마 어머니의 방

251

에서 발견된 것이라고 추측되오. 편지를 써놓았다가 보내지 않은 상
황에서, 갑자기 진통이 온 게 아닐까 싶소. 어쩌면 어머니는 불행한
사고가 없었더라도 그 편지를 끝내 보내지 않았을 수도 있소. 먼저
편지부터 읽어보시길 바라오.

낡은 편지지가 나타났어요. 첫 장 첫 글을 읽은 순간 이미 제 심장
은 둥둥둥 뛰고 있었지요.

　　나의 영원한 사랑, 나의 영원한 동지.
　　이 편지를 당신이 받아보실지, 아니 제가 당신께 보내드릴지 모르
겠네요. 하지만 제 몸 안에서 이제 곧 세상으로 나오려 배를 마구 두
들기는 씩씩한 아이를 그리며, 문득 당신께 이 기쁨을 알리고 싶어
글을 씁니다. 부질없는 일인지 모르겠지만, 이렇게 편지라도 쓰면 출
산의 두려움 앞에서 외로움을 달랠 수 있을 것 같아요.
　　어디서부터 말씀을 드릴까요. 그날 당신을 떠나 하동으로 왔어요.
여관에서 하루 묵은 뒤 지리산을 올랐어요. 동지들의 새빨간 피로 적
셔진 붉은 산을 갈피갈피 살피면서 당신에 대한 그리움과 죄의식을
조금은 벗어날 수 있었답니다.
　　감히 해탈이란 이런 걸까 싶기도 했어요. 물빛도 곱게 흘러가는 착
한 강, 섬진강으로 내려왔어요. 밤이 깊어가며 보름달이 강 위에 달빛
으로 또 다른 강 길을 내어 반짝였어요. 저에게 어서 오라고, 이리 걸
어와 몸을 정화하라고 속삭이더군요.
　　그 길을 따라 한 발 한 발 걸어갔어요. 달빛 때문일까요. 따뜻하다
고 여겼던 강물이 조금씩 차게 다가왔어요. 소름이 돋으며 물이 제
허벅지에 이르렀을 때였지요. 문득 구토가 몰려왔어요. 그렇게도 살

고 싶을까 스스로 책망하며 강심으로 걸어 들어갔지요

배까지 물이 닿았을 때 구토가 다시 일었지요 조금 이상하다 싶었지만 계속 걸어갔지요 달빛이 열어놓은 강 길을 따라서요 가슴에 왔을 때 구역질은 더 심했어요 그 순간 제 머릿속으로 한 생각이 스쳐지나갔어요 이 모든 게 아득한 옛날부터 꼭 일어나기로 예정된 일처럼 다가왔답니다.

저는 본능적으로 강물 아래 제 아랫배를 두 손으로 깍지 끼어 감쌌어요 그리고 뒤돌아 부랴부랴 올라왔습니다. 몸 안에 또 한 사람이 깃들어 있음을 직감했습니다. 병원에 갈 이유는 없었습니다. 확신했으니까요. 하동 읍으로 나가 이 식당 저 식당 찾아가다가 겨우 일자리를 구했습니다.

저 열심히 먹고 좋은 생각만 했어요 사실은, 당신, 착한 얼굴만 생각했지요 밤에는 당신이 산에서 준 나침반을 꺼내 배 위에 포개고 잠들었지요 기억하세요? 제게 나침반을 주셨을 때를. 혹 방향을 잃었을 때, 들여다보라며 주셨지요 그래요 길을 잃었을 때마다 나침반을 들여다보았어요 저에게 길을 가리켜주는 저의 수호천사이지요 그리고 저의 수호천사가 뱃속에서 커가는 우리 아이도 보살펴주기를 기원했어요

무장 기쁘게도 배가 불러왔습니다. 더는 감출 수 없을 만큼 배가 불러오자 주인 아주머니는 화부터 내더군요 저는 일에 더 열심히 하겠다며, 해산을 앞두고는 월급도 받지 않겠다며, 제발 내쫓지 말아달라고 빌었습니다. 당신에게 돌아갈까 생각도 했습니다만, 자신이 없습니다. 당신과 저의 사랑이 남긴 생명, 그 생명과 평생을 함께하는 것만으로 행복이라고 생각했습니다. 새로운 사람, 그 사람과 저는 지금 만나기 직전입니다. 우리가 불러온 새 사람과 더불어 당

신과 제가 살 수 있는 행복이 과연 이 지상에서 가능할 수 있을까요? 나침반에 물어본답니다. 조금씩 고통이 다가오지만, 그것은 동시에 기쁨입니다.

편지는 거기서 머물고 있었지요. 제 가슴으로 폭풍이 몰아치고 있었어요.

46

편지를 넘기자 다시 한민주의 글이 나왔어요. 한민주는 그 편지를 읽는 순간에 최천민이 제게 보내준 원고가 떠올랐다고 하더군요. 당연하지요. 저도 그랬으니까요. 최천민과 민들레의 관계와 너무 비슷했으니까요. 더구나 나침반까지 적혀 있었어요. 민들레, 그분이 혹시? 그렇다면 최천민이? 온 몸이 떨리는 전율이 제게 밀려왔어요.

그날 한민주는 문제의 편지를 읽은 뒤 곧장 지리산으로 내려갔어요. 오랜 기자생활에서 익힌 감각과 순발력, 그리고 진실을 알고 싶은 충동 때문이겠지요. 지리산 하동을 지나 의신 마을로, 그리고 삼정 마을까지 질주해갔다고 해요. 최천민의 거처에 이르렀을 때는 석양이 지고 있었겠지요. 한민주의 글을 짧게 간추려 드릴게요.

한민주는 숨을 몰아쉬며 다가가 방문을 두들겼어요. 하지만 반응이 없었지요. 아무리 두들겨도 인기척이 없었어요. 다시 돌아서서 창문으로 들여다보았을 때였지요. 나무 등걸 책상 앞에 앉아 있는 최천민 선생을 발견했어요. 처음에는 졸고 있다고 생각했지요. 창문을 두들 겼어요. 하지만 창문이 흔들거릴 만큼 두들겨도 최 선생은 꼼짝하지 않았어요. 불길한 생각이 들자마자 더 기다릴 이유가 없었지요. 창문 을 부수고 몸을 던지다시피 해 들어갔어요.

최 선생은 이미 숨져 있었어요. 앉은 채로 책상에 기대어 돌아가셨 지요. 책상 위에는 다음과 같은 편지지 묶음이 발견되었어요.

나의 바리데기에게

바리데기. 홍련화.

예감이란 게 있는 걸까. 마침내 삶을 떠나야 할 순간이 시시각각 다가오는 초조감에 사로잡혀 있단다.

연화가 지난 편지에서 내게 보낸 물음에 어떻게 답해야 할까 오래 망설였다. 숱한 밤을 지새며, 그리고 낮에는 지리산을 돌아다니며 고 심했다. 이윽고 진실은 밝혀야 한다고 결정했다. 그것이 최소한 내가, 우리 바리데기를 위해 실행해야 할 마지막이자 첫 의무라고 생각해 서다.

연화. 온갖 더러움 속에서도 깨끗하게 피어나는 꽃. 연화는 저주받 은 내 삶을 구원해주었다. 인생의 마지막까지 따라다니는 악몽에서 벗어나고 싶어 들어온 지리산에서 나를 구원해준 깃은 바로 홍련화 였다.

연꽃과 바리데기. 실제로 그것은 둘이 아니다. 버림받은 땅에서 연 꽃은 생명의 열정을 깨끗이 피운다. 바리데기, 그것이 너의 운명이었 지만, 기실 나 또한 바리데기였단다. 아니, 어쩌면 우리 모두는 바리 데기일지 모른다. 그랬다. 이현상 선생님도 바리데기, 버림받은 사람이었다.

홍련화.

누구에게도 고향을 말하지 않았지만 밝히고 싶구나. 경상남도 마산, 그곳이 조상 대대로 살아온 나의 고향이다. 어렸을 적 아버지를 본 기억이 거의 없다. 아버지가 일본 제국주의자들에 맞서 노동운동을 벌이신 혁명가였기 때문이다. 아버지는 마산과 부산을 오가며 운동을 벌이셨다. 아니, 마산과 부산만 오간 게 아니었다. 더 많은 세월을 감옥에서 보냈다. 다섯 차례에 걸친 감옥생활로 아버지는 물론, 어머니도 수난의 세월을 보냈다. 해방은 우리 가족에게 말 그대로 광명을 되찾는 감동이었다.

아버지가 조선공산당의 경남도당 고위간부로 공개활동에 나서면서 어머니는 마루 밑바닥에 땅을 파고 숨겨두었던 상자를 꺼냈다. 그곳에서 색이 바랜 신문을 꺼내 처음으로 내 앞에 펼쳐주셨다. 신문 제호는 〈적주赤舟〉였다. 붉은 배.

"아버지가 만드신 신문이란다."

'혁명적 노동조합'을 내건 신문을 내밀며 자랑스레 말씀하시던 어머니의 고운 입술은 관세음보살의 미소처럼 지금도 내 가슴에 선명하게 남아 있다.

하지만 이웃사람들의 선망도 잠시였다. 아버지가 집에 들어오시지 않은 날이 많아지더니, 일제 강점기에 어머니를 집요하게 괴롭히던 일본 형사가 다시 경찰이 되어 집을 들락거리며 행패를 부렸다. 1946년 어느 여름밤이었다. 자고 있던 나를 어머니가 깨웠다. 입술에 손가락을 대며 조용히 하라는 어머니 얼굴은 두려움이 가득했다. 뭔가 심상치 않은 느낌이었지만 시키는 대로 옷을 입었다. 어머니가 건네준 등산가방을 멘 뒤 어머니를 따라나섰다. 우리를 기다리던 트럭을 탔

다. 그때만 하더라도 경찰의 눈을 피해 집을 옮기는 정도로만 생각했
다. 하지만 아니었다. 트럭은 부산을 벗어나 달렸고 이윽고 낯선 바닷
가에 이르렀다.

인적 없는 캄캄한 바닷가에 파도소리만 들려왔다.

"어디 가는 거예요?"

어머니께 소리 낮춰 물었다. 어머니는 내 손을 꼭 쥐었다. 그믐밤
아래 어머니 눈빛이 빛났다. 그 순간이었다. 바다 저 편에서 불빛이
반짝였다.

작은 통통배였다. 어머니는 그때까지도 답해주지 않으셨다. 통통
배에 올라타 검은 수평선으로 나아갈 때 솔직히 난 무서웠다. 어머니
도 불안한 눈길로 칠흑의 바다를 바라보았다.

"걱정 마시오 곧 큰 배로 옮겨 탈 거요"

어둠 속에서 굵고 나직한 목소리가 어머니와 나를 위로해주었다.
실제로 제법 큰 배가 우리를 기다렸고, 배에 올랐다.

어둠 속에서 어디선가 친숙한 그림자가 나타났다. 그때였다. 어머
니가 조금은 들뜬 목소리로 내게 속삭였다.

"아부지다!"

아버지가 다가와 어머니와 날 동시에 가슴으로 안았다. 어머니가
조용히 흐느꼈다. 아버지 가슴은 더없이 아늑했다. 아버지 가슴과 어
머니 얼굴 사이로 밤하늘에 북극성이 빛나고 있었다.

홍련화.

우리 가족은 그렇게 월북했다. 원산에 도착한 뒤 기차로 평양에 갔
다. 아버지는 곧 박헌영 동지를 만났고, 어린 시절 우리 집에 자주 찾
아왔던 친구분들도 평양에서 만날 수 있었다.

평양은 낯설었지만 난 쉽게 적응할 수 있었다. 그 시절 나는 친일

파를 두남두는 미 제국주의자들에 맞서 남조선 해방을 열망하는 청년으로 성숙해갔고 1949년 김일성대학에 입학했다. 아버지는 조선민주주의인민공화국이 수립되면서 박헌영 동지가 책임자로 일한 외무성에서 일하게 되셨다.

조국해방전쟁이 벌어질 때, 나는 곧장 자원 입대했다. 떠나는 날, 어머니는 내게 나침반을 건네주셨다. 아버지가 어머니께 월북 장소를 알려주실 때, 혹시 길을 잃을지 모른다며 주신 나침반이었다.

"살아서 돌아오너라. 이 나침반이 그날처럼 너를 지켜줄 테니 잘 간직하고……."

그랬다. 조국을 해방한다는 열망으로 난 기꺼이 온 몸을 바쳐 싸웠다. 고향 마산과 부산에 금의환향하고 싶었다. 아버지와 어머니를 괴롭히던 놈을 꼭 내 손으로 처단하고 싶었다. 하지만 미군의 인천상륙으로 우리는 패퇴할 수밖에 없었다. 나침반을 들고 산으로 들어가 가까스로 월북 길에 들어섰을 때, 운명이 나를 기다리고 있었다. 이현상 부대와 만났고, 나는 월북의 길과 반대로 남하의 길을 선택했다.

민주지산에서 열린 산중회의 때였다. 간략한 자기 소개와 더불어 남조선 해방을 위한 빨치산 투쟁의 중요성을 선동하는 연설을 마친 뒤 이현상 선생이 나를 잠깐 보자고 불렀다. 내가 마산 출신에 김일성대학 학생이라는 사실이 선생의 눈길을 끌었으리라고 판단했다. 과연 그랬다. 선생은 대뜸 아버지 이름을 거론하며 아느냐고 물었다.

"저의 부친 되십니다."

이현상 선생의 넉넉한 입이 더없이 벌어졌다. 아버지와 이 선생은 일제 강점기 시대부터 아는 사이였다. 그로부터 석 달 뒤 사령부로 배속받았고 그 뒤 사령관의 호위대로 줄곧 싸웠다. 이현상. 그분은 탁월한 빨치산 사령관 이전에 위대한 인간이었다. 내 인생에 가장 행복했던 시기가 바로 그때였다. 김일성대학에서 함께 일했던 민들레 동무를 다시 만나고 사랑이 싹튼 것도 그 시기였다.

하지만 빨치산 전사로 마지막 투쟁을 벌이던 시기에 난 도저히 당을 이해할 수 없었다. 이현상 선생을 평당원으로 강등하는 것은 '공화국 영웅'에게도 그렇거니와 혁명운동의 발전을 위해서도 전혀 이치에 맞지 않는 '폭력'이었다.

사령관에서 평당원으로 강등당했기에 선생님의 호위대 또한 해산령을 받았다. 당시 엄혹한 지리산 환경에서 이는 선생님에 대한 사형선고와 다름없었다. 실제로, 평양에서는 선생님의 동지들이 사형당했다는 사실이 사령부 둘레에 퍼져 있었다.

난 절망했다. 아무리 돌이켜보아도 이해할 수 없었다. 깊은 밤. 이현상 선생이 은신하고 있는 큰 바위 아래로 찾아갔다. 선생님은 마치 기다리기도 했다는 듯이 반갑게 맞았다.

"어서 오시오, 동지. 그렇지 않아도 동지를 생각하고 있었소"

"선생님, 어떻게 당이……, 당이 혁명의 영웅을 스스로 부정할 수 있습니까?"

"흥분하지 마시오!"

"아닙니다. 저는 참을 수 없습니……."

"쉿! 목소리를 낮추시오"

선생님이 엄한 눈으로 바라보며 말을 이었다.

"동지! 앞으로 어떤 상황이 닥치든 차분하게 행동해야 하오. 그래야 과오를 저지르지 않게 되오"

선생님이 내 어깨를 끌어당겼다. 목소리는 아까보다 더 가라앉아 있었다.

"우리는 지금 냉엄한 현실을 살고 있소. 수백만 명의 민중이 이미 혁명 전쟁에서 숨겨갔소. 혁명에 나섰던 위대한 투사들이 얼마나 많이 목숨을 바쳤는지 생각해보오. 나는 피투성이 투사들의 주검도 온전히 묻어주지 못한 사람이오. 그 책임을 누군가 져야 하오.”

선생님의 수심어린 눈에 그렁그렁 맑은 물기가 서려왔다.

“하지만 그 책임이…….”

“왜 나 이현상이냐고? 그럼 누구 책임일까. 잘 생각해보오. 내가 총사령관이지 않았소? 내가 책임지는 게 마땅한 일이오.”

“선생님!”

“알고 있소, 동지의 마음을. 내가 왜 모르겠소. 하지만 사령관에서 내가 더 나아갈 길은 이제 없소. 동지도 알고 있듯이 평양으로 내가 가야 할까? 나와 함께 항일투쟁을 벌이고 미제와 싸웠던 동지들이 ‘미제 간첩’으로 사형선고를 받고 더러는 이미 처형된 것으로 들었소. 그래. 말이 나온 참에……, 참으로 자네 아버지가 걱정되오. 동지는 기실 나를 걱정할 형편이 아니오.”

“…….”

따뜻한 목소리에 담긴 뜻밖의 말에 가슴이 먹먹했다. 선생님이 내 손을 꼭 거머쥐었다.

“미안하오. 동지가 지나치게 날 걱정해서 내가 실언을 했소. 하지만 동지 같은 사람이 있어 난 미래를 낙관하오. 아마 동지의 아버님도 지금 이 순간 살아 계시다면, 마찬가지 심경이라고 생각하오. 무슨 일이 있어도 동지가 이 전쟁에서 살아남아야 할 이유라오. 그렇소. 동지는 꼭 살아야 하오.”

내 두 눈을 들여다보는 선생님의 눈에 눈물이 가득 찼다. 난 숨이 막혔다. 목이 메어 아무 말도 할 수 없었다.

“내 말 뜻 알겠소?”

“……”

“동지, 잘 들으시오. 내가 38선을 넘어 평양으로 갔을 때라오. 북녘
동지들과 힘을 모아 함께 혁명을 완수하리라는 결의였소. 그런데 내
가 발견한 것은 소련의 강력한 영향력이었소. 이 땅의 혁명이 우리
내부의 논리가 아니라 소련공산당의 논리에 따라 재편되는 모습을
보며 난 깊은 회의에 빠졌소. 결론은 하나였소. 남조선으로 다시 내려
가 민중의 힘으로 혁명을 이루자. 설령 그 혁명에서 내가 숨지더라도
그 길이 혁명의 길이다. 그렇게 판단했소. 민중의 힘이 커지는 것, 민
중이 깨어나 스스로 이 세상의 주인이 되겠다고 나서는 것, 그것만이
북과 남 모두에게 희망이오. 역사를 길게 보아야 하오.”

“선생님, 그렇다면 무슨 일이 있어도 살아야 할 분은 바로 선생님
아닙니까?”

울먹이며 호소한 물음에 선생님은 웅숭깊은 눈미소를 지으며 말했다.

“동지, 고맙소. 그러나 난 이제 할 일을 다했다오. 여기까지가 조선
에서 내가 걸어갈 수 있는 길이오. 나는 죽을 자리를 찾았소. 마음이
편한 까닭이오. 이제 나를 딛고 젊은 동지들이 새 길을 열어가야 하
오. 아니, 자연스레 그렇게 되리라고 난 확신하오.”

선생님의 자애로운 눈시울까지 물기가 가득 차왔다. 선생님의 눈
물이 떨어지는 모습을 차마 볼 수 없었다. 그것은 영웅에 대한 예의
가 아니라고 생각했다. 아니, 어쩌면 내 가슴에서 용암처럼 복받쳐 오
르는 뜨거운 슬픔을 견디지 못해서였는지도 모른다. 황망히 일어나
서 아지트를 걸어 나왔다. 망연자실했다.

길. 길이 보이지 않았다. 바로 앞 한 걸음을 어디로 내디뎌야 할지
도 모를 만큼 캄캄했다. 아버지처럼 믿고 따르던 선생님 못지않게, 실
제로 아버지의 생사도 궁금했다. 이강국 동지까지 사형을 당할 정도

라면, 그분을 도와 항일 혁명 투쟁을 벌여온 아버지가 무사하기 어렵지 않을까 싶었다. 왜 지금 여기서 무엇을 위해 싸우고 있는가라는 의문이 처음으로 들었다.

넋이 나간 채 무방비 상태로 걸음을 옮겨서일까. 아니면 모진 운명의 끈이 나를 이끈 것일까. 어느새 벽소령 가까이 다가온 사실을 알고 흠칫했다. 아지트에서 너무 많이 이탈했다는 생각이 번쩍 들었다. 돌아서려는 순간, 작지만 거친 목소리가 살천스레 들렸다.

"손들엇!"

본능적으로 숲에 몸을 던졌다. 총소리가 귓전을 울리며 진동했다. 한밤을 찢는 총성이 10분이 넘도록 이어졌다. 난 조금도 움직일 수 없었다. 총성이 멎는 듯 싶어 포복으로 움직일 때였다. 바로 눈앞에 군화가 여남은 개 보였다. 머리로 총구들이 서늘하게 내려와 꽂혔다.

곧이어 군화에 얼굴과 온 몸을 짓밟혔다. 매복했던 전투경찰이었다. 자살을 못하게 한답시고 팔다리를 묶고 입에는 재갈을 물렸다. 넘어져도 무조건 끌고 갔다. 줄에 걸린 개처럼 질질 끌려 산 아래로 내려왔다. 뾰족한 돌에 걸려 옷은 물론, 몸이 찢어지면서 내가 죽음의 문 앞에 서 있음을 절감했다. 공포와 고통을 이겨낼 수 있었던 애오라지 희망은 곧 죽어서 민들레 동무와 저 세상에서 만날 수 있다는 그리움이었다. 민 동무가 체포되지 않고 전사한 게 얼마나 다행인가라는 생각이 들었다. 민들레 동무, 나의 사랑이자, 빨치산의 자랑이었다.

나의 바리데기.

지리산 빨치산들은 수세에 몰리면서 다른 부대들과 섞이게 될 때 본명을 감추는 일이 많았다. 혹 체포되거나 고문을 당하는 일이 벌어지더라도 그것이 서로에게 도움이 된다는 판단 때문이었다. 이현상 선생도 여러 이름으로 활동했다. 부대 안에서 많은 동무들로부터 존경이나 사랑을 받을 때 더러는 애칭이 붙기도 했다. 애칭으로 불린 대표적 사례가 바로 민들레 동무였다.

민들레, 이현상 선생이 붙여준 산중 호칭이었다. 민들레의 본디 이름이 누구일지 짐작할 수 있겠니?

지금 그 사람의 본명을 바리데기에게 전하려는 내 가슴은 슬픈 기쁨, 아니 기쁜 슬픔으로 울렁이고 있다. 우련히 떠오르며 또렷해지는 사람.

금련화.

바로 너의 어머니다.

연화, 언제나 나를 구원해주는 이름이었다.

피칠갑을 한 채 이른 곳은 지리산 서남 지역 전투경찰사령부. 우두머리는 차일혁이었다. 차일혁은 이미 변절해 경찰로 활동 중인 '빨치산'을 통해 내가 이현상의 호위대라는 사실을 파악했다. 자신의 졸개들로 하여금 내게 총살 위협을 한 뒤, 점잖게 나타나 마치 '구원'이라도 해주겠다는 듯이 언구럭을 부렸다.

"자네, 젊음이 아깝지 않은가. 토벌대로 들어오면 지금 즉시 모든 것을 자유롭게 해주겠네."

난 단호하게 결기를 보여줄 때라고 판단했다. 놈의 얼굴을 정면으로 조준해 가래침을 뱉었다. 입 안이 모두 터져서일까. 놈의 콧잔등으로 날아간 침은 절반이 핏덩이었다. 그 순간 차일혁의 졸개들이 일제히 고함을 지르며 달려들었다. 여기서 죽는구나 싶을 만큼 다시 짓밟혔다. 그때였다. 차일혁의 날 선 소리가 들렸다.

"뭐 하는 짓들이야!"

몰매가 멈췄다. 차일혁이 쓰러져 있는 내게 다가왔다.

"일어나!"

놈의 얼굴에 묻은 핏덩이 침은 어느새 닦여 있었다.

"너, 제법 호위대다운 놈이구나. 그래, 호위대라면 당연히 그래야지. 참으로 이현상이 부럽다. 너희들! 이놈을 씻긴 뒤 내게 다시 데리고 와."

차일혁이 문을 열고 나가기 전에 다시 돌아서서 확인했다.

"몸에 더는 손대지 말아라!"

대답이 없었다. 더러는 입을 삐죽 내민 놈도 보였다. 차일혁의 쩌렁쩌렁한 고함이 들린 것도 바로 그때였다.

"알았나!"

"네!"

제법 부하들의 기강을 세울 줄 아는 자였다. 동시에 내게 당한 수모를 부하들에게 교묘하게 돌릴 줄 아는 지능적 인간이라고 생각했다. 5분 동안 물을 마구 뿌리는 '목욕'에 이어 피투성이 상처에 연고를 발라주었다. 차일혁 앞에 다시 불려갔다.

차일혁의 방에 들어가자마자 큰 충격을 받았다. 그가 지리산 지도를 펴놓고 주재하는 회의탁자에 전사한 것으로 산중에 알려졌던 호위대 동무들이 두 명이나 앉아 있었기 때문이다. 나는 그들의 변절을 보며 절망감을 느꼈다. 그들은 선생님이 머물고 있는 아지트까지 정확히 파악하고 있는 인물들이었다. 아지트 위쪽 능선에서 내가 체포된 것도 이미 그만큼 포위망이 압축되고 있다는 사실을 의미했다.

그들을 겨눠 분노의 눈총을 쏘았다. 호위대의 한 동무는 모르쇠했다. 다른 동무는 차일혁에게 언죽번죽 말했다.

"맞습니다. 이현상이 가장 총애한 놈입니다. 그림자처럼 따라다녔기에 이현상이 언제 어떤 길로 갈지도 아는 놈입니다."

두 동무를 겨누던 분노는 시나브로 사라졌다. 선생님이, 선생님의 목숨이 참으로 경각에 달려 있다고 판단했기 때문이다.

나의 바리데기, 홍련화.

그래서였다. 이해할 수 있을지 모르지만, 난 그 자리에서 차일혁의 제의를 수락했다. 경찰에 적극 가담하는 것이 선생님의 신변을 보호하는 데 더 이롭다고 판단해서다. 내가 죽는 것은 그 다음으로 미뤄도 충분한 일이었다.

47

운명의 날이 밝아왔다. 차일혁은 내게 이현상이 자주 다니는 길에 매복하라고 지시했다. 부대를 이끌고 삼정마을을 지나 너덜지대 앞에 이르렀을 때 나는 매복을 제안했다. 나무가 없어 은폐도 어렵고 돌들이 많아 피하기도 힘든 그곳으로 선생님이 지나갈 일은 결코 없으리라고 확신했기 때문이다.

1953년 9월 17일 오후 7시.

빨치산들이 나타났다. 난 일부러 사격을 먼저 했다. 엉뚱한 곳으로 사격을 해 동무들이 달아나도록 했다. 또 하나는 이곳에 매복조가 있다는 것을 알려주고 싶었다. 우리가 매복한 곳에서 선생님이 계신 곳은 계곡이 깊어서 그렇지 기실 얼마 되지 않는 거리였다. 분명 선생님은 위기를 감지하고 최소한 이 길목만은 피하리라고 확신했다. 경찰 대다수는 빨치산들과 예기치 못한 전투를 피하려는 자들이기 때문에, 매복장소가 노출되어도 잘 옮기지 않는다는 사실을 명심하라고 선생님이 일찍이 우리에게 가르쳐 주었기 때문이다.

너덜지대 앞에서 매복을 하던 그날 밤 여느 때보다 별들이 빛났다. 은하수 가득 총총한 별들의 향연은 지상에서 벌어지는 비극과 대조를 이뤘다. 초가을 밤이 깊어가면서 깨끗한 밤하늘에 별들이 더욱 반짝였다.

온갖 상념이 들었다. 과연 선생님이 이곳을 무사히 빠져나갈 수 있을까. 초조했다. 한편으로는 이곳을 벗어난다고 하더라도 선생님이 어디로 갈 수 있을지 의문이 들었다. 이현상. 그가 서 있을 땅은 어디인가. 선생이 은신할 땅이 삼천리 강산에 단 한 뼘이라도 있는가.

모든 것이 혼란스러웠다. 갑작스레 굉음이 들려 정신이 번쩍 들었다. 산봉우리에서 들리는 소리였다. 믿을 수 없는 광경이었다. 뾰족한 산봉우리가 흔들흔들하더니 뚝 잘라지면서 기울었다. 거대한 봉우리가 잘려진 채, 너덜지대로 쏟아졌다. 피하고 싶었지만 너무 무서워 피할 수가 없었다.

"아악!"

죽었다 싶었다. 게다가 비명조차 누군가 입을 막아 더 괴로웠다. 몸부림을 치다가 눈을 떴다. 옆에 있던 매복 경찰이 내 입을 막고 있었다. 지금도 생생하게 떠오를 만큼 무서운 꿈이었다. 산봉우리가 동강이 나며 떨어지는 꿈. 어느새 먼동이 트고 있었다.

매복조는 같은 위치를 고수했다. 어젯밤 총소리 때문에 매복 위치가 드러났다면 마땅히 다른 곳으로 옮겨야 하는데, 모두들 그럴 의지가 없어 보였다. 명령이기에 산중에서, 그것도 깊은 계곡까지 들어와 가을 밤바람을 맞으며 매복하고 있지만, 어느 순간 총알이 심장을 뚫을지 모르는 위험은 피하자는 게 공통된 정서였다. 나 또한 의도했던 바였다. 매복조를 여기에 묶어두는 것이 선생님을 위한 길이라고 판단했다.

하지만 운명은 잔인했다.

1953년 9월 18일 오전 9시.

너덜지대 앞 숲 속에서 네다섯 명이 계곡 물을 건너오는 소리가 들렸다. 난 이해할 수 없었다. 투항자가 아닐까 싶기도 했다. 아, 그러나 어인 일인가. 숲을 지나 너덜지대로 맨 처음 나타난 빨치산을 보았을 때 숨이 탁 막혔다.

이현상 선생님이었다. 머리가 텅 비는 듯한 순간이었음에도 번개처럼 여러 가지 생각이 스쳐갔다. 선생님 뒤로 몇몇 동무들이 따라 내려오고 있었다. 얼굴을 자세히 파악할 수는 없었지만 낯익은 동무들은 아니었다. 게다가 선생님은 분명 다른 길이 있는데도 가장 열악한 지형으로 하산하고 있었다. 그것은 죽음을 맞이하겠다는 각오가 아니면 있을 수 없는 선택이었다. 그 점에서 그것은 자살의 길이었다. 작별의 말을 나눌 때, 선생님 말이 기억났다. "내가 갈 길은 이제 없소" "난 이제 할 일을 다했소 이제 나를 딛고 젊은 동지들이 새 길을 열어가야 하오" 이어 "죽을 자리를 찾았소"라는 말이 떠올랐다.

'그렇다. 선생님은 지금 죽을 자리를 찾고 있다!'

입 안이 타들어갔다. 바짝 긴장을 하며 뒤에 따라오는 동무들을 주시했다. 한 동무의 총이 위험할 만큼 선생님 쪽으로 기울어 있었다. 함께 매복하고 있던 경찰이 쏘자는 손짓을 보냈을 때 난 단호하게 고개를 흔들어 말렸다. 본능이었다.

하지만 이미 매복조의 총 앞에 선생님은 무방비상태로 노출되어 있었다. 절망이었다. '이 상황에서 내가 할 수 있는 일은 무엇일까.' 난감하기만 했다.

총구를 매복조에게 돌린다? 하지만 매복조는 나를 포함해 9명이었다. 여덟 명을 상대하기도 불가능하지만, 3개조로 조금씩 떨어져 있어서 총소리가 나는 순간에 누군가의 총은 선생님을 향해 발사될 게 분명했다.

하나는 어젯밤처럼 내가 먼저 오발을 해 가능한 선생님이 사지를 벗어나는 길이다. 하지만 밤이 아니어서 이미 벗어나기는 불가능했다. 너덜바위들 옆으로는 얕은 산죽만 있어 피할 숲도 없었다. 바로 그렇기에 난 선생님이 죽음의 길로 자처해온 게 아닐까 싶었다. 평양의 동지들처럼 동지들의 손에 죽느니 적의 총에 맞아 전사하겠다는 뜻 아닌가.

그렇다면, 그렇다면 지금 내가 할 수 있는 또 다른 선택이야말로 선생님에 대한 최대의 경의가 아닐까. 왜 그 순간 내가 그런 망상을 했을까. 지금 돌이켜보아도 운명의 짓궂은 장난으로밖에 생각할 수 없다.

그랬다. 내가 선생님을 쏘아야 하지 않을까 싶었다. 적들의 더러운 총에 맞아 전사하는 것보다 더는 걸어갈 길이 없는 저 영웅을, 위대한 혁명가를 내가 쏘는 게 최선 아닐까. 다음 순간 나는 도리질했다. 아니, 대체 내가 지금 무슨 생각을 하고 있는 것인가.

그런 상황에서 돌발사태가 일어났다. 선생님을 뒤따라오던 동무가 바투 따라붙더니 그렇지 않아도 위험했던 높이의 총구를 더 들어올리는 게 아닌가. 오랜 세월, 지리산을 누벼온 나의 감각으로는 명백히 사살하려는 모습이었다.

순간이었다. 나도 모르게 방아쇠를 당겼다. 아니, 지금도 그날 그 순간을 생각할 때마다 내 가슴을 쥐어짜는 고통은, 정확히 내가 누구를 겨누었는지 모르겠다는 점이다. 아마 그 동무를 겨누지 않았을까. 내 총소리와 거의 동시에 매복조의 총들이 일제히 불을 뿜었다. 선생님과 뒤따르던 동무가 동시에 쓰러졌다. 이어 그 뒤에 있던 빨치산

두 명과 교전이 시작되었다.

그랬다. 그것이 이현상 선생님이 최후 순간이었다. 선생님이 쓰러지는데도 매복조의 총은 계속 난사되었다. 나는 벌떡 일어났다. 단호하게 절규했다.

"그만! 그만!"

정적이 깃들었다. 어느새 난 정신없이 뛰어가고 있었다. 선생님은 피투성이로 절명했다. 그 옆에 낯선 얼굴의 동무도 숨져 있었다. 난 선생님을 안고 미친 듯이 울부짖었다.

"선생님! 선생님! 죄송합니다."

매복조들이 뒤따라왔다. 내 말을 들으며 눈이 휘둥그레졌다. 매복조장이 말했다.

"이 친구가 정말 이현상을 잡았군."

그 소리가 마치 꿈결처럼 다가왔다. 정말, 정말, 내가 선생님을 쏜 것일까. 아니다. 나는 선생님 뒤에 있는 동무를 겨눴다고, 내가 선생님을 쏜 게 아니라고 외치고 싶었다. 하지만 내 속에 누구인가 냉소를 띠며 물었다.

'정말? 정말 그래?'

자신이 없었다. 내 총이 선생님을 쏘았을 가능성도 분명 있다. 내 총소리와 더불어 또 다른 총소리가 들렸고 선생님과 뒤따르던 동무가 동시에 쓰러졌다.

그 순간이었다. 매복 경찰 하나가 선생님의 시신에 침을 뱉으며 "빨갱이 두목 놈의 목은 내가 잘라가겠다"고 나섰다. 칼을 빼들고 목에 들이대려는 순간이었다. 난 벌떡 일어나 총 개머리판으로 그의 얼굴을 갈겼다. 이어 총구를 30도 각도로 내려 그를 겨눈 뒤 헌걸차게 외쳤다.

"누구든지 선생님의 몸을 모욕하는 놈이 있으면 내 총구가 가만있지 않을 것이다!"

정적이 깃들었다. 뒤로 넘어졌던 경찰이 눈을 흡떴다. 입에서 피를 뱉으며 분을 참을 수 없다는 듯이 내게 총구를 돌렸다. 그 순간 내 총이 먼저 불을 뿜었다. 이어 곧장 매복조장의 뒤로 몸을 날렸다. 단도를 뽑아 매복조장의 목에 칼끝을 들이댔다. 모든 게 순식간에 벌어진 일이어서 일곱 명의 매복 경찰들은 당황했다. 바로 눈앞에서 동료 하나가 죽는 것을 보았기에 더 그랬을 터이다. 매복조장을 악패듯 몰아세웠다.

"모두 총을 버리라고 명령해!"

하지만 매복조장은 짐짓 대담하게 대꾸했다.

"이것 봐, 너 이러다가 다친다!"

난 조금도 주저하지 않았다. 조장의 목에 칼을 조금 들이밀고 그었다. 피가 주르르 흐르자 매복조장의 머리칼이 곤두섰다. 허겁지겁 경찰들을 보며 애원하듯 말했다.

"총…… 총을…… 내려놔! 빨리!"

모두 총을 내려놓았다.

"뒤로 돌라고 해!"

"뒤로 돌아!"

"앞으로 가라고 해!"

"앞으로 가!"

다섯 걸음 정도 갔을 때다. 난 칼끝으로 조장의 목 급소를 겨눈 뒤 강하게 힘을 주었다. 아무런 소리도 없이 조장이 미끄러지듯 나부라졌다. 그가 지니고 있던 수류탄을 뽑았다. 걸어가던 여섯 명의 토벌대 가운데, 하나가 무슨 소리를 들었는지 뒤를 돌아보았다. 그 순간, 수류탄을 던지고 엎드렸다.

"쾅!"

모두 쓰러졌다. 죽은 빨치산의 총을 들고 일어났다. 현장으로 다가서자 아직 죽지 않은 경찰 두 명이 신음하고 있었다. 두 명은 물론, 나머지 네 명에게도 총을 쏘아 확인 사살했다.

그리고 선생님 옆으로 다시 돌아와 무릎을 꿇었다. 여러 발의 총알이 관통해 피투성이가 된 선생님의 시신을 보며 자결을 결심했다. 목구멍에 총을 넣고 방아쇠를 당기려는 순간이었다. 내 몸이 살기 위해 본능적으로 연상시킨 걸까. 이현상의 마지막 말이 떠올랐다.

"동지 같은 사람이 있어 난 미래를 낙관하오. 아마 동지의 아버님도 지금 이 순간 살아 계시다면, 마찬가지 심경이라고 생각하오. 무슨 일이 있어도 동지가 이 전쟁에서 살아남아야 할 이유라오. 그렇소. 동지는 꼭 살아야 하오."

그와 동시에 모든 걸 덮고 자유롭게 해주겠다는 차일혁의 말이 겹쳐졌다.

혁명의 진실을 증언해야 한다고 누군가 내 몸 안에서 아우성치고 있었다. 상황을 재구성해 정리하는 데는 오랜 시간이 걸리지 않았다. 매복조가 내려놓은 총을 들어 폭탄이 터진 곳에 널브러져 있는 시신들 옆에 하나씩 던져놓았다. 매복조장과 침을 뱉었던 경찰의 시신에도 빨치산 총을 여러 발 쏘았다. 그리고 시신을 폭탄이 떨어진 곳에서 조금 떨어진 곳에 옮겨 놓았다.

1953년 9월 18일 오전 11시.

수색대가 왔다. 수색대장은 이현상을 사살했다는 말을 듣고 흥분해 길길이 뛰었다. "확실한가"라고 거듭 물은 뒤, 곧장 차일혁에게 무전 연락을 했다. 매복조가 모두 죽은 사실은 보고조차 하지 않았다.

연락을 끝낸 뒤 매복조가 어떻게 죄다 희생되었는지 물었다. 난 이현상 호위대와 치열한 교전이 오갔고, 그 과정에서 적들을 향해 수류탄을 뽑았던 경찰 하나가 던지기 직전에 총을 맞아 쓰러지면서 수류탄이 터졌다고 말했다. 수색대장은 현장 확인을 하더니 그대로 내 말을 믿었다. 그는 '이현상 사살'에 들떠 있는 게 분명했다.

전투경찰 수색대는 선생님의 시신을 쌍계사까지 운반했다. 들것에 실려 내려가는 선생님의 시신을 뒤따르며 난 어금니를 꽉 깨물고 눈물을 삼켰다. 선생님의 원혼이 빗점골을 떠도는 느낌이었다. 선생님의 우렁찬 사자후가 지리산 계곡마다 메아리처럼 울려퍼지고 있었다.

차일혁은 내 공을 치하했다. 하지만 내 영혼은 급속도로 분열하고 있었다. 나 자신의 존재를 스스로 실감할 수 없었다.

저들은 선생님의 시신을 서울 창경궁에 전시했다. 끓어오르는 분노를 어찌할 수 없었다. 이현상 사살로 이승만에게 칭찬을 받은 차일혁은 내게 소원이 있으면 말하라고 했다. 난 선생님의 장례를 정중히 치르고 싶다고 말했다. 차일혁은 적어도 야비한 인간은 아니었다. 사뭇 진지한 눈빛으로 내 말을 경청하더니 즉각 결심을 했다. 여기저기 전화를 건 뒤, 이현상의 주머니에서 염주가 나왔다며 불교식으로 장례하면 되는지 물었다.

난 찬성했다. 동시에 혁명가로서 장례는 내 마음속으로 치르면 된다고 판단했다. 스님을 불러 장례를 치렀다. 내 주장에 따라 화개장터 앞 섬진강에 선생님의 재를 뿌렸다. 차일혁은 내가 선생님께 마지막 충성을 바치는 걸 허용해주었다. 재를 맑은 강물에 띄우며 저 산마루에서 이 강을 바라보며 눈물을 글썽이던 선생님이 문득 떠올랐다. 그 때 선생님은 섬진강에 자신의 몸을 묻으리라고 예견이라도 한 것일까.

차일혁은 내 언행을 주의 깊게 바라보았다. 장례가 끝나자 부르더니 앞으로 어떻게 살아가고 싶은지 물었다. 난 북쪽이 고향이어서 남쪽에 아는 사람이 없다고 꾸며 말했다. 그렇다고 북쪽에 돌아갈 뜻도 없으니 여기서 가호적을 만들어 달라고 했다.

차일혁은 북쪽에 갈 뜻도 없다는 말에 선뜻 동의해주었다. 가호적假戶籍을 만들어주며 삼성산의 삼막사 주지 앞으로 소개장까지 써주었다. 경기도 안양安養의 빨치산 출몰이 없는 곳에서 '새 인생'을 살라고 했던가. 그랬다. 바로 그 순간부터였다. 홍기수가 최천민이 된 것은.

나의 딸 홍련화.

너에게 들려주고 싶은 이야기가 너무 많구나.

48

편지를 읽었을 때 저는 심장이 멎는 듯했어요. 아니, 억장이 무너지는 슬픔이었지요. "들려주고 싶은 이야기가 너무 많구나." 아버지의 육필은 거기서 그쳤어요. 편지지 아래 오른쪽 귀퉁이가 구겨지고 손톱에 찢어진 흔적으로 보아 그 지점에서 심장마비가 온 게 아닐까 싶어요. 평생 가슴을 압박해온 고통이, 처음으로 자신의 정체를 밝히는 바로 그 순간에 마침내 끝난 걸까요. 아버지가 처음으로 "나의 딸"이라 부르며 들려주고 싶었던 '너무 많은 이야기'는 무엇이었을까요.

2005년 2월 1일.

섬진강에 아버지를 뿌리던 날, 함박눈이 내렸어요. 지리산 빨치산들의 핏물이 스며든 강, 그리고 아버지가 이현상을 뿌린 곳이지요.

돌이켜보면 볼수록 아버지와 어머니의 비극적 삶이 무장 한스러웠어요. 두 분 모두 영혼이 얼마나 은결들었을까요. 저는 아버지의 빈소를 떠나고 싶지 않았기에 한민주에게 간청했어요. 어머니가 병원에서 돌아가신 뒤 먼가래를 쳤는지, 그랬다면 어디에 묻혔는지 알고 싶었지요. 혹 무덤이라도 있다면 합장해드리는 게 자식으로서 제가 할 수 있는 처음이자 마지막 도리라고 생각했거든요. 한민주는 선뜻 수락해주었어요. 곧장 지리산으로 내려가 경찰서와 면사무소 병원의 서류들을 모두 뒤졌다고 해요. 제가 건네준 어머니 사진을 들고 경로당을 돌아다녔어요. 자포자기 심정을 들른 마지막 노인정에서 기적처럼 어머니를 기억하는 분을 찾았다더군요. 이웃 식당에서 일하시며 가끔은 어머니와 시름을 나누던 분이셨어요. 섬진강을 '끔찍이 좋아했던'—그 할머니의 표현이었대요—어머니를 위해 화장한 뒤 유골을 섬진강에 뿌렸다는 사실을 알아냈어요.

그래서였어요. 아버지를 화장해서 어머니 금련화가 뿌려진 그 강에 두 손 모아 흩날렸어요. 함박눈과 더불어. 아버지의 당질녀, 그러니까 제 육촌 동생이지요. 민들레 서점을 이어받은 선영도 나룻배—그것도 우연이었을까요. 예약했던 나룻배를 가보니 붉은색이 칠해졌더군요. 붉은 배, 할아버지가 만든 신문 이름에 아버지를 싣고 간다는 감회에 또 얼마나 서러웠던가요—에 함께 올랐어요. 선영의 부모들은 장례식에도 나타나지 않더군요. 선영은 저와 달리 큰 눈에 예쁜 얼굴이었어요. 성격도 활달해서 아버지가 몹시 귀여워했을 성싶었어요. 아버지를 강에 뿌릴 때 끝내 슬픔을 참지 못하고 오열하는 선영의 등을 조용히 토닥여주었어요.

한민주와 더불어 지리산의 아름다운 집으로 찾아가 처음 아버지를 만난 시간들이 주마등처럼 떠오르더군요. 아버지 방에서 밤을 보낸 다음날 아침이었지요. 이현상의 최후 격전지와 아지트를 찾았던 기억이 생생하게 그려졌어요. 저는 장대비 퍼붓는 지리산 중턱에서 더덕 술 향기에 취해 늦잠을 잤지요. 비는 가늘어졌지만 여전히 내리고 있었어요. 제가 깬 시간은 아침 9시. 한민주는 '청년학교' 벗들을 만나야 한다며 이미 차를 몰고 아래 의신 마을로 내려간 뒤였어요.

부스스 깬 저를 미소로 맞이한 아버지—아, 그때 아버지라는 사실을 알았다면, 저는 그날 삼정 마을을 떠나지 않았을 텐데요—는 이미 아침 밥상을 차려놓았어요. 따뜻한 된장국을 손수 끓이셨지요. 그날 아버지가 밥상을 차리기까지 얼마나 많은 상념이 스쳐갔을까요. 아무튼 그날의 된장국 아침상은 제 평생 잊지 못할 최고의 성찬일 거예요. 제가 밥 먹는 모습을 미소로 바라보던 아버지는 상을 물린 뒤 물었지요.

"남편에게 일어난 불행은 어젯밤 한 선생에게 들었소."

조금 당혹스러웠어요.

"한 선생이 그런 이야기까지 하셨어요?"

아버지의 때꾼한 눈에 왜 그때 근심이 가득했는지 지금은 다 이해하게 되었지요. 아버지는 그때 저를 위로해주셨지요.

"한 선생은 내가 몇 차례나 물어보아 답했을 따름이오. 그보다……, 남편 없이 살려면 힘들 텐데……."

"괜찮아요. 저 노동자교육협회 일 아주 재미있어요."

"딸내미가 있다던데?"

“네.”

“딸내미도 홍련화 씨와 닮았소?”

“저보다 훨씬 예뻐요.”

딸 이야기 나오면서 불편한 마음이 누그러졌어요. 자랑을 늘어놓았지요. 아빠가 없는데도 씩씩하고 명랑하게 잘 크고, 성적도 좋고 책도 많이 읽는다는 둥……

“허, 모든 게 엄마를 닮은 모양이오.”

“감사합니다.”

“이름이 뭐요?”

“죄송합니다. 아직 한국 이름을 지어주지 못했습니다.”

“다음에 한국에 올 때는 데려오시구려.”

“그래야겠지요?”

그 말에 아버지가 혼잣말처럼 뭔가 입술을 움직였어요. 말할 당시는 몰랐는데, 말이 끝나기 무섭게 벌떡 일어나 방 밖으로 나간 뒤에야 무슨 소리였는지 감을 잡았지요.

“내가 금련화의 딸을 만나고 손녀까지 보게 되다니……”

그 말이 얼마나 처절한 기쁨이었을까, 이제야 깨닫고 있어요. 그때 저도 따라나서기는 했어요. 하지만 가까이 가지 못하고 곧 걸음을 멈췄지요. 비가 걷히며 지리산 중턱의 삼정 마을을 휘감고 있는 하얀 안개가 집 앞까지 밀려오며 흘러갔어요. 그 안개를 맞으며 저 멀리 산마루를 바라보는 아버지의 뒷모습에서 범접하기 어려운 위엄을 느꼈기 때문이지요.

얼마나 흘렀을까요. 마을 조금 아래로부터 젊은 사람들의 목소리가 두런두런 들리기 시작했어요. 이윽고 한민주가 ‘청년학교’ 사람들과 더불어 나타났어요. 그와 동시에 잠시 멈췄던 비가 다시 내리기 시작했지요.

한민주와 청년들은 비 긋기를 기다리는 눈치였지만 하늘이 갤 조짐이 보이지 않자 우비를 꺼내고 등산화 신들메를 고쳐 매었지요. 제법 빗방울이 굵어 한민주가 반대했는데도 굳이 아버지는 길을 안내하겠다고 나섰지요. 우비라고 걸치신 게 거의 헤어져서 한민주는 물론, 청년들이 앞다퉈 우비를 바꿔 입으려 해도 한사코 거절하셨어요.

깊은 계곡에 자리한 삼정 마을에서 이현상의 아지트까지는 겨우 30분 정도의 거리였어요. 하지만 산중의 작달비는 우비 속을 헤집고 들어와 어느새 우리 모두의 옷 속까지 적셨어요. 더구나 너덜지대를 지날 때는 계곡 물이 불어 자칫 휩쓸려갈 위험이 컸지요.

그날 먼저 계곡의 세찬 물을 조마롭게 건너간 뒤 제 손을 꼭 잡아주시던 아버지의 손길이 지금도 느껴져요. 왜 그때 아버지임을 직감조차 못했을까요. 저의 아둔함을 탓할 수밖에요. 이어 가파른 산죽 숲길이 나왔어요. 조릿대 숲길을 지나 이윽고 집채만한 바위들이 둘러싸고 있는 아지트에 도착했지요. 아버지의 모습은 결연했어요. 숙연한 청년 노동자들의 얼굴을 한 사람 한 사람 돌아보며 보일 듯 말 듯한 미소를 지었지요.

아지트에서 머물며 한민주는 만감이 교차하는 듯 착잡한 표정이었어요. 아버지가 말씀하셨지요.

"바로 여기서 이현상 선생님이 빨치산 투쟁을 지도하셨습니다. 이곳 둘레에 가득한 조릿대 숲을 보셨지요. 많은 투사들이 피를 토하며 죽어간 곳이라오. 좀처럼 보기 힘든 자줏빛 꽃들이 올 들어 피었습니다. 아마도 여러분을 만나려는 예고였나 봅니다. 1953년 9월 18일, 51

년 전 바로 오늘 아침에 선생은 이곳을 떠났습니다. 그분이 걸었던 길을 따라 우리도 내려가 봅시다.”

지금 생각하면 그 순간 아버지의 목소리가 조금 떨린 게 비바람이 몰아온 한기 때문만은 아니었던 게 분명해요. 올라왔던 길을 다시 15분 정도 내려갔어요. 산바람을 타며 빗줄기가 등산화는 물론, 우비 속으로 깊숙이 파고 들어왔어요. 한민주는 아버지의 건강이 염려되어 자꾸 바라보았지만 아버지는 산생활에 단련되신 듯 거침없이 내려가셨지요. 다시 밧줄을 타고 계곡 물을 지나야 했어요.

어김없이 아버지는 제 손을 잡아주셨지요. 그때 마주친 눈물 젖은 눈길을 왜 저는 그저 이마를 타고 흐르는 빗물로 생각했을까요. 다시 너덜지대가 나왔어요. 아버지는 길에서 벗어나 너덜지대 아래쪽으로 우리를 이끌었지요. 비는 어느새 그쳤지만 급경사를 이룬 너덜지대 옆으로 계곡 물은 마치 폭포가 쏟아지듯 하얗게 물보라와 소용돌이를 치며 흘러내렸어요. 마치 모든 걸 쓸어가려는 기세였지요. 계곡 옆으로 큰 바위가 나타났어요. 푯말이 보였지요. ‘이현상의 최후 격전지.’

“여기요. 선생의 마지막 숨이 멈춘 곳…….”

그때 아버지는 말씀을 채 맺지 못하셨어요. 돌아서서 폭포수처럼 쏟아지는 계곡 물을 바라보는 뒷모습이 떨리는 듯 흔들렸어요. 비에 젖은 눈빛들로 청년 노동자들은 조용히 촛불을 켰어요. 이어 맑은 소주를 따른 뒤, 차례대로 술과 더불어 절을 올렸지요. 한민주가 저에겐 묵념만 해도 된다고 배려해주었어요. 그때 잔잔하지만 위엄 서린 목소리가 들렸지요.

“언제 또 오겠소? 절 올리시오.”

아버지였지요. 제 앞으로 다가오시더니 술잔을 건네셨어요. 지금 생각하면 제가 아무런 저항감 없이 그분이 시키는 대로 술과 절을 올린 풍경이 필연처럼 그려져요.

아버지는 하산길에서, 이현상의 50주기를 맞아 이곳으로 들어왔다고 밝히셨지요. 삶의 마지막을 이현상 선생과 더불어 보내고 싶었다는 말씀에 담긴 의미를 지금에서야 깨닫고 있어요. 얼마나 숱한 나날을 너덜지대에서 자학하며 보냈을까요. 아니, 얼마나 숱한 세월을 이현상의 유령과 더불어 괴로워했을까요. 아버지에게 이곳은 전혀 즐겁지 못했던 인생에서 마지막 순례의 길이었겠지요.

아버지의 마음이 읽혀질 때마다, 저에게도 명치끝을 쥐어짜는 듯한 가슴통증이 다가오더군요. 가호적을 만들면서 이름을 최천민으로 한 까닭도 헤아려보았어요. 스스로 가장 천한 인간이라는 자학이었을까요. 아니면 이 땅에서 가장 낮은 사람들과 더불어 살아가겠다는 결기였을까요.

'이현상의 최후 격전지.'

소용돌이치는 계곡 물과 큰 바위 사이에 나무가 서 있었어요. 아버지가 그때 은은히 들려주셨지요.

"이 나무를 보시오. 자세히 보면 두 나무라오. 하나는 피나무, 그리고 이것은 참나무. 구불구불 가지를 뻗은 피나무가 왜 피나무인지 아시오? 껍질이 벗어지면 핏빛 액체가 묻어나기 때문이오. 여기 잎사귀를 보시오. 심장 모양이오. 피나무와 참나무가 여기 선생의 최후를 지켜보며 뒤엉켜서 컸다오. 선생이 돌아가실 때는 없던 나무요. 그곳에 피나무가, 그것도 참나무와 연인목이 되어 한 몸이 된 채 이렇게 큰 나무가 되어 있다오. 영웅의 붉은 피가 스머든 이곳에 자라난 피나무가 연인목을 이룬 모습. 우연치고는 뜻깊지 않소?"

모두 숙연했지요. 한민주가 말했어요.

"갈라진 조국이 하나임을 뜻하는 걸까요?"

아버지는 미소를 지었지요. 눈빛은 그러나 한민주가 아닌 저를 보고 계셨어요. 왜 그때 저를 보았는지 지금은 충분히 짐작할 수 있지요. 한민주가 용기를 내어 한 발 더 나아갔지요.

"선생님. 여기 모인 청년들에게 빨치산 투쟁을 벌인 분으로서 '한 말씀' 해주십시오."

피나무에 손을 얹고 있던 아버지는 그때 망설였지요. 하지만 곧 저와 눈이 마주친 뒤 의연하게 입술을 여셨어요. 섬진강에 아버지를 보내드리던 날, 그때의 조용한 사자후가 생생하게 귓전을 파고들었어요. 저의 영혼을 깨끗하게 씻어주었지요.

"이현상의 심장이 멎은 이 지점에서 여러분이 다시 길을 찾기 바랍니다. 월북했던 이현상이 왜 다시 남쪽으로 왔는지, 그가 남쪽에서 정녕 걷고자 한 길은 무엇이었는지, 그가 지금 살아 있다면 무엇을 할 것인지, 성찰해보시기 바랍니다. 이현상의 심장이 멎은 여기 이곳에서 말입니다."

짤막한 연설이되 긴 울림이었어요. 그날 아버지가 '사자후'를 토하며 가장 염두에 둔 사람은 저였겠지요.

복받쳐오는 오열을 가슴속 깊이 삼키고 또 삼키며 아버지를 겨울 강에 띄워 드렸어요. 저 옛날 이현상을 바로 여기서 보내드릴 때 아버지도 저처럼 오열을 가슴 깊이 삼켰을까요. 눈물 한 줄기 흘리지 않은 채, 저처럼 볼 안쪽을 깨물어 빨갛게 피멍이 들었겠지요.

주머니에서 나침반을 꺼냈어요. 저의 수호천사, 아득한 신화시대에 아버지와 어린 딸을 구원해준 마니또. 실제로 나침반은 제가 시간을 멈추고 마흔여덟 통의 편지를 쓰기까지 시간을 멈춰주었어요. 두 손으로 받쳐든 나침반에는 빨간 화살표 자침이 떨고 있었지요. 할아버지가 할머니를 사랑하던, 아버지가 어머니를 사랑하던 나날의 붉은 심장처럼.

'안녕히 가세요. 아버지, 맺힌 한 모두 풀어버리세요. 이현상은 물론, 수많은 혁명가들의 피가 흐른 이 강에서 편히 쉬세요. 무엇보다 아버지가 사랑했던 여자, 민들레 동무와 다하지 못한 사랑 이루세요. 그리고 엄마, 여기 아빠를 보내드려요. 서리서리 피맺힌 한, 엄마도 풀어버리세요. 아빠와 나눈 순결한 사랑으로 제가 여기 있잖아요. 그리고 엄마에게 목숨보다 소중했던 사람을 여기 보내드리잖아요. 아빠, 엄마, 부디 행복하세요. 섬진강과 더불어 영원히……'

나침반을 아버지의 하얀 몸으로 천천히 던졌어요. 두 분의 재회를 축하하는 선물이지요. 두 분이 만나는 순간을 영원히 멎게 해주길 기도했어요. 동심원을 이루며 퍼져가던 물둘레가 곧 잔잔해졌지요. 소리 없이 내리는 함박눈과 더불어 아버지는 잔잔한 섬진강으로 스며드셨어요. 평생을 따라다닌 가슴 통증의 소용돌이도 마침내 잔잔해졌겠지요.

49

목욕재계하고 비다듬은 뒤 책상에 앉았습니다. 붓방아를 찧다가 마지막 편지를 씁니다. 마흔아홉 통의 편지로 당신께 '안녕'을 고하고 싶어요. 콩켸팥켸였던 제 마음도 평정을 거의 찾았어요. 그래요. 짐작하셨겠지만, 오늘 저의 편지는 49재를 올리는 의식이지요.

제 오래된 나무 책상에는 수정으로 만든 연꽃 촛대가 두 개 놓여 있어요. 두 촛불이 어둠을 밝히고 있지요. 책상과 이어진 흰 벽에는 열여덟 살 여성의 초상화가 걸려 있어요. 그 앞에는 묘향산에 갔을 때 구입한 작은 향로가 놓여 있지요. 향을 피우고 편지지를 꺼냈어요.

향연이 마치 혼처럼 피어오르며 코끝을 휘돌아 제 영혼을 깨끗하게 씻어주고 있어요. 향은 스스로 몸을 차갑게 사르며 타오르지요. 천장으로 말없이 올라가 흩어지는 향연은 때때로 '피새 영감'의 얼굴을 그리기도 했어요.

왕왕 한국에서 자란 '바리데기'들은 영어사전만 찾을 줄 알지 자신이 쓰는 정확한 말뜻을 모르더라고요. 재는 재계齋戒를 이르지요. 재계란 제를 행하는 사람이 먹을거리를 삼가고 마음과 몸을 깨끗이 하여 부정을 타지 않도록 하는 일이어요. 제사의 뜻도 똑똑히 인식할 필요가 있지요. 제사란 죽은 사람에게 정성을 들여 베풀며 추모하는 행사이지요. 49일 동안에 죽은 이의 유령을 위하여 후손이 재를 올리면, 그 공덕에 힘입어 죽은 부모나 조상이 아름다운 사람으로 다시 태어난다고 해요.

지노귀새남은 사람이 죽은 뒤, 49일 만에 지내는 굿이어요. 죽은 사람의 넋이 저승에서 행복하기를 비는 기도이지요. 새남은 새로 태어남, 곧 부활을 뜻해요. 그 굿을 할 때 무당이 색동옷을 입고 부르는 여신이 바로 바리공주, 바리데기이지요. 바리를 부를 때 모든 사악함을 물리쳐야 해요. 깨끗한 열정만 바리를 볼 수 있어요. 씻김굿과 새

남굿, 삶의 더께를 씻고 새로 나는 굿이 아니던가요. 하여, 깨끗한 열
정으로 다시 부활하는 굿이 아닐까요.

그래요. 저 몹시 아팠어요. 아버지를 섬진강에 뿌리고 스톡홀름에
돌아온 뒤 앓아누웠지요. 스톡홀름의 의사들은 몸살 감기라고 했지만
아니었어요. 몸살도 앓아 보았고 감기도 걸려 보았으나 전혀 아니었
어요. 평양의 이모 말이 떠오른 것은 그 표현이 제 고통에 가장 적실
해서였을까요. 아이를 낳고 외할머니 전영은이 시름시름 앓기 시작했
고 '뼈가 녹아드는 듯한 고통, 살이 타들어가는 듯한 아픔'에 시달렸
다는. 병원을 가보아도 도무지 속수무책이었어요. 응어리를 푸는 실
마리로 당신께 편지를 쓰기 시작한 까닭이지요. 마흔아홉 통의 편지
를 열정에 잠겨 쓰는 동안 제 안의 열병이 시나브로 잦아드는 느낌이
들었어요.

어쩌면 보내드린 편지들이 저의 신내림일지도 모르겠어요. 실제로
마흔아홉 통째 드리는 편지를 통해 저의 아픔은 거의 가셔지고 있어
요. 귀살쩍은 마음도 가라앉았지요. 밤마다 핏물로 넘실대는 강에서
붉은 배의 노를 저어 아버지를, 그리고 어머니를 인도하는 환상에 사
로잡혔어요.

바리데기. 아비로부터 버림받아 서역의 먼 나라로 추방되어 살아간
딸. 하지만 그 아비를 살린 딸이 바로 바리데기였지요. 바리데기가 죽
은 아버지를 살린 꽃. 그 꽃을 얻으려고 바리데기는 9년 동안 궂은 노
동을 했지요.

바리데기. 과연 제 안에 그럴 힘이 있을까요. 피의 강물을 넘어 붉
은 배를 저어갈 힘이. 불굴의 게릴라 이현상과 맺은 '인연'으로 평생
소용돌이치는 내면을 살아간 저의 아비를 어떻게 살려낼 수 있을까

요. 그분의 눈부신 눈빛, 그분의 순결한 사랑, 그분의 깨끗한 열정을 저 메두사의 눈, 저 섬뜩한 얼굴, 저 갈기갈기 찢겨진 두뇌에서 어떻게, 어떻게 살려낼 수 있을까요. 최천민에서 홍기수를 살려낼 꽃, 그 꽃은 어디에 있을까요?

당신, 솔직히 답해주세요. 혹 저의 물음이 부담스러우신가요? 아니어요, 아니어요. 답하지 않으셔도 좋아요. 다만 제발 뒤로 물러서지는 마세요. 당신은 제가 편지를 띄우며 당신이라고 했을 때 누구를 떠올리셨나요. 한민주? 강민철?

아니어요. 바로 당신이어요.

왜 잘 알지도 못하는 당신께 읽기 불편한 편지를 마흔아홉 통이나 보냈는지 궁금하신가요? 그래요. 기실 저는 당신을 몰라요. 하지만 그럼에도 당신을 잘 알고 있어요.

맞혀볼까요? 먼저 당신은 착한 사람이지요. 맑은 눈을 지니지 않으셨나요? 다른 사람을 이용하거나 착취하는 세상에서 살아가기가 시나브로 힘든 분이 아닌가요. 하여, 그 세상을 바꾸려는 깨끗한 열정이 당신 안에 타오르고 있지요.

저, 딸아이의 우리말 이름을 지었어요. '민들레'라고. 딸아이의 선택에 맡겨야 할 일이지만, 그 아이가 벅벅이 조국에서 살아가리라는 예감이 있어요. 하지만 어떤 조국일까요. 대한민국? 조선민주주의인민공화국? 스웨덴? 당신이 답장 쓸 차례이지요.

어디 민들레만이겠어요. 아름다운 젊은이들이 살아갈 세상을 꿈꾸어볼 필요가 있어요. 두산과 혁. 선영과 수련. 그 맑은 영혼들이 벅벅이 만들어갈 새로운 역사가, 그리고 그들 앞에 다가올 시련이, 그리고 마침내 하나로 어우러질 춤판이, 향연 사이로 눈앞에 아른거려요.

아직 오지 않은 동지. 저는 그 동지가 아직 태어나지 않은 동지라는 뜻만은 아니라고 생각해요. '아직 오지 않은 동지'는 우리 모두에게, 그리고 당신 속에도 있어요. 당신 속의 당신이지요. 어쩌면 저 속의 저인지도 몰라요.

기실 저의 마흔다섯 해의 삶은 제 안에 있는 저를 새롭게 발견해온 과정이었어요. 백인 남성 문명이 제게 준 안락한 '요람'은 숱한 유색인 민중의 착취 위에서 가능했음을 깨달았지요. 그래요. 다른 민족이나 노동계급을 억압하는 문명을 넘어선 새로운 문명, 새로운 혁명이 그 어느 시대보다 인류에게 절실한 과제이어요.

저는 우리 개개인의 삶이 홀로 '고정된 실체'가 아니라 다른 삶과 관계를 맺으며 빚어가는 '형성'이라고 생각해요. 우리 몸은 그 밑절미인 셈이지요. 거듭 사과드립니다만, 그래서이지요. 당신이 누구인가, 예의에 어긋난 물음을 무람없이 던진 까닭은.

마흔아홉 통. 긴 편지를 마감하면서, 저의 미숙한 '씻김굿'을 접을게요. 하지만 저는 아버지를, 그리고 어머니를, 그리고 저 아름다운 영혼들을 천도했다고 감히 말씀드릴 수 있어요. 어디로 천도했느냐고요? 고개를 들어 별이 총총한 밤하늘 바라보세요. 끝 모를 우주의 저 깊숙한 밤, 들여다보세요. 당신이 보일 때까지.

깨끗한 열정으로 빚은 삶, 그것은 별이지요. 눈 들어 캄캄한 우주에서 또바기 반짝이는 숱한 별빛을 바라보세요. 맺음말로 정중하게 묻고 싶은 까닭이어요.

당신이 어떤 별인가, 당신은 아시나요?

_끝

3부작을 완결하며…

소설을 내며 작가의 말을 붙이기란 쑥스럽다. 작가는 작품으로 말하는 게 옳지 않은가. 그럼에도 『마흔아홉 통의 편지』 끝자락에 작가 후기를 쓰는 까닭은 감회가 달라서다. 이 소설이 앞서 나온 장편소설 『아름다운 집』(2001년)과 『유령의 사랑』(2003년)을 이은 3부작이기 때문이다.

문득 떠오르는 작가가 있다. 소설을 출판하며 붙인 작가의 서문이 지금도 생생한 울림을 남긴다.

이제 저자의 제 말 할 것이 두 가지가 있습니다. 첫째는 책 짓는 사람들이 모두 그 책을 많이 사보면 하는 마음이 있지만, 한 놈은 이 마음이 없습니다. 다만 바라는 바, 이 우리 안 어느 곳에든지 한 놈 같이 어리석어, 두 팔로 태백산을 안으며, 한 입으로 동해물을 말리고 기나긴 반만년 시간 안의 높은 뫼, 낮은 골, 피는 꽃, 지는 잎을 세면서, 넋이 없이 앉아 눈물 흘리는 또 한 놈이 있어 이 글을 보면 할 뿐이니이다. 둘째는 책 짓는 사람들이 흔히 그 책으로 무슨 영향이 있으면 하지만 한 놈은 그러하지 안 합니다. 다만 바라는 바 이 글 보는 이가 우리나라도 미국 같아져라 독일 같아져라 하는 생각이나 없으면 할 뿐입니다.

벼락처럼 정수리를 때린 서문이었다. 단재 신채호. 그가 1916년 소설 『꿈하늘夢天』에 쓴 서문이다. '단군 4249년 3월 18일'에 쓴 것으로 밝힌 글에서 단재는 담담하게 저자로서 심경을 밝혔다. 여기서 '한 놈'은 소설의 주인공이자 단재 자신을 이른다. 부끄러웠다. 앞서 낸 두 장편소설 모두 신문과 방송이 외면했다는 '피해의식'에 사로잡혀 있었기 때문이다.

2004년 겨울. 작가 조세희 선생은 서울 구로공단에서 문학강연을 하며 말했다. "손석춘 소설의 독자는 소수다. 하지만 그 독자들은 혁명을 꿈꾸는 사람들이다." 강연이 끝난 뒤 문단의 대선배가 "후배 작가"라 부르며 건네는 술잔을 받을 때, 새삼 단재의 서문을 떠올렸다.

그랬다. 고백하거니와 작가로서 행복하다. 첫 장편소설 『아름다운 집』이 출판된 뒤 지금까지 끊임없이 이어지는 '소수'의 사랑은 과분하다. 국내만이 아니었다. 유럽과 미국, 일본에서 적잖은 분들이 편지를 주셨다. 이진선의 삶을 눈물로 읽었다며 고맙다는 인사를 받았을 때 몸 둘 바를 몰랐다. 번역 제의도 받고 있다.

독자의 큰 사랑이 『유령의 사랑』에 이어 『마흔아홉 통의 편지』까지 3부작을 처음 구상대로 탈고하게 한 힘이었다. 해방 60돌을 맞는 2005년 8월 15일까지 20세기 우리 겨레의 진실을 3부작으로 완성하겠다고 다짐했었다.

3부작이 '완성'된 오늘, 거듭 부끄러움이 앞선다. 세 편 모두 소설이 아니라는 비평도 각오하고 있다. 물론, 작가로서 대답은 분명하다. 소설 표지 그대로 '손석춘의 소설'이다. 무릇 소설은 미완의 장르 아닌가. 모든 실험, 모든 변화가 가능하다.

그렇다. 소설은 혁명이다. 소설의 문 앞에서 지금 이 순간 경의를 느끼는 까닭이다. 세 장편소설 앞에서 지금 이 순간 쓴잔을 비우는 까닭이다.

『마흔아홉 통의 편지』를 삼가 아버님 영전에, 그리고 아버님과 같은 시대를 살아간 모든 분들께 바친다.

2005년　손석춘